———————— 阅读之前 没有真相

午夜文库

逆光的子弹

深蓝 著

新星出版社 NEW STAR PRESS

第一章

1

新城北路派出所门口有一家胖嫂拉面,店主女儿早年嫁给所里一位民警,打那之后,胖嫂拉面成了民警们过早的固定场所。

二〇一〇年,二十三岁的古川大学毕业进入南安市公安局,在政治部干部处工作,一年后响应市局"机关警力下沉"号召来到新城北路派出所。入乡随俗,古川也跟同事一样在胖嫂拉面过早,转眼已经过了很多年。

时间可以改变很多人和事。这些年新城北路派出所建了四层办公楼,围了新院墙,正门由朝北变为朝南;与之相对应的——所里换了主官,民警中有三人退休、七人调走、八人入职。胖嫂拉面由面摊变成面馆,从街边搬进屋里。

从机关到派出所,很多人不理解古川的工作变动路数。在他们看来,古川该留在市局机关,从政治部科员做起,副科长、科长、副处长、处长,然后便是局领导,这样远比从一线摸爬滚打顺利和体面。

"干么斯刑警呢?'刑侦是公安的主业',这话虽然没错,但干了'主业'未必就能当上'主官'。你看王局、李局,还不都是从写材料的机关干部一路升上来的?宋局倒是刑侦主官,但一把年纪了头上还顶着一个'副'字。真想不通你当年为啥放着政治部干部处的职位不做，非跑来派出所。胖嫂的女儿是漂亮，但你已经去晚了，人家早就嫁人了嘛……"有人这么劝过古川，当然最后一句只是开他玩笑，胖嫂女儿当年确实嫁给了新城北路派出所一位每天来面馆吃面的民警，但那是二〇〇一年的事情，当时古川还是个中学生。

一碗加鸡蛋的财鱼面、一根油条、一杯豆浆，六年来古川的过早项目没有变过。其实论早餐品类之丰富，胖嫂面馆算是出类拔萃的。胖嫂是南方人，年轻时跟丈夫走南闯北。丈夫在工地干活儿，她就在工地旁支起早餐摊子。从广东到山东，从海南到河南，从新疆到黑龙江，二十几年里胖嫂几乎掌握了半个中国的早餐习惯，因此在她的面馆里也可以体验到半个中国的早餐风格。但古川每天早上只吃财鱼面、油条和豆浆。财鱼面是胖嫂最拿手的，也是方圆几里内最有名的，经常有人大清早顶着寒风骑几公里电动车过来，就为尝一口胖嫂的财鱼面。但纵使这样，谁也做不到连吃六年不变样。

"古Sir，咱也换换样吧，整天吃这几样东西你不烦吗？"过早时同事问古川。古川摆摆手，说："萝卜茄子各有所爱，我又不让你掏钱请客，你咋管这么宽？"

2

古川记得父亲古建国最后一顿早餐就是这几样。二〇〇三年那个冬天的早上，他坐在父亲的嘉陵摩托车后座上来到胖嫂拉面摊。父亲点了大碗加鸡蛋的财鱼面、油条和豆浆，古川吃了半碗财鱼面和一根油条。临走时父亲把豆浆递到古川手上，微笑着抚摸了他的脑袋，嘱咐他"慢点儿喝，别烫着"。

古川接过豆浆，蹦蹦跳跳走向派出所不远处的南安实验中学。走到拐角时他朝胖嫂面摊方向回望一眼，看到父亲对面坐着他的徒弟陈梦龙，两人脑袋凑到一起，似乎在说些什么。看到回头的古川，陈梦龙朝他招手。父亲也看向他，同样朝他招手，意思是"别啰唆，赶紧去上学"。

转过街角，父亲的影像消失，那时的古川还未意识到这将是他最后一次见到古建国。当天上午十点，班主任老师把古川叫到办公室，古川见到了已经哭成泪人的母亲。母亲带古川去了省立医院，在那里，古川又见到了身覆白布的父亲和很多熟悉的面孔。

那是二〇〇三年十二月八日，古川铭记在心。那时他虽不完全明白那些熟悉的叔叔阿姨口中的"毒品案""中弹""烈士"等名词的确切含义，但他知道自己永远失去了父亲。再不会有人揪着他的耳朵询问考试成绩，也不会有人骑车带他去吃胖嫂拉面，那个凶巴巴却又充满安全感的男人，已永远变成英烈墙上一张薄薄的相片了。

    古建国，男，生于一九五八年七月，一九七六年入伍，一九八二年三月转业至南安市公安局工作，历任派出所管段民警、刑警、山城分局刑警大队大队长、市局刑侦支队重案队队长，牺牲前系南安市公安局刑侦支队副支队长兼直属侦查大队队长，正处级侦查员。二〇〇三年十二月八日带队办理"一二·八枪案"时壮烈牺牲，享年四十五岁。

英烈墙上的寥寥数语概括了古建国的一生，也将古川对父亲的记忆锁定在二〇〇三年十二月八日那个早晨。虽然在之后的日子里他慢慢知道了更多事情：比如害死父亲的人名叫刘三青，以前也是警察，但后来为了钱背叛了信仰和灵魂；又比如父亲的徒弟，那天冲自己招手的陈梦龙与刘三青是警校同学，和刘三青的关系甚笃；再比如刘三青害死父亲后一直逍遥法外，南安市局始终没能将他抓获归案。

"儿子，好好学习，将来考警校，当警察，像爸爸一样，多带劲！"古川记得这话是父亲生前常对自己说的。说这话时父亲目光如炬，郑重其事，他曾重重地点头。

"小川，记住妈妈的话，长大以后做什么都行，千万不要再当警察……"古川也记得这话是母亲在父亲坟前对自己说的。说这话时母亲撕心裂肺、肝肠寸断，那时他同样重重地点头。

但七年之后，古川还是站在了南安市公安局机关操场。那天他身着警服，举起右手，烈日灼烧着他的瞳孔。另外一个声音又在耳边响起："古川，为父亲报仇。"

3

工作后，古川逐渐了解了当年那起令自己失去父亲的毒品案件的全貌。

事情要从二〇〇一年南安市运输公司毒品案说起。二〇〇一年六月十一日，南安市公安局侦破了一起特大运输毒品案件。南安市运输公司两名职工借工作便利，帮助他人从外地运输毒品海洛因至南安。十一日上午，警方将两人和买主堵在运输公司停车场内。三人见罪行败露遂持枪拒捕，最终被警方击毙。

警方在两人驾驶的货车上查获二十公斤海洛因，是南安建市以来破获的最大一起涉毒案件。只是还未等众人庆祝，案件便横生枝节——民警刘三青驾车将所缴获毒品运回公安局的路上发生车祸，其驾驶的南AA6807牌照警车坠入南山水库。刘三青失踪，所押运的毒品也不知去向。

交管部门勘察事故现场后，给出的事故原因是暴雨导致道路湿滑，刘三青可能因车速过快，在躲避对向车辆时猛打方向导致警车失控，撞断护栏坠入水库。而毒品则由于事故造成外包装破裂，入水后散失。

南安警方对刘三青遗体进行了一个多月的打捞和搜寻，但始终无果。水库下游几座城市的兄弟单位也进行了寻找，同样未发现他的遗骸。二〇〇一年八月，经过反复研究和讨论，南安市公安局对车祸做了结案决定，民警刘三青"因公殉职"，家属享受相关待遇。

但谁都没想到的是，五个月后事件再度反转。二〇〇二年初，与南安相邻的武平市警方传来一则消息，他们在侦办当地一起毒品案件时查获一批海洛因，经鉴定，与二〇〇一年六月南安市公安局在车祸案中遗失的证物海洛因相同，需要南安市公安局协助调查。

一石激起千层浪，其实早在车祸案发生后，南安市公安局内便流传有"刘三青制造车祸携毒品出逃"的说法，只是当时没有任何证据，加上刘三青的直属领导陈梦龙和专班指挥长古建国坚持信任刘三青，所以市局才下达了刘三青"因公殉职"的结论。

武平警方的消息令南安市局震动不已，也由此展开了对刘三青车祸一案的重新调查。

"只要是人，都是有定向思维的。比如你认定一个人是好人，那你在潜意识里会忽略他身上那些'非好人'的细节，最终得出的结论还是他是个好人；如果你认定他是个坏人，那你在潜意识

5

里会忽略他身上那些'好人'的细节，最终得出的结论就是他是个坏人。警察也是人，也会有定向思维，越是对身边熟悉的人，这种定向思维越牢固。"这是当年参与重新调查刘三青车祸案的民警后来跟古川说的话。

从案件的最终结论看来，这一说法有它的道理。

4

警方在新一轮调查中，发现刘三青确实存在问题。

刘三青，时年二十八岁，山城分局禁毒大队民警。他十七岁就读警校，二十一岁正式入警，工作的前五年一直是山城分局的禁毒骨干和市局储备人才。刘三青与陈梦龙既是警校同学，又在工作中搭档过很长时间，工作能力和业绩都不在陈梦龙之下。

然而，刘三青的人生在二十六岁那年发生了翻天覆地的变化。那年他的儿子刘超出生，这本是一件开心的事情，对刘三青一家来说却成了晴天霹雳。因为刘超一出生便被医院诊断为地中海贫血，后期治疗需要投入大量的金钱和精力。

这一情况让刘三青崩溃，他和妻子都出身普通工人家庭，两人的收入不足以支撑孩子的医疗费用。打那之后，刘三青的人生重心便发生了转移，他的主要精力不再像以往那样放在禁毒工作上。刘三青曾几次向公安局申请调往相对清闲的部门任职，为的就是能有更多时间照顾孩子。妻子王芸也辞去了相对安稳但时间固定、收入有限的国企工作，一边在家照顾孩子，一边寻找一些力所能及的兼职。

而车祸案发生前三天，刘三青夫妇正在为一笔六万元的治疗费用发愁。刘三青借遍身边所有人也只凑到一万元，有人看到他像丢了魂一样在街上游荡。

缺钱对一个普通人来说不算疑点,对一名禁毒警察而言也不算什么,但对一个与毒品一同失踪的禁毒警察来说就是了不得的事情。南安警方开始怀疑刘三青。他们撤回了"因公殉职"的结论,暂停了对其遗孀和子女的照顾政策,并开始与武平市公安机关共同调查刘三青及那批毒品的情况。

随着调查的深入,疑点也越来越多。除了刘三青案发前缺钱,武平警方还提供线索称,持有那批毒品的人绰号"长顺",打电话的口音中带有南安地区腔调。关键是此人对警方侦办毒品案件的过程十分熟稔,甚至了解很多公安内部人员才知道的程序、人名和地点。

南安警方随即调查了刘三青妻子王芸的银行账户,发现近期曾有几笔来源不明的款项转入。对此,王芸称当时正值南安市局发放刘三青的抚恤金和家属生活费的档口,她误以为那几笔钱属于抚恤金的某一部分,而且整日忙于照顾儿子,便没有顾及钱的来源。毕竟公安局已经下发了丈夫"因公殉职"的通知,她也不会再去考虑一些听起来就不可能的事情。

刘三青妻子的说法没有问题,警方只好继续从武平出现的海洛因上想办法。

5

毒贩"长顺"此前从未进入过警方视野,甚至武平当地道友圈里也都不知道这个名字。"长顺"似乎是突然出现在武平毒品圈里的,没人知道他从何而来,又如何打入当地的道友圈。但确如其他涉毒人员所说,毒贩"长顺"经验丰富,警惕性和反侦查能力也极强。没人见过"长顺"本人，他独来独往，每次交易都通过公用电话进行。二〇〇一年和二〇〇二年，武平警方组织过几次针对"长顺"的抓捕，但都以失败告终。

抓捕行动失败并不罕见，每个警察在职业生涯中都有过多次劳而无获的经历，但奇怪的是，每次抓捕"长顺"的行动都在最后关头失败，要么是布控时间或地点出错，要么是行动被"长顺"发觉使其放弃交易。甚至在二〇〇二年六月的一次行动中，稍事装扮的"长顺"在交易现场与武平警方擦肩而过，拿到了警方用来引他上钩的"毒资"，最后警方却只抓到了原本便是自家"特情"的买家。

这一状况令武平警方十分恼火，尤其是在获知刘三青身份后，两地警方还发生过几次冲突。武平警方怀疑刘三青在南安工作期间与一些民警建立了不正当的利益关系，将行动屡次失败的原因归结于南安警方内部有人通风报信，并上报了省厅，之后在南安市地面上开展的行动也有意避开南安警方。

而南安警方本就对刘三青一事十分敏感，对方把一些原本应该私下沟通的事情摆到桌面上讲，相当于不停打自家脸。发生几次武平警察未打招呼便直接来南安抓人的事情后，两地警方开始针锋相对，甚至一度发展到剑拔弩张的程度。

其实，两年来南安警方一直在监控刘三青妻子的银行账户，其间依旧有人往账户中打款。警方核实打款人身份，发现都是与刘三青一家毫无关联的人员，他们的身份信息因各种原因遗失或被冒用，本人压根儿不知道自己的银行账户上有过任何交易往来。

警方既愤怒又疑惑，愤怒于嫌疑人的狡猾，而疑惑于他的行为。按理说，如果真正的打款人是刘三青，过去的警察生涯不会不告诉他这是一种暴露身份的犯傻行为，但如果不是刘三青，又为什么要屡次给他的妻子汇款？

　　针对刘三青和"长顺"的调查一直在进行，警方无论如何都想知道"长顺"的真实身份到底是不是刘三青。在二〇〇三年十二月，这个问题终于有了答案。

第二章

1

二〇〇三年十二月八日早上，古建国得到线报称毒贩"长顺"在南安市汽车运输公司附近出现，便带徒弟陈梦龙和陈梦龙同班民警胡一楠去了现场。

"长顺"出现的汽车运输公司位于南安市山城区的桥北地区。之所以叫"桥北"，是因为南罗河穿境而过流经南山水库，在距离水库三公里远的地方建有一座南湾大桥，大桥以南属于武平市常平区，以北属于南安市山城区。

新中国成立后，桥北地区由于交通便利，一直是南安市工业基地。二十世纪六七十年代那里最为热闹，南安的五家棉纺厂、两家机床厂、三家化工厂和一家钢铁厂都坐落在那里。工厂建立了大量家属区，一度让桥北地区成为南安市最繁华的地带。

但八十年代后期，随着全国范围内不断掀起国企改革的浪潮，过去倚靠政策过活的南安企业相继迎来了破产改制。棉纺厂和化工厂全部倒闭，机床一厂破产，二厂搬迁，钢铁厂被兼并，主要生产区迁往沿海某市。企业破产改制后留下了大量的原生活区，失业工人们丢掉铁饭碗后只能另谋生路，摆摊、出夜市、拉零活，桥北逐渐变得纷乱复杂。

到九十年代的最后几年，曾经繁华一时的桥北地区彻底沦为南安有名的"棚户区"。缺少收入来源的居民把原国企分配的家属区住宅改为出租房牟利，平均租金价格只有南安市区的一半左右，因而吸引了大量外来务工人员租住。人员的复杂势必造成治安的混乱，加上一些违法人员通过南湾大桥往来于南安和武平之间，导致一些案件的归属权出现了问题。久而久之，桥北地区成了南安的治安隐患地带。

运输公司所在位置恰好是那一时期桥北治安最为混乱的区域。当时运输公司也面临改制，除了办公区仍留有几间办公室处理改制事务外，其他都租了出去。有家物流企业看中运输公司的停车场，要改建成物流仓库，但建筑施工进行了一半又听说改制政策有变，不得已停止施工等待消息，只留下满眼的断壁残垣。

古建国、陈梦龙和胡一楠赶到运输公司后通知了保卫处处长谢金。因为这次事发汽车运输公司地界，他作为保卫处处长有义务配合警方工作。

2

关于抓捕行动的细节，古川在南安市局的官方报告中看到过详细记录。进场后四人开始搜索，很快在汽车运输公司停车场西南角发现两名蒙面戴帽子的可疑男子。古建国等人上前打算核实两人身份，但两人见状马上开始分头逃窜，于是古建国下令抓捕。

古建国带谢金扑向高个儿男子，而陈梦龙和胡一楠追捕矮个儿男子。根据事后陈梦龙提交的证据材料，古建国与谢金追捕的高个儿男子奔向在建中的一栋物流仓库，矮个儿男子则钻入仓库旁的一条小巷。陈梦龙在追捕矮个儿男子的过程中听到古建国方向突然有枪声响起，同时矮个儿男子也转身向他拔枪，胡一楠抢先开枪将矮个儿男子击倒。之后胡一楠留下看管矮个儿男子，陈梦龙赶往物流仓库支援古建国。到达现场前，他又听到三声枪响，均为警用六四式手枪击发的声音。

进入大仓库后，陈梦龙先在一楼货物楼梯口处发现中枪倒地的古建国。此时古建国头部和腹部中弹，已陷入昏迷，配枪和谢金都不知去向。陈梦龙寻找谢金时听到仓库二楼传来几声枪响和谢金的叫喊声，立刻上楼，爬上二楼后右手边有人影闪过。他喊谢金名字，谢金回应，但立刻有人朝他开枪。陈梦龙急忙躲闪，同时判断枪声来源。

因为二楼光线很暗，陈梦龙只能推测开枪者位置大概在右手方向。他再次呼喊谢金，这次谢金回应并提醒他"注意安全"。陈梦龙循声寻找谢金，但他刚离开自己隐蔽的位置便遭遇第二颗子弹攻击。陈梦龙冲火光位置开枪还击，不料因光线问题，陈梦龙的子弹击中蜷缩躲藏在墙边的谢金，而高个儿男子则不知去向。

事后，矮个儿男子和古建国被送往医院抢救，两人皆因伤势过重死亡。谢金经医院抢救脱离危险，但右腿中的弹头无法取出，造成其终身残疾。之后警方又根据谢金陈述找到了三人交火的位置，在墙板和地面上提取到了弹头和弹壳。

弹头和弹壳分属两把六四式手枪发射。正如谢金所说，五颗子弹属于古建国的配枪，而另外三颗子弹，技术人员检验后将数据与公安局装财部门的原始档案对比核实，确定出自早已失踪的民警刘三青的配枪。

3

　　据谢金陈述，当时他与古建国追入仓库后古建国曾鸣枪示警，但男子开枪拒捕。因为谢金手中只有一根电警棍，所以古建国出于安全考虑让他负责守住门口，等待增援，不要追进去。大概五分钟后谢金听到三声枪响，担心古建国有危险，因此手里虽然没枪，但还是追了进去。

　　凭着对仓库的熟悉，谢金判断枪声传来的位置应该在一楼至二楼的货物楼梯口附近。他的确在该处发现了状况，但当时古建国已经倒地，而另一个人影正站在货物楼梯一楼至二楼的拐角处，看见谢金后转身继续向"之"字形楼梯的上端逃跑。谢金在地上发现古建国的配枪，遂捡起枪追了上去，爬到二楼后看到男子奔向右侧的办公楼梯间。

　　谢金判断男子的意图可能是通过办公楼梯爬上三楼，因为三楼东头有一处建筑施工留下的攀爬架可以直通楼外。谢金随即追向办公楼梯间，但发现楼梯间大门已锁，男子不可能从此处爬上三楼，于是掉头往回搜索，不料在某个墙角处与人撞个满怀。

　　两人爬起后相互射击并躲闪，但均未击中对方。此后双方僵持，谢金躲在拐角处，由于所持古建国配枪内五发子弹已打空，他既不敢继续追逐，又不敢贸然离开。

　　高个儿男子可能搞不清谢金这边的情况，也没有主动攻击他。双方就这样一直僵持，直到陈梦龙到来。之后所述情况与陈梦龙的讲述一致。

　　警方在现场勘察中发现二楼至三楼的办公楼梯间被反锁，判断这可能是高个儿男子折返并与谢金撞个满怀的原因。之后警方在仓库二楼进行了反复勘察，由于大楼本就在施工过程中，当时的技术条件无法找出高个儿男子最终的逃跑路线，只能推测他从二楼的某个窗口跳窗逃离。

参照枪支技术数据，枪杀古建国的是刘三青。据谢金称，他与刘三青不熟，相互只见过几面，而且高个儿男子包裹严实，自己在奔跑中无法确定对方身份。但根据谢金描述的高个儿男子的身形体貌，警方判断与刘三青极为相似。

刘三青的杀人嫌疑基本确定。至于他究竟是不是毒贩"长顺"，警方却无法判定。因为"长顺"出现在汽车运输公司的情报是由古建国直接获取的，其他人并不知道来源。另外一个可能的知情者，即矮个儿男子已经被民警胡一楠击毙，经身份核查确定系一名外省在逃人员，同样有吸贩毒前科。只是他所持有的枪支并非制式枪支，而是一支锯短枪管的土制猎枪。

抓捕"长顺"的行动失败。古建国英勇牺牲，获得烈士称号。谢金因在案件中冒着生命危险追捕杀害警察的疑犯刘三青，被南安市评为当年度的治安先进个人，同时在赔偿款之外领到了一笔奖金。令人意外的是，谢金把这笔钱捐给了刘三青妻子，让她用来给儿子治病。一句"父亲的过错不能让儿子承担"，让他又一次成为南安市街头巷尾热议的典型人物。

从那之后，刘三青在南安市公安局的档案中，正式从一个失踪警察变为贩毒、拒捕、杀人在逃的重大嫌疑犯。

4

古川的生活大概就是从父亲牺牲那天开始发生改变的。

父亲牺牲前，中学生古川的理想是做一名画家。古川的舅舅是南安师范学院的绘画教师，小时候母亲常带古川去舅舅家做客,古川在那里第一次认识了凡·高、毕加索、达利。他曾幻想自己身背画板在欧洲小镇写生的场景,还幻想自己未来能够就读佛罗伦萨美术学院,与瓦萨里、莫迪利亚尼、弗雷德里克·莱顿等一众大师成为校友。但父亲牺牲后,古川对未来的期许只剩唯一一项,那就是当一名警察。不为别的,只为给父亲报仇。

为此他放下画板,学起了散打、拳击、跆拳道、泰拳,只要能叫上名字来的功夫他都学。古川高中时参加省级散打竞赛,拿到了金牌,学校要他转成体育生保送省体育学院,他拒绝了。他心里明白,自己学这些,只为一件事——报仇。

"刘三青"三个字被古川用刀刻在了心里,这是仇人的名字,他要记一辈子。

之后的日子里,古川和母亲一直很关注父亲的案子。

南安市公安局政治部优抚科逢年过节会派人来古川家慰问,每次古川和母亲都会问起刘三青是否归案。优抚科的工作人员一直安慰母子二人说案件依旧在侦办中,请两人放心,一有消息会马上通知他们。

就这样,古川在等待中度过了自己的中学时代。高考时他曾想报考省警官学院,但被母亲制止。他后来去北京读了大学。在学校,古川醉心于各种公安题材的文学作品和影视剧,还专门通过各种校外活动结识了一些公安大学的在校生。

每年寒暑假,古川回南安的第一件事便是陪母亲去公安局询问父亲案件的进展。说来也是奇怪,二〇〇三年十二月八日后,刘三青也好,"长顺"也罢,竟然如同人间蒸发一般就此失去了踪迹。

在古川的记忆中,父亲的案件最初由南安市公安局专班负责,只要他能叫上名字来的父亲生前同事都在追查刘三青的下落。大概一年后，可能是线索枯竭，公安局的专班解散，案件转移到刑警支队重案队。又过了几年，案件交到了山城分局刑警大队手上。之所以留下这些记忆，是因为不同时期母亲会带他去不同单位打听案情。

直到最后，父亲的案件回到了最初的案发地派出所——新城北路派出所。那天古川和母亲来到新城北路派出所时，母亲的精神恍惚。他依稀记得胖胖的派出所所长一边手忙脚乱地给母亲倒茶，一边义正词严地向母亲承诺，一定会派专人负责侦办古建国的案子。但离开派出所时，母亲充满绝望地告诉他，父亲的案件可能也就这样了。

那年清明，古川照例和母亲一起去烈士陵园祭拜父亲。母亲像往常一样倚靠着父亲的墓碑抽泣，口中却喃喃地念起古诗：

"百年古墓葬英雄，而今和平谁知道？"

5

二〇一〇年是古建国牺牲的第七个年头，那年古川大学毕业。母亲原以为他会考研或是留在北京工作，没想到古川领到毕业证后马上回了南安，并告诉母亲自己参加了南安市公安局当年度的招警考试，已经通过了笔试、面试和体能测试，只待政治审查完毕后便正式入职。

母亲一脸错愕地看着古川。古川认为母亲会像往常抓到自己偷看推理小说那样歇斯底里，甚至会把自己痛打一顿。为此他已经做好了各方面的准备，如果被母亲骂，他不会做任何辩解；如果被母亲打，他也不会逃跑或躲避。只要母亲接受他当警察这一现实，怎么样都好。

但古川没有料到，得知自己先斩后奏的消息后，母亲没有说话，更没有打他，整个屋里陷入了可怕的安静。母亲呆呆地坐在沙发上，眼睛直视一个方向很久没有移动。直到古川心里开始发慌时，母亲才缓缓地抬起头，一字一顿地告诉古川："去吧，别忘了给你父亲报仇。"

在古川疑惑的眼神下，母亲离开了卧室。古川脑子有些发蒙，不知母亲为何会突然改变主意。作为警察英烈子弟，公安局对古川的政治审查当然没有任何问题，三个月后，古川终于如愿以偿地穿上了警服。

入警伊始，市局领导出于对英烈子弟的关照，新警培训结束后将古川留在了局机关工作，并希望他发挥绘画的才能，做一些公安宣传工作。但这似乎违背了古川的初衷，一年后，在他的极力争取下，局领导终于同意将其调往一线任职。

定岗前，领导询问古川的意向，古川想都没想便说出了"新城北路派出所"的名字。领导有些错愕，却似乎已料到古川的选择。他点了点头，但又跟古川说了一句话："可以去那里，但不能碰你爸的案子。"古川追问，领导只是淡淡地说了句："警察调查直系亲属遇害的案子，不符合法律规定。"

短短二十个字，便似乎终结了古川七年的念想。他想当场跟领导争辩，但是忍住了。毕竟无论如何，只要去到新城北路派出所，就离父亲的案子近了一步。

对古川而言，新城北路派出所最熟悉的地方莫过于派出所旁的那家胖嫂面馆，他记忆中有关父亲的最后影像也定格在那个面摊上。古川记得那天父亲刚剪了短发，身穿灰色棉夹克、藏青色警裤和黑色皮鞋，斜背着一个叫不上名字来的单肩公文包。这个场景留下的印象之深，以至于之后的梦境中，古川见

17

到的父亲永远是这副打扮。

有时古川会想，如果父亲还活着的话现在会是什么样子。有时他甚至觉得，如果那天父亲不是头部中弹，哪怕送到医院时还尚存一丝气息，他就能够见父亲最后一面，听父亲说最后一句话，哪怕被父亲瞪一眼、骂一顿也好。为此他更恨刘三青——第一枪已经打在了父亲的腹部要害，为什么还要补第二枪？就是那第二枪让古川彻底失去了见父亲最后一面的机会。但后来他又听母亲说，幸亏刘三青第二枪打在了父亲头部，因为第一枪已经击碎了肝脏，如果不是第二枪让父亲瞬间失去知觉的话，第一处枪伤不但无法治愈，而且会带来猛烈且持续的剧痛，他的最后时刻将在痛不欲生中度过。

"同事一场，他也算是给了你爸一个痛快吧……"母亲如是说。

第三章

1

二〇一〇年,古川到新城北路派出所报到时,所长还是之前接待过他和母亲的胖胖的老杨。

老杨对古川的到来并不惊讶,见面时只是轻轻拍了拍古川的肩膀,意味深长地说从听到他入警消息的那天,新城北路派出所便做好了接收他的准备。古川立刻明白了老杨的意思,便故意苦着脸说自己不能碰父亲的案子,因为不合规矩。老杨却笑了笑,说规矩是死的,但人是活的。

古川稍稍一愣。

新城北路派出所分配岗位时,古川申请当刑警,老杨没同意,让他先熟悉辖区状况。于是古川在河西社区干了两年片警。在那里,他和陈梦龙正式成了同事。

古川对陈梦龙的感情很复杂。一方面,陈梦龙是古建国的徒弟,以前没少往师父家跑,也经常给他这个"小师弟"带些各式各样的小玩意儿。幼年对某个人形成的印象往往能够左右成年后对此人的评价,因此古川对陈梦龙有种打心眼儿里的亲近。但另一方面,陈梦龙与刘三青的关系又让古川对他有种莫名的抗拒感。

古建国牺牲后,陈梦龙来过家里几次,但都被母亲拒之门外,之后便不再登门拜访了。懂事后古川才明白,那时母亲是把对公安局长期抓不到刘三青的怨恨发泄到了陈梦龙身上,但他又觉得即便这样,陈梦龙也不该就此跟自家划清界限。

此外,那时陈梦龙已年过四十,差不多是古建国牺牲时的年纪。按道理南安市局的警察做到这个年纪起码该是个副处长,但陈梦龙依然只是个普通民警。要知道,古建国牺牲时陈梦龙已经是分局刑警大队正科级大队长,古川搞不明白,陈梦龙为何干了一圈又干回了原点。

那时陈梦龙是新城北路派出所桥北社区片警,被所里同事私下叫作"混驼子"和"浑不懔"。古川知道这两个称号的含义,所谓"混驼子",就是本着"不犯错、不惹事、不干活"的原则在单位混日子;而"浑不懔"则是拥有见人咬人、见狗咬狗的性格,根本没法相处。古川不知道陈梦龙为啥混出了这么两个称号,记忆中的陈梦龙并不是这个样子。同事大多不愿和陈梦龙打交道,关系好的同事则劝古川离陈梦龙远点儿,"别被他咬着"。

陈梦龙对古川的到来没表现出喜悦,相反,他对这个自己几乎看着长大的师弟表现出的是距离感和冷漠。平时陈梦龙不怎么搭理古川,除了日常工作中的一些必要交流外,基本不和古川接触。

2

片警除了管好自己的片区,还要负责派出所日常接待处理警务工作。新城北路派出所分成四个值班组,古川和陈梦龙被分到了一个组。也是从那时开始,古川对陈梦龙的所作所为有了意见。

加班和备勤是一线警察的工作常态，但陈梦龙是个例外。他每天下午五点半坐在一楼大厅读秒，提前半分钟离开值班大厅钻进车里，当秒针指向"十二"时，陈梦龙的蓝色高尔夫轿车刚好驶出派出所大院。而值班时他则躺在大厅后面的备勤室床上玩手机，一玩一整天。

"陈梦龙，你上过高中吧？记得历史课本上有张清朝人抽大烟的照片不？中间一盏烟灯，旁边躺着个人，手里攥着烟枪。你就跟那人一模一样，只不过烟灯换成了插排，烟枪换成了手机！"值班时杨所长到备勤室检查工作，每次看到陈梦龙躺在床上都要发几句恨铁不成钢的牢骚。但陈梦龙并不生气，顶多换个姿势继续躺着。

古川不满，倒也不完全是因为看不惯陈梦龙的态度，主要还是从实际工作角度来看。他和陈梦龙同组，班组工作总量是一定的，陈梦龙消极怠工，古川就得分担他那部分工作；陈梦龙平时快活潇洒，古川就得当牛做马。

陈梦龙在所里没朋友，平时独来独往，也很少跟人说话。他的爱好是玩手机和上网，值班大厅有台电脑，值班时陈梦龙除了在备勤室躺着，就是从早到晚霸占那台电脑。有同事要用电脑登记信息，他便把人赶去隔壁的信息采集室。

"这家伙有病吗？值班电脑只接公安内网，又上不了外网，他从早到晚看个蛋啊。"被赶走的同事总要背地里骂他两句。

不值班时陈梦龙便躲在他负责的桥北社区警务室里不知干些什么。古川负责的河西社区与桥北社区相邻，面积不大，局里要求社区举办群众活动时古川经常去找陈梦龙，一来想跟他叙旧，二来希望两个社区能够合作。但陈梦龙对这些事情毫无兴致，一听"群众活动"就摇头,说局里"吃饱了撑的"。他的兴趣完全放在桥北一家名叫"宇泰物流"的企业上,隔三岔五就去找宇泰物流老板喝茶。

古川知道宇泰物流公司,因为老板就是谢金。

3

古建国牺牲后,谢金和古川母子走得很近,古川一直喊谢金"谢叔"。

虽然谢金当年不是警察,但算是父亲的战友,而且目睹了父亲的牺牲,古川有关父亲最后时刻的记忆基本来自他的回忆。古建国牺牲后,谢金对古川一家一直很照顾,逢年过节或是古川家有什么事情时,谢金夫妻总会出现。时间一长,两家便像亲戚一样走动着。

至于谢金如何从汽车运输公司保卫处处长成了民营企业宇泰物流的老板,古川之前从母亲那里听过一些说法。

谢金的父亲退休前曾是南安市领导。谢金刚参加工作时在公安局禁毒支队,后来被父亲调去了运输公司保卫处。因为那个年代机关单位比不上国企,谢金在公安局拿死工资,而运输公司当时是市里效益顶好的企业,每年有奖金,事情也远没有公安局繁杂。

但从一九九七年开始,汽车运输公司效益急剧下滑,到一九九九年时已经到了入不敷出的地步。同年,公司接到了上级准备对其进行破产改制的通知。当时大多数干部职工开始外出自谋活计,只剩谢金带着几个保卫处干事"留守"。

二〇〇四年,南安市汽车运输公司终于完成了冗长的破产改制流程，职工们各自领到一笔"买断金"后彻底与公司脱离了关系。作为原运输公司保卫处处长，人到中年的谢金跟绝大多数职工一样领到了一张"下岗证"。当时便有人笑话他说，当初放着公务员的金饭碗不要，贪图那点儿奖金去了企业，结果这下可好，人到中年"从头再来"了。

下岗后谢金出去转了一圈，发现自己能干的工作除了"保安队队长"外再无选择。思来想去，他索性拉上几个朋友，租用了原汽车运输公司的场地注册成立了"宇泰物流"这家民营运输公司。当然，这事能成，少不了谢金父亲当年的老朋友和老下属的帮忙。

宇泰物流成立时，古川还在读书，他和母亲一起受邀参加了公司的开业仪式。之后谢金还给了古川母亲一份"干股"。至于原因，谢金说："一来我当年与古建国既是好友，又是战友，他牺牲后我一直想为你们母子做点儿什么，现在终于有能力了，算是告慰一下老古的在天之灵吧。二来当年古建国把我留在仓库门口，是间接救了我一命，不然凭刘三青的枪法，即便我有五条命也得丢了。"

4

此外，虽下海多年，谢金与公安机关的联系却一直没断。谢金继承了当年担任保卫处处长时的风格，宇泰物流自成立起一直是南安市"治安稳定先进单位"。平时新城北路派出所组织各类群众活动，谢金从不缺席。所里的民警基本都认识他，平时见面都喊他"老谢"。

谢金家住河西社区，古川在河西社区当片警时谢金常去警务室做客,每次去都给古川带点儿东西,有时是两包茶叶,有时是一兜水果,有时是妻子做的好吃的饭菜。谢金久居河西社区又当过警察,对街面情况十分熟悉,哪里有违法人员聚集,哪里开了地下赌场,哪里存在治安隐患,这些事情都躲不过他的眼睛。因此谢金经常给古川提供消息,古川需要摸排社区情况时也经常找谢金帮忙。

要说谢金的运气也是相当好,宇泰物流原本只是一家不大的运输公司,成立的最初几年一直默默无闻。但二〇一〇年桥北地区被南安市划为"经济开发区",重新迁入了很多企业,谢金的宇泰物流生意一下红火起来,短短几年已经成为山城区排得上号的民营企业。

赚钱之后,宇泰物流经常向市区两级公安机关捐款捐物,谢金与南安警方的关系也愈加亲密。逢年过节,宇泰物流还会组织员工慰问值班民警,甚至出资与公安局优抚部门共同建立了一个专项基金,用于帮助患病或家庭困难的民警。

古川问起谢金做这些事情的原因时,谢金总是长叹一声说可能还是和公安系统有未解之缘吧,当初离开公安系统是老父亲单方面决定又一手操办的,直到调令下来自己还被蒙在鼓里。但凡当初自己有一点儿自主权,都不会选择离开公安机关,现在老了,也不可能再有机会回去了,所以只能做些力所能及的事情。

说到这里,谢金似乎又有些伤感。他说其实一直挺羡慕古川父亲的,自己是警察,也培养了一个当警察的儿子。"我如果有儿子的话,差不多也是古川你这般年纪,我说什么也要让他去当警察,圆了我当年的梦想。"

孩子一事算是事业有成的谢金心里一块无法愈合的伤疤。他和妻子结婚快三十年,一直没有孩子。早年两人都没当回事,觉得该有的总会有。后来意识到这是个问题之后才去医院检查，却发现自己和妻子都有问题，想花钱治疗，医院却说两人年纪都差不多了，没必要再花这份冤枉钱，所以这事就这么耽误了。

"赚了钱又能怎么样？我们老两口也花不了多少，况且真要是哪天撒手走了，这些钱不也还是充公了。还不如现在就捐了，也算给自己落个好名声……"

谢金夫妇多次在古川母子二人跟前说过这话，并有意无意地表现出对古川的喜爱之情，明眼人都能看出其中的含义。母亲曾问过古川，愿不愿意认谢金夫妇做个"干爸妈"。古川思考了很久，没有同意。

古川也很感激谢金夫妻多年来对他和母亲的照料，但古建国在他心里的地位不可撼动。古川想过，即便真的要认"干爸妈"，也得等他把父亲的案子破了，把凶手刘三青抓了才行。

5

与对古川的真诚和热络相反，谢金不喜欢陈梦龙。

作为桥北社区的片警，陈梦龙与谢金打交道的机会更多，况且当年两人曾一起跟随古建国追捕刘三青，也算是过命的交情。但不知为什么，谢金总是跟陈梦龙保持着不远不近的距离。

两人表面一团和气，在外人面前有说有笑，但古川几次想招呼他们一起吃饭或合作干点儿什么，谢金总是推说有事，婉言拒绝。时间长了古川也看出了问题——两人似乎结了什么梁子。这个古川倒也能理解，毕竟当年陈梦龙打过谢金一枪，虽然只是意外，但给他留下了终身残疾。谢金嘴上不说，但心里有疙瘩是难免的。后来他想帮忙调解一下，陈梦龙总是打着哈哈说"没有的事"，而谢金几次欲言又止，最终什么也没跟古川说。

但有些事古川看在眼里，感觉这些年陈梦龙对谢金挺不错的。单是他知道的那些事里，二〇〇五年宇泰物流开业后，陈梦龙主动申请担任桥北社区的片警；二〇〇七年宇泰物流发生盗窃案，陈梦龙不眠不休三天破案，为谢金追回了全部损失；二〇〇九年陈梦龙帮谢金破了保安监守自盗的案子，还在宇泰物流院里设了警岗；二〇一〇年陈梦龙把原桥北警务室的两个辅警派去宇泰物流的警岗，给谢金充当保安至今，其中一名辅警还是陈梦龙的小舅子。

二〇一四年南安市实施"平安南安"计划，陈梦龙四处活动，把宇泰物流搞成南安市重点治安单位，在作业区免费安装了十多个摄像头，且都接入新城北路派出所监控室，不仅提高了宇泰物流的安保等级，还帮谢金节省了一大笔开销。现在宇泰物流大院里有什么风吹草动，谢金还未察觉，陈梦龙就已经帮他料理妥当了。

如果这些事发生在别人身上可能并不奇怪，但对于陈梦龙这个有名的"混驼子"和"浑不懔"来说，几乎是天方夜谭了。当然，古川也知道公安局内部很多人对陈梦龙的做法嗤之以鼻，说他"公私不分""慷国家之慨"，推测他做这些其实是在巴结谢金。谢金虽然只是个私企老板，但父辈在南安市深耕多年且背景深厚，因此别人猜测陈梦龙之所以能在公安局混十几年日子，全靠谢金背后给他行方便。

古川不知道谢金有没有听过这些传言，但他能感觉到谢金似乎并不领陈梦龙的情。"他只是做了一个警察该做的事情而已，我为什么要领他的情？咱都拍着良心说，抓小偷、装监控，哪样不是他的分内之事？这算是'情'吗？"终于有一次，谢金有些恼火地对古川说。

"我不愿和他深交是有原因的,并不是因为他以前打过我一枪,让我成了瘸子。那一枪我早就忘了!我现在看不上他,是因为这家伙变了,从你父亲死后开始。"谢金说。

第四章

1

谢金所说的陈梦龙"变了",是指两个方面。

一是陈梦龙成了"混驼子""浑不懔",整日浑浑噩噩地混日子。谢金说自己打心眼儿里看不起这样的警察,更何况他还是古建国的弟子,即便不想着抓住杀害师父的凶手,也不该这么浪荡着给师父丢人。

这句话戳中了古川的心。说心里话,虽然从父亲牺牲后到古川从警前,古川与陈梦龙没见过几次面,但自从听说陈梦龙调往新城北路派出所后,古川一直觉得他是为了调查父亲的案子才这样做的。为此他打心底感激陈梦龙,也把最后的希望寄托在陈梦龙身上。

但参加工作之后,尤其是和陈梦龙共事之后,古川才意识到自己之前想错了。陈梦龙调回新城北路派出所似乎并不是为了父亲的案子,或许他单纯只是想回老单位图个清闲而已。杨所长曾跟古川说过,陈梦龙刚调回来时,所里的刑侦副所长刚好调走,杨所长本打算让陈梦龙接任这个职务。

陈梦龙之前是分局刑侦骨干,现在回所里干老本行,于情于理都说得过去。但陈梦龙拒绝了,他说只想干两个岗位,一是所内勤，二是桥北社区片警。杨所长说这两个可都是民警岗位，没有正、副科职务。陈梦龙一句话便把杨所长怼了回去，他说："无所谓，要当领导为什么还来派出所呢？"

"我当初也以为他调来是想接老古的案子，所以才向上级汇报把刑侦副所长的位置给他，但结果你也看到了，他心里压根儿没这想法……"杨所长说。

之后杨所长便把陈梦龙甩去了桥北社区。每次想起杨所长的话，古川都自嘲地笑半天。他又想起母亲倚在父亲墓碑上说的那句话，"百年古墓葬英雄，而今和平谁知道"。是啊，纵然陈梦龙和古建国有师徒情分，但毕竟非亲非故，怎么可能指望人家做这种事情呢？这点古川认同谢金的看法，但也对陈梦龙的选择表示理解。

对于陈梦龙"变了"的第二个方面，谢金却始终说得含糊其词。他只说这几年陈梦龙做的一些事情有些匪夷所思，还有些事情的处理方式似乎不太符合他的身份。古川细问，谢金却不说透，但让古川在与陈梦龙共事时"留个心眼儿"。一番话说得古川云里雾里，谢金看他不开窍，只好叹了口气，说："警察这个行当接触的人杂，事也杂，队伍没你想得那么单纯。当个好警察的前提是保护好自己，而保护自己的前提是时刻保持一些必要的戒备，这样说你明白了吗？"

其实古川心里清楚，生在警察世家的他怎么会听不懂谢金话中的意思？表面的"不开窍"，更大程度上是他不敢相信罢了。

2

古川一直想找陈梦龙谈一谈。

其实这样说也不太准确。一来论资历，古川是新人，陈梦龙虽然"混驼子""浑不懔"，但终究是有二十多年警龄的老民警；二来论辈分，陈梦龙当年跟古建国称兄道弟，古川按理得喊陈梦龙一声叔叔。但古川实在想不出一个合适的词汇代替"谈一谈"，最后索性决定请陈梦龙"喝一杯"吧。

古川明白自己想找陈梦龙谈什么，思考一番后，觉得还是叫上谢金为好。二〇一三年三月的一天，刚转至刑侦岗位的古川向陈梦龙和谢金同时发出了邀约，请两人一同去桥北的"新竹酒家"吃饭。

陈梦龙欣然同意，谢金起初有些犹豫，他问古川吃饭的原因。古川不瞒谢金，说自己转到刑侦岗位上来了，而父亲牺牲的案子就在新城北路派出所刑警队手里，他想去查，但毕竟是直系亲属，与条例不合，因此想让陈梦龙牵头。听古川这么说，谢金没再犹豫，答应了他的邀请。

当时古川已经知道谢金不喜欢陈梦龙，但谢金在社会上摸爬滚打了半辈子，很有城府，虽然讨厌陈梦龙，面子上还是要过得去，至少要给足古川面子。三人一见面，谢金便跟陈梦龙热情地打招呼，问："陈警官最近在忙啥，怎么也不来公司喝茶了，是不是我哪里做得不周，有所得罪？"

陈梦龙倒是一脸喜悦，连忙摆手说："没有没有，谢总想哪里去了，前段时间上级派了任务下来，我们社区分了指标，最近正为这事忙得焦头烂额呢。"

陈梦龙此话不假，古川听来却感觉可笑。一个月前市局经侦禁毒支队确实下发了本年度打击吸贩毒的通知要求，但作为一个常年"混驼子"的家伙，陈梦龙怎么可能把这当回事？

不过饭局还是在一片良好氛围中拉开帷幕了。酒过三巡，古川看时机差不多了，终于提出了自己的想法。说完之后他一边装作吃菜，一边用余光观察陈梦龙的表情。

没想到陈梦龙立刻放下手里的酒杯，咂了咂嘴，面色沉重地说："这事你跟我说，难办。一来案子过去这么久了，对'长顺'的协查通报也好，上网追逃也罢，该做的此前都做了，但一直没有任何消息。二来这事如果要查，也该跟你的顶头上司——刑侦副所长刘茂文说，毕竟'长顺'的案子在他手上，查与不查、怎么查也是他说了算。三来我现在只是个片警，连刑警都不算，咋查？"

按照当时的场景，陈梦龙应该还有"四来"和"五来"要跟古川阐释。他话说得很理性，但越是这样古川越失望。陈梦龙有理有据有节，但就是看不出其中有一丝对古建国的情分在。即便这样，古川也不能说什么，毕竟原意是找陈梦龙帮忙，人家帮是情分，不帮是本分。所以他也只好就这么听着，边听还边要装作理解地点头。

3

是谢金先绷不住的，他把酒杯砸在桌面上，打断了陈梦龙的话。

"你咋这么啰唆，干与不干就是你一句话的事，扯这么多有的没的干啥？一起出去做事，四个去三个回，没回的那个还是你师父，现在他儿子来找你，里外都是分内之事，扯这么多犊子你脸红不脸红！"谢金语气中带着愤怒。

一席话顶得陈梦龙满脸通红，包间内突然安静下来，气氛十分尴尬。

"干不了，你找别人吧。"半晌，陈梦龙甩出一句，然后猛地把杯中酒倒入口中，伸手抓起单肩包便往外走。临走时他拍了拍古川的肩膀，走到门口时又回头狠狠地瞪了一眼谢金的后脑勺。

"你能指望他吗？他还有点儿血性吗？他还算个警察吗？说句不好听的，在晚辈面前被人这么叨一顿，是个人都受不了。他呢？连个屁都不放就走了。也对，事虽没应，但酒喝了，饭也吃了，是该走了，不走等着买单啊！"望着陈梦龙离去的背影，谢金恨恨地骂道。

饭局不欢而散，陈梦龙的态度也差不多让古川在心里绝了找他帮忙的念想。之后的日子里，陈梦龙不知是因为心中有愧还是不想多事，开始有意躲着古川。以前在胖嫂面馆过早，大家坐在一起还能聊几句，自从那场饭局之后，古川再在胖嫂面馆遇到陈梦龙，对方要么不说话默默吃饭，要么搬着饭碗去旁边桌，很少再搭理古川。一开始古川心里有些膈应，觉得这家伙怎么心眼这么小，不帮就不帮，咋还躲起来了。后来古川也就习惯了，觉得"浑不懔"这个名字确实适合他。

"我觉得吧，这家伙从分局下来之后，不该再当警察的。你看现在胖嫂面馆的生意多好，当初陈梦龙娶了胖嫂的女儿，就该老老实实回来跟胖嫂一起做买卖。这么会算计的人，不出来做生意真是屈才了。"后来谢金跟古川说。古川这时才知道，原来当年娶了胖嫂女儿的民警竟然是陈梦龙。

"那敢情现在我们都在给他们家投资啊？"古川也感慨了一句。

"是啊！所以说，他家去年在城南刚买的那套房子里也有你的一份功劳啊……算起来，起码卫生间应该是你这几年吃出来的吧……"谢金坏笑着说道。

4

虽然陈梦龙拒绝帮忙，但古川还是要查古建国的案子。问题是怎么查？从哪儿开始查？查谁？查哪里？

其实陈梦龙有些话虽是托词，但也有理有据。当年全局成立专班都没查出来的事情，现在过去快十年了，他古川单枪匹马又如何去查？当年没有网上办案系统，也没有警综平台，所有信息都集中在那本纸质档案中，封存在市公安局刑侦局的档案库里。况且局领导先前便有交代，不让他碰父亲的案子。这可怎么办才好？

古川想到了自己的顶头上司——刑侦副所长刘茂文，但心里又有点儿犹豫。

刘茂文和陈梦龙年纪相仿，老刑警出身，从入职就一直在新城北路派出所工作。参加工作最初两年古川在社区，跟刘茂文没什么交集。工作第三年，古川转到刑侦岗跟了刘茂文，心里又不太愿意跟这位领导打交道。

在古川看来，刘茂文是那种机关单位里典型的"官油子"——特别会说话，特别会来事，但也特别会躲事。反正好事从来落不下他，黑锅也从来找不上他。这些年没听说过他破了什么大案要案，但每年立功受奖都少不了他。他治下的责任区刑警中队也继承了他的风格——工作上不求有功，但求无过，没事从来不给自己找麻烦。

果不其然，古川向刘茂文讲了自己的想法，刘茂文立刻表态：案子确实该查，不能让老前辈的牺牲成为一桩悬案，这已经不是业务问题，而是政治问题，必须得查。但随即刘茂文也向古川提到了那四个问题——怎么查？从哪儿开始查？查谁？查哪里？当然，刘茂文也说了，如果古川找到一些新的线索，那就一定要追查下去，不论多大困难，他都义不容辞。

从刘茂文办公室出来，古川心情着实激动了一阵儿，但他立刻意识到，刘茂文这只老狐狸跟他义正词严地讲了一番废话。古川就是带着这些问题去找他的，他却像一个足球场上的优秀门将一样又把问题回传给了古川。

古川对刘茂文打太极的功力敬佩不已，但也没有办法。有次他把这事跟谢金说了，谢金说刘茂文是新城北路派出所的钉子户，二〇〇二年调来新城北路派出所当民警开始，一干就是快十四年，早就干"油"了，这种事指望不上他。

"你要真想查，还得靠自己。其实公安局的态度已经很明显了，这案子已经过去了十几年，要能查出来早查出来了，真的不行就算了吧，人也不能总活在过去不是？"谢金说。但古川不想放弃，他说自己必须把这事查出来，不然感觉这警察干得都没意义。谢金无奈，只好由着他，只是跟古川说如果有什么需要用他的地方说一声即可。

古川点点头，眼下也只能这样了。

5

思来想去，古川决定从刘三青的遗孀身上下手。刘三青可以跑路，但他妻子不可能带着患病的儿子随他一同离开。

刘三青的妻子名叫王芸，户籍所在地的房产已经变卖，古川几经查询，确定她最后的登记住址在南安市山城区江景路的一个城中村里。二〇一三年三月十七日上午，古川按照地址找到江景路城中村打听消息。

古川找到了王芸之前住处的房东，房东说那个女人两年前已经离开了这里。古川还想问点儿别的，但房东似乎对他抱有戒心，不愿多说。古川掏出警官证递给房东，本以为这样可以打消他的疑虑，没想到房东见到警官证后脸色变得更加难看，像只受惊的兔子般一边摆手一边嚷嚷道："我就是租个房子而已，跟她没有任何关系，该交代的之前都交代过了！"

房东的反应令古川疑惑，但同时进一步激发了他的好奇心。再三追问下，房东终于开口讲了有关王芸的事情。

"以前娘儿俩住在二楼一间小房子里，妈在小商品批发市场做'扁担'，儿子天天在楼上躺着，偶尔会背着书包去上学。俩人都一副面黄肌瘦的样子，一看就知道身体不好。"房东告诉古川。

江景路城中村临近南安小商品批发市场，这处批发市场的规模在整个华中地区算是最大的，曾与著名的义乌批发市场齐名。城中村里住的大多是外地来批发市场做生意的商户，再就是那些在批发市场靠出卖劳动力谋生的"扁担"。

所谓"扁担"，是本地人对搬运工的形象称呼。过去小商品市场里人员拥挤，道路狭窄，车辆无法通过，商户们进出货物需要借助人力搬运。这些搬运工用扁担挑起货物，穿行在市场内，时间长了便被人形象地简称为"扁担"。

王芸就曾是"扁担"大军中的一员。古川打小便知道"扁担"，更加感觉难以置信。因为印象中做"扁担"的多是身强力壮的大老爷们儿，像王芸这样的女人如何干得了"扁担"的活计？

"挺惨的，听说她家男人犯事跑了，留下孤儿寡母熬日子。听女的说，她以前在市食品厂上班，因为要赚钱给孩子治病才干了这行……"房东接着说。他对王芸的印象很深，因为王芸除"扁担"外还做着另外一份工作。当然，那并非一项光彩的工作，也正因如此，房东最先见到古川时不愿多说。

"这儿住的大多是独身而来的商贩和'扁担'们，日子长了，自然有些女人捞起了她们的偏门……"房东说，王芸后来也成为其中一员，目的跟大家一样——赚钱。不同的是，其他女人白天无所事事，只等晚上开工，但王芸除了晚上开工，白天还要出去做"扁担"。

"这个女人很计较钱，平时为了块八毛能跟人争半天。但大家都理解她，给孩子续命嘛。她儿子那病简直是个无底洞，钱扔进去，连个响声都听不到。"

"那后来为什么搬走了？您知道她搬去什么地方了吗？"古川问。

房东摇摇头，叹了口气说，大概是二〇一一年夏天，一个深夜，王芸着急忙慌地找他借三轮车，说是要带孩子去医院。这一走，那孩子就再没回来。等王芸还车的时候他问孩子状况，王芸说死了。

"男孩子死后不久王芸就退租走了，没回来过，也不知道她去了什么地方……"房东说。

第五章

1

在古川的要求下,房东带他去了之前租给王芸的那间屋子。说是屋子,其实只是二楼的一间阁楼,面积不到十平方米,王芸搬走之后就没人租住过。这间屋子现在被房东用作储藏间,里面堆满了各种杂物。

"是个可怜人啊。要说节约,做'扁担'的都是穷人,没有不节约的,但省钱省到她这地步我还是头一回见。"房东说,王芸一来就看中了这间阁楼,问多少钱租。房东本没想出租阁楼,随口说了句一百二十块一个月。王芸问一百块行不行,房东本想说不行,但转念一想这阁楼原本也没人租,于是便答应了她。

"小商品市场南边有一家菜市场,王芸每天晚上过去捡菜叶;东边有个垃圾场,王芸隔三岔五去捡些生活用品。住在这里的几年里,我几乎没见王芸花过钱。"房东感慨道。

古川心里默默叹了口气。他知道地中海贫血要花很多钱治疗,刘三青在时尚无法负担医药费,更何况他不在了,只靠王芸一人呢?假如不是刘三青杀了父亲,古川觉得自己会可怜这一家人,甚至理解刘三青走贩毒这条路,但谁让他杀了父亲呢?古川觉得这可能是上天对这一家人的报应,但转念间,又觉得自己不该这么想。

　　说话间房东问古川，王芸的男人当年究竟犯了什么事？古川不便细讲，只说跟毒品有关。房东很是唏嘘，说城中村里也有不少人吸毒，警察常来"打扫"。古川想起些什么，问房东以前王芸身边有没有男人？但话问出来，古川自己也觉得可笑，既然是"捞偏门"，身边怎么可能没有男人。

　　他想跟房东解释一下，自己问的"男人"是"客人"之外的男人。但房东似乎见多识广，压根儿不用古川解释。他说记得有个男人跟王芸走得挺近，个子高高的，偶尔会来给王芸送些东西。古川一下警觉起来，问那个男人还有没有其他显著特征。房东又有些支吾，古川说："你有啥说啥就行，我又不是来找你麻烦的。"房东才放心地说，那个男的开一辆蓝色大众高尔夫轿车，好像还是个警察。

　　"警察？你怎么知道他是警察？"古川反问道。房东看着古川点点头，说应该是个警察，因为有一次两个小混混来骚扰王芸，是那个男人过来帮忙赶走了小混混，后来听小混混说，因为那男人是警察他们才走的。

　　"他都给王芸送些什么东西？"古川追问。房东说也没啥特殊的，就是些生活用品，还有孩子吃的营养品。他原本以为这个男的跟王芸有"特殊关系"，但后来有几次他是跟妻子一起来的，他妻子似乎也跟王芸很熟，所以房东又推测两家可能是亲戚。

　　"但你说亲戚吧，又不太像。你看王芸搬走这事好像也没跟那两口子说，后来俩人又来过这边几次，听说王芸走了很惊讶，尤其是那个男的，还怪我为啥不通知他。你说我跟他们非亲非故的，凭啥要通知他？他是警察了不起啊？是警察咋不管王芸'捞偏门'的事情呢？"说到这里，房东突然抱怨起来。

凭那辆蓝色高尔夫轿车，古川便能猜出看望王芸的应该是陈梦龙两口子。

2

古川能理解陈梦龙的做法，但心理上没那么容易接受。毕竟刘三青是自己的杀父仇人，作为父亲的徒弟兼同事，陈梦龙这样做在一定程度上伤害了古川的感情。

但他还是觉得应该找陈梦龙聊聊，虽然上次饭局之后陈梦龙的状态有些古怪，但不说别的，单是他夫妻俩和王芸的关系便有可能让古川多了解一些刘三青的状况。至于陈梦龙说与不说，那是他的事情，但自己既然要调查这件事，就不能不去问他。

这次古川没有再兜圈子，直截了当地向陈梦龙提出了问题。没想到陈梦龙也没有跟古川兜圈子，也直截了当地告诉他，去城中村的正是自己和妻子。不为别的，王芸生活困难，孩子又要治病，无论作为大学同学还是前同事，自己只是尽一份人情罢了。

至于刘三青的下落，陈梦龙说，王芸也不清楚。二〇〇三年后，刘三青再没联系过她，也没给过她一分钱。至于王芸离开城中村之后的去向，陈梦龙说不知道。

"你也别多想，我做这些事情所里和局里都知道，但纯粹是以私人身份去的，不代表官方任何态度。"最后，陈梦龙郑重其事地告诉古川。这句话让古川感受到了陈梦龙的戒备，以及完全把自己当作外人的心理状态。古川还想再问点儿什么，想了想却没问。大家都是警察，愿说的话自然会讲出来，不想说的话自己也没本事套出来。

王芸不知去向，陈梦龙这边也说不了解情况，古川把王芸的身份信息放到数据平台上搜了一遍，同样没什么发现。事已至此，这条线索算是断了。古川很想去局里要刘三青当年的案卷看看，但一回忆起局领导那张冷酷的脸，还是放弃了。

"案子上的事情，你得沉得住气，就像守号买彩票一样，也有'契机'这么一说。"刘茂文消息灵通，很快知道了古川去城中村调查王芸的事情，因此在一次去分局机关开会的路上，刘茂文对古川说。

"得等到什么时候呢？"古川有些丧气地反问道，刘茂文没有回答他。

3

平时古川虽看不惯陈梦龙，但对这个"师兄"和"前辈"还保持着必要的礼貌。但后来发生的一件事情，让古川开始对陈梦龙产生怀疑。

二〇一四年八月十二日下午，谢金带着一名宇泰物流员工来到新城北路派出所，径直去了杨所长办公室。几分钟后，杨所长电话指令刑侦副所长刘茂文带领民警古川等人前往宇泰物流公司，在公司职工宿舍区内抓获了三名涉毒人员。

根据三名涉毒员工交代，他们所吸食的毒品来自一个名叫赵龙的男子，年龄大概三十七八岁。经核实，"赵龙"系假名。三人还提供了赵龙的落脚点，警方随即前去抓捕赵龙，但在古川等人赶到前，赵龙已经潜逃。

作为社区"治安积极分子"，谢金不是第一次做类似的事情，更何况涉毒的是他公司员工，于情于理他都要向警方举报。但谢金没有料到的是,这次举报给自己惹来了麻烦。两周后,当初谢金带着去找杨所长的那名员工在下班路上被人打伤,而谢金的宝马轿车也在自家楼下被人砸毁。

这明显是涉毒人员的打击报复,刚刚结束拘留的三名涉毒员工又被警方请回派出所。三人矢口否认与这两起报复事件有关,警方核实过三人的行动轨迹后,也确定他们没有作案时间。

于是矛头指向赵龙,警方发出协查通告。不久,建化小区居委会传来消息称,一名可疑男子出现在建化小区甲四栋三〇一房间。很快禁毒特情也反馈给古川,说赵龙在老建化厂附近活动。汇总两条消息后,古川判断情况属实。

老建化厂早已搬走,留下的只有建化小区。建化小区眼下也是一个几乎废弃的待拆小区,没多少住户。赵龙租住的甲四栋三〇一室是建化厂公房,目前在房管所名下,没有自然人房主,估计赵龙是撬开门锁后私自进入的。

刑警队开始在建化小区布控,刘茂文安排古川和另外两名民警蹲守,古川建议联系建化厂保卫科和街道办事处,多叫点儿人手。刘茂文夸古川想得周到,让他去联络。古川跑到桥北社区居委会联络,却被告知社区民警陈梦龙交代过,不让外人掺和警方的这次行动。

古川有点儿懵,不知道陈梦龙是什么意思。他问陈梦龙,得到的回答很官方也很硬——居委会干事不是警察,拉他们来做事,出了事谁负责?古川再找刘茂文反映,刘茂文说自己来协调,但协调来协调去,并没能协调来任何帮助。而古川这边一行三人在建化小区蹲守了十几天,最终也没见到赵龙的影子。

行动一无所获,刘茂文啥也没说,古川却憋了一肚子气。收队当晚,古川把之前给他情报的禁毒特情喊出来问话。特情无奈地告诉古川,早在他们布控的第二天,赵龙便收到消息离开了南安。古川质问他为何不早说?特情也是一脸委屈,说这都是听来的消息,谁也不知道真假,万一赵龙当时没走,事后警察不还得找自个儿麻烦,弄不好再把自己当作同案犯,到时找谁说理去。

警察与特情本就是相互利用、各自利益最大化的关系而已,收益不变的前提下,没人愿意多冒一丝风险。古川理解禁毒特情说的话,但他想不出赵龙是如何得到警方对其布控的消息的。对于此事,特情的话给古川提了一个醒。

"桥北的陈警官好像认识赵龙。古警官,照理有些事轮不到我嚼舌,但你是个好警察,我想给你提个醒。这边很多'卖货的'都认得陈警官,不少人喊他'龙哥'。"

特情的话点到即止,但古川是个聪明人,听得后背有些发凉。他想起之前谢金也说过类似的话。

4

但这件事古川没跟任何人提起。特情的话不能不信,也不能全信,这是上班之后古川总结出来的经验。

赵龙跑了,带来了三个结果。一是谢金头一回对古川发牢骚——当然这顿牢骚的表面目标是刘茂文和杨所长,古川只算是个听众;二是古川开始防备陈梦龙,有意无意间打听一下陈梦龙和桥北道友圈的关系;三是一个月后,山城分局开始针对桥北地区开展打击毒品专项行动。

"看出谢总的势力来了吧?一起案子就能让分局搞一场专项行动,他平时那钱还真不是白花的……"刘茂文这话说得有些阴阳怪气。这也难怪,古川听说赵龙的案子黄了以后,刘茂文作为主要负责人挨了市区两级领导的骂。

专项行动的牵头方是山城分局，行动开始前分局开了几次动员会，古川参加了，但听出领导的意思还是新城北路派出所当主力，其他单位打配合。分局这样安排虽是甩锅，但也合理，毕竟桥北是新城北路派出所的地界。分局辖下七个派出所，平时各管一块，谁也没有指挥别人给自家干活的权力。

秉承分局行动精神，新城北路派出所也制定了具体行动细则——派出所刑警中队与社区民警"一对一结合"。所里开完会，副所长刘茂文把古川叫到办公室，干脆让他主要负责这次针对桥北的专项行动。

"前几次会你也参加了，领导说了，咱是主力，其他单位'打配合'。中队就这几个人，不可能全都沉到桥北去。我想了一下，还是你去吧，好苗子，锻炼锻炼以后肯定要接班的。放心，你只负责摸情况，后期需要抓捕、做材料、办手续啥的，我们一起来。"刘茂文一边踢皮球一边给古川戴高帽，由不得他不同意。

古川心里觉得好笑，分局甩锅给派出所，派出所甩锅给刑警队，刘茂文那么精明，当个二传手又把锅甩了出去，看来最后接锅的是自己。不过转念一想，因为父亲当年牺牲在桥北，他一直对这片区域有特殊感情。即便刘茂文不把皮球踢给他，他也想去掺和一下。所以古川应了下来。

"桥北那边情况很复杂，你虽然转到刑侦岗位有个两三年了，但还算是个新人，弱点是社会关系和信息源有限，有些情报可能需要你亲力亲为。但这样也有好处，你没有历史包袱，不用顾忌一些不必要的事情。记住一点吧，摸情况归摸情况，要相信自己的判断，不要被外界因素左右。判断不了的，直接联系我或者杨所长。"最后，刘茂文突然一本正经地冒出这么一句。

43

5

　　离开刘茂文办公室后,古川还在想这位顶头上司最后说的那番话到底是什么意思?历史包袱是什么?不必要的事情是什么?外界因素又是什么?但很快他就放下了这些疑惑,因为摆在面前的第一件事,就是如何跟那位"混驼子""浑不愣"师兄合作。

　　共事四年,古川已经很了解陈梦龙的做事风格了,压根儿不指望他能做什么事情。他明白,说白了,自己这次就是来给陈梦龙擦屁股的。陈梦龙对古川的到来没表示欢迎,也没表示不满,古川已经习惯了。摸排开始后,陈梦龙也的确没让古川失望。古川独自在桥北摸排吸毒人员,忙不过来时叫陈梦龙帮忙,陈梦龙总说有事,让古川去居委会找治安干事协调。起初治安干事还算积极,但时间一长便有了意见,说这本是警察的活儿,自己在居委会也有很多工作要做。此外,治安干事说那些吸毒人员睚眦必报,自己不是警察身份,总担心遭到他们报复。

　　思来想去,古川还是得去找陈梦龙。但那段时间陈梦龙总是神龙见首不见尾,早上在所里点个卯就出门,一天都不回来。打电话问,他就说"在做事",具体在哪儿、做什么事也不说。好不容易值班时逮住他,想聊几句专项行动的事情,他听得很认真,还有模有样地"指点"古川做这做那。但古川一提让他干点儿啥,陈梦龙便要么哼哼哈哈,要么眼珠子一瞪,说:"你要指挥我?"

　　古川急忙说:"不敢不敢,陈警官是前辈,我哪儿敢有那种想法。"

　　陈梦龙有一万个不愿干活的理由,但没有一个可以说服古川,因为那段时间古川经常在桥北见到陈梦龙,有时在麻将馆里，有时在茶室，有时在他警务室隔壁的"陈香饭店"，甚至有时在马路边。陈梦龙跟不同的人打麻将、喝茶、吃饭、聊天，或者一个人溜达，就是不干他该干的事情。

  指望不上陈梦龙，古川觉得还不如去找谢金。他联系谢金，希望对方能够提供一些桥北地区涉毒人员的情报。谢金接到电话没有推辞，说这几年桥北道友圈确实不像样子，早该扫一扫了，让古川抽时间来宇泰物流一趟，见面聊聊。古川很高兴，只是谢金嘱咐他说"自己过来就行"时，感到有些诧异。

第六章

1

"桥北这边最早开始搞毒的一批人,大概是从二十世纪八十年代末开始的。"见面后,谢金给古川倒了杯茶,讲起了桥北地区的"毒品发展史"。古川感觉没必要,但又不好打断他,只好就这么听着。

按照谢金的说法,最早把毒品带进桥北地区的是当地一些工厂的外派职工。那时人们对于"毒品"的认知还停留在概念阶段,即便把毒品摆在面前,认识的人也寥寥无几。

"最开始是海洛因,一九八八年、一九八九年那段时间最严重。有时你去饭馆吃饭,就能看到一桌子人明目张胆地吸毒,就像现在聚会喝酒一样,你如果不会吸或者不吸,还会被人当作不懂潮流。更别说歌舞厅之类的地方了,有些直接明着卖……"谢金接着说。

最早桥北这边没有大毒贩,毒品都是以散货形式进来的,价格也不高。但很快公安机关就发现了苗头,开始打击吸贩毒。一九九一年本市抓了一批从外地带货进来卖的毒贩,其中五六个被枪毙了,之后吸贩毒行为开始被遏制,也从地上转到了地下。

桥北毒品第二次抬头是在一九九四年左右。当时赶上国企改革，大量人员下岗失业，桥北地区情况是最严重的。现实的无望容易让人寻找一些虚无的精神快感，所以毒品第二次流行起来。谢金那时正好在公安局工作，记得当时最大的毒贩绰号"老木"，以前是国棉六厂职工。老木先是自己吸毒，后来以贩养吸，再后来不知从哪儿拿到了货源，全职干起了这号买卖。

当年"老木"培养了三个"徒弟"："大眼""小何"和"王拐子"。"老木"一九九五年死于海洛因注射过量，"大眼"和"小何"一九九六年严打被枪毙，只有"王拐子"跑了，一直到现在还未落网。

一九九八年之后，桥北这边开始流行"黑社会"。原本就是一批在菜市场搞蔬菜批发的下岗职工，因为争夺客源经常打架，后来干脆形成了几个团伙，各自划定了自己的"势力范围"。团伙中的一部分人不工作，以收"管理费"为生，闲来无事喜欢"整上一口"，后来发展到以"能不能整"作为判断"是不是在道上"的标准。那段时间桥北毒品第三次抬头，主要以这帮人为主。后来有些团伙发现贩毒甚至比收"管理费"来钱还快，索性专职做起了这行，以毒养黑，有人开始从云南甚至境外往这边贩货。

当时比较有名的几个大贩子有"小黑""权哥""高兴"等，都有黑恶势力背景。

说到这里，谢金顿了顿。

"知道二〇〇一年南安'六·一一毒品案'吧？"谢金问古川。古川说记得，那是市运输公司的案子。

谢金点点头，说当时警察查到的那批货就是"权哥"的。

2

"权哥"原名李明权,他的身份比较特殊,因为他以前也是个警察。

"这家伙跟陈梦龙一样的性格,'浑不愣'嘛。他最早在公安局工作,傲得很,脾气也暴得很,看谁都不顺眼。领导烦他,同事也不待见他。一九九五年吧,他为了一点儿小事在局机关打了局领导,被开除了。"谢金说。

脱掉警服后李明权去桥北蔬菜市场跑起了运输。虽然改行了,他的脾气可没改。后来因为总跟临市一帮跑配货的人抢客源发生冲突,他索性拉着其他几个跑运输的人组织了一个团伙,打跑了临市那帮配货的,垄断了桥北这边的蔬菜运输市场。

李明权在公安局有几个朋友,开始时他们之间还有交往,但随着李明权的黑化,以前的朋友也逐渐与他断绝了往来。再见面时,他们基本就成了警察和嫌疑人的关系。随着势力的扩张,李明权的行为也越来越出格。他的团伙形成后,做蔬菜运输的新手想入行,除了公家发放的许可证外,还得征得李明权的同意。当然,李明权不会平白无故地同意,前提是新人要交一笔"管理费",还得把每次跑活儿赚到的钱分一部分出来。

再后来,生意越做越大,李明权不亲自跑车了,在桥北成立了一家"货运站",其实就是专门收"份子钱"的地方,身边招揽了几个两劳释放人员,触角也伸到了菜市场之外,逐渐开始垄断周围五金市场和小商品城的货运业务。

也就是从那时开始,汽车运输公司的一些司机开始被李明权团伙拉拢过去。一来,运输公司已经半死不活,工资都发不出来;二来,在那个年代大车司机还是个稀罕工种,运输公司这帮司机各种证件齐全，能省不少麻烦。有些胆子大的，甚至敢开着公家的车找李明权干私活。比如运输公司派司机出去拉一吨大米，司机能顺路再帮李明权拉上两吨花生，保卫处不可能派人跟车，想管也管不了，后来也就听之任之了。

再往后就发生了帮李明权贩毒这档子事。那两个司机原本是按公司要求去云南拉水果，结果每人收了李明权五千块钱，顺道给他拉回了二十公斤海洛因。云南警方一路尾随回了南安，这俩人都不知道，最后连同过来收货的李明权一同被警方堵在了运输公司大院里。

"三人都知道活不了了，索性拼上一把……"谢金接着说。但结果可想而知，三人因持（枪）械拒捕被警方击毙了。

"那批海洛因的买家是谁没查出来吗？"古川问。谢金摇了摇头，说当时该留个活口的，结果嫌疑人全死了，案子也到此为止了。

"不过当时坊间有个传闻，说李明权和刘三青有瓜葛，刘三青又跟陈梦龙是铁哥们儿。那起案子有刘三青的份，现场打死李明权的是陈梦龙，目的是保住刘三青。"谢金说。

古川吃了一惊，忙问这话有没有根据。谢金笑了笑，说本就是传闻，要啥"根据"？但紧接着他又若有所思地说了句："不过'无风不起浪'，这传闻怎么不传别人呢？"

之后的事情古川便都知道了——陈梦龙派刘三青押运毒品回公安局，路上发生车祸，刘三青不知去向。后来那批毒品又在市面上出现，殉职警察刘三青也成了毒贩"长顺"。再后来，父亲古建国被刘三青枪杀。

3

李明权死后，南安警方开展了新一轮扫毒行动，后来那些不法团伙也大多因为涉黑、涉毒、涉枪等问题被搞掉。其中"高兴"被枪毙，"小黑"被判处死缓，至今还在监狱里蹲着。从此之后，桥北这边有组织的大型贩毒团伙便不复存在了，再做这行的，都是一些外地过来的小贩子。

"当然，如果刘三青也算一个的话，那这事得从二〇〇三年算起。"谢金补充道。

"八十年代末第一批吸贩毒的、没被枪毙的，现在也基本都吸死了。前几年听说那个'王拐子'回来过，但禁毒支队那边找过一番，没找到。估计他是看情况不对又跑了，但算起来他也是六十开外的人了，掀不起什么风浪。'小黑''高兴'那帮人早就散了，没听说还有人搞这个。"谢金接着说。

"那现在市面上能叫上名来的毒贩呢？您知道吗？"古川问谢金。谢金似乎早有准备，从抽屉里拿出一张纸。

"上次跟你通完电话，我专门帮你打听了一下，这五个人应该还在搞事。"谢金用手指敲了敲桌子。古川看向那张纸，上面写着五个名字："王占辉""马海""高鹏""斑斑""杜强"。

古川正想拿过那张纸，却被谢金一把按住。谢金指着其中一个名字说，这个人你要尤其注意。

古川看向那个名字。"杜强"。这人他有印象，以前从一些同事口中听过。他点点头，继续试图把那张纸拿过来，但谢金依旧按着不放，他看着古川的眼睛说："你听我把话说完。"

"此人十几年前就在搞毒，他当年是汽车运输公司的职工，而且其他四个人很有可能都跟这个杜强有关系。"谢金说。

"他们是一个团伙？"

"说不好，你得去查。"谢金随即补充道，"这件事暂时不要让太多人知道。"

"为什么？"

谢金过了一会儿才有些犹豫地跟古川说："公安局内部很复杂，你平时做事也得有所防备"。

古川默默地点点头。谢金话没说明，但古川明白其中的意思。

拿到名单后，古川立刻开始行动。首先是王占辉和马海，但古川并没有打听到他俩的消息。警综平台上有二人的信息，古川去登记的家庭住址找过，邻居都说他们早已搬走了。特情那边也没啥消息，古川只好暂时把这两人放到一边。

绰号叫"斑斑"的人没有真实姓名，谢金告诉他这人年纪不大，背景不详，是这几年刚冒出来的新人。古川不知从何查起，无奈之下只好去问陈梦龙。陈梦龙盯着这个名字看了半天，问古川找他干什么？古川说可能涉嫌贩毒，陈梦龙便没再问，而是跟古川说："这人你不用管，我来找。"

第四个人叫高鹏。古川认得他，的确是个老毒么子。古川让特情出去摸一下线索，得知高鹏最近经常出现在建设路的麻将馆里，于是拉着陈梦龙一起去。

陈梦龙的态度有些勉强，但还是跟着去了。

4

古川找到高鹏时，他正在建设路麻将馆里大杀四方。那天他手气好得出奇，以至于古川和陈梦龙站在他身旁时，高鹏还以为他俩是过来接班玩"跑晃"的牌友。

古川亮明身份，让高鹏跟他走。高鹏很配合地站起来，拿起挂在座椅靠背上的小包便跟古川向门口走去，边走还边若无其事地念叨着："前几天刚被高陵所叫去问话，没什么事情嘛。"古川没理他，三人前后脚走出了麻将馆。

　　就在踏出麻将馆的那一刻，高鹏猛地推了一把身旁的陈梦龙。陈梦龙没防备，被高鹏推了个趔趄。古川反应快，伸手去抓高鹏胳膊，不料他抡起手里的小包便砸向古川。那是一个不大的单肩包，但不知里面装了什么，重得反常。高鹏这下实打实地抡在了古川肩膀上，他顿时疼得要命。高鹏转身便跑，古川拉上陈梦龙开始追。

　　单论身体素质，长年吸毒的高鹏哪里跑得过古川。三人大概跑了几百米，高鹏拐进了路边的一个胡同里。古川和陈梦龙也追了进去，但陈梦龙似乎体力跟不上，嘴上一直喊"慢点儿跑，注意安全"。古川等了陈梦龙两次，看他的样子好像不怎么积极，索性不再管他，一个人追了上去。

　　古川拐了几道弯，正好看到高鹏从一个死胡同里退出来。他大喝一声扑了上去，高鹏这次没有跑，可能是发现自己无处可逃了，于是站在原地，把手伸进了单肩包里。

　　古川意识到高鹏包里恐怕有"家伙"，于是习惯性地把右手伸向后腰，但突然意识到今天自己并没有带枪，连根伸缩警棍都没拿。此时他也没有别的选择了，只能赌一把，看谁的手快。

　　古川钳住高鹏右手时，已经看到他伸进包里的手上握着一个黑黢黢的东西，上面还缠着防水胶带。他心叫不好，可能是把土枪，钳着高鹏手腕的手更不敢放开，只能借着冲上来的惯性和自己的体重一下把高鹏扑到地上。

　　倒地之后，高鹏没有放弃挣扎，右手使劲从包里向外抽，想把枪彻底掏出来。古川只好一边跟他较着劲，一边大喊陈梦龙的名字，巴望着这个祖宗能赶紧出现。他记得刚刚陈梦龙离自己不远，不知这会儿怎么还没过来。

终于，陈梦龙转过拐角出现在视野里，古川连忙大喊："他有枪！"陈梦龙好像吓了一跳，但也举起了配枪。三人距离只有几米，照理说此时最好的处理方式便是击毙高鹏，但不知为啥，陈梦龙一直举着手里的枪，就是不打。

"开枪啊！"古川急得大喊。陈梦龙虽然举枪步步靠近，却始终不击发。

就在古川分神的这会儿，高鹏已经拽出了手里的枪。

"咚"的一声，高鹏手里的枪先响了，古川顿时感觉天旋地转。

古川记得最后好像是陈梦龙用拳头制服了高鹏，回过神来时高鹏已经倒在地上，陈梦龙用膝关节压着他的后颈。

古川赶紧查看自己的伤势，但找了一圈也没发现伤在哪里。他转头看了一下身旁，发现不远处的土墙上有一块黑色的缺损，应该是刚刚高鹏那一枪造成的。

"龙哥，龙爷，你的枪是个摆设吗？！"刚经历了生死关头的古川再也顾不上"师兄""前辈"的身份，怒斥陈梦龙。陈梦龙却面无表情，只是淡淡地说，刚才距离太近，怕误伤到古川，况且人这不已经控制住了嘛。

古川并不认可这个理由，他知道这次算是自己命大，如果不是高鹏手里的土枪每次击发都要重新上膛，自己现在已经被陈梦龙坑死了。

5

古川从高鹏身上搜出将近半公斤的毒品，也难怪他拼死挣扎。警方继续深挖，又连续打掉了几个毒窝。

局里给古川和陈梦龙两人都报了功。授奖仪式上，两人站在一起，古川感觉有点儿别扭，但也说不出心中滋味。

"这'混驼子'竟然还能混出这么个名堂，真是老天走眼啊。""你是他的福星，要不是你拉着他，这事哪有他的份。"同事们众说纷纭，有人向古川表示祝贺，有人吆喝着让古川请客，也有人出于各种心态，对这件案子发表着不同的看法。

"这货是拿你的命换成绩呢。他肯定知道要是一枪把高鹏打死了，就没有后面这些事情了。"

古川其实心里一直对陈梦龙不满，当时那么危险，无论从条例规定还是现实状况来看他都应该开枪，但陈梦龙一口咬定"怕误伤""现场可以控制"所以坚持没有开枪。当然，最后高鹏那枪打偏了，所以他的理由说得过去，但如果那枪没打偏呢？或是如果高鹏手里的枪能连发呢？那自己的结果会是如何？古川不敢想象。

"你指望这家伙开枪？算了吧，他那枪自从打残谢金之后就再没开过。以前有一次去抓毒贩，三个人拿刀把他围在中间，换谁谁都会开枪，可这家伙呢？宁可挨两刀，就是一枪不开。他对自己尚且这样，更别说对你了……"同事跟古川说。

"那这几年的轮训呢？他不也得考核射击？"古川问。

"他可以不参加，政治部陈主任批的条子。"同事说。教育训练处归政治部管，陈主任有这个权力免去陈梦龙的轮训考核。但古川还是有些不解，所谓"从哪儿摔倒从哪儿站起来"，误伤谢金这事过去十几年了，连谢金本人都不计较了，陈梦龙怎么还走不出来？

"其实说白了吧，这家伙就是懒精懒精的。大家都知道他有'开枪恐惧症'，所以有大事都不叫他，他也就得个清闲。这么多年了，大家早就都看出来了，什么'心理阴影'，就是不想干活而已。只是不知为啥只有陈主任还惯着他。"同事说完笑着叹了口气。

古川跟刘茂文说起这事，要求以后不再跟陈梦龙一起做事。"跟他在一块儿真没安全感。"刘茂文则一边安慰古川让他别放心上，自己会去教育陈梦龙；一边又劝古川说要信任战友，陈梦龙干了二十多年警察，有临场经验，不会拿同事的性命开玩笑。

"你看这不最后也没出事吗？离那么近，万一他误伤了你，你不成第二个谢老板了？"刘茂文安慰古川说。

当古川把这件事情告诉谢金时，谢金却有些恼怒。

"这刘茂文也是说屁话。我给陈梦龙造成了心理阴影？他还给我造成了现实创伤呢！有阴影还当什么警察？回去开面馆不就行了？"

古川赶紧打圆场说："过去了过去了，刘所也是随口一说。"

"以后出任务注意点儿，有了这次教训，以后不要跟陈梦龙这货搭班子。立不立功无所谓，别出事就行。这话你要不好说，我去找你领导说！"说这话时谢金俨然站在了一个长辈的角度。

"抽空查查他的枪，这货别是把真的卖了，换把假的搁这儿装蒜呢！"最后，谢金没好气地说了一句。

第七章

1

　　派出所每位民警都有一支配枪，上面的枪号与持枪证号码对应。只有执行紧急任务时所里才给民警发枪，平时这些枪都锁在枪库里，轮到谁值班时便取出自己的配枪，交班后再把枪放回去。

　　古川当然不会怀疑陈梦龙的配枪有问题，市局每年派人核查枪库，有问题早就曝出来了。但他对这位师兄依然很失望，以往两人值班时都是陈梦龙带枪，自那之后古川也申请领出了配枪。

　　古川还在调查谢金提供的五人名单，高鹏落网后名单上还剩最后两个人——"斑斑"和杜强。古川参加了对高鹏的审讯，但没发现跟杜强有关系。至于"斑斑"，高鹏说听过这个绰号，但没见过，更没来往。

　　古川相信高鹏，因为这关口高鹏巴不得将功赎罪，半公斤毒品足以把他送进鬼门关。在同伙和性命之间，是个人都会做出最有利于自己的选择。

　　陈梦龙答应他来找"斑斑"，但古川等了一个月，他都没反馈任何消息。而杜强这边，古川找了很多人打听，同样没有消息。

"以前挺有名的，但几年没见了，估计出事了吧。"大部分人这样告诉古川。

分局针对桥北地区的专项行动还在继续，谢金除了第一次给古川那张五人名单外，之后又零星提供了一些线索和人名。加上自己摸出来的情报，到二〇一五年元旦时，古川已经前前后后在桥北地区抓了十几批吸贩毒人员。

这个战果，上级很满意。当年正值干部调动，胖胖的杨所长从新城北路派出所上调至分局工作，新来的所长姓蔡。刘茂文则借着专项行动的东风升了教导员，原本要调来接任刑侦副所长的分局刑警大队老吕被省厅借走，刘茂文依然兼任着刑侦副所长。

任职命令下达之后，刘茂文请全所同事吃饭。饭局上有人消息灵通，说局里本来要调刘茂文去机关工作，但他死活不干，非要在原单位提拔。刘茂文则笑着说自己没啥"政治追求"，就愿在离家近的地方上班。

古川把之前谢金给刘茂文下的新城北路派出所"钉子户"的定义拿出来开他玩笑。刘茂文打趣说自己这还算不了什么，市局的老周在装财处才是钉子户，十七年没换过地方不说，这次局里给他正科编制，调他去拘留所他都不去。"我这怎么着也算原地提了一级，不算真正的钉子户。"

饭局在众人的欢笑声中结束，回去路上刘茂文有了醉意，他坐在古川的车上说："好好干，继续努力。老吕估计回不来了，能去省厅机关谁还在基层待着？你是英烈子弟，年限差不多了，工作干得也很好，过个一年半载，刑侦副所长这个位置八成就是你的了。"

古川连忙说没想过提拔的事情，只想着把工作干好，如果能顺带查一下父亲当年的案子就更好不过了。说起古建国的案子，刘茂文没有搭话，但跟古川聊起了古建国本人。他说当年古建国是个好领导，如果没出事的话现在铁定进局党委班子，那样公安局会比现在好得多。

这句话让古川有些吃惊，因为刘茂文言下之意是现在公安局有不好的地方。在古川印象中，他这么圆滑世故的人从来不吐槽上级，尤其是在下属面前，不知是不是因为今天喝了酒。

"唉，你父亲当年对我也是……"刘茂文叹了口气。古川一边开车一边等他继续说，但等了一会儿发现刘茂文没了动静，之后副驾驶便传来了他的鼾声。

2

其实就这次的桥北扫毒专项行动成果来看，古川自己并不满意。因为毒贩抓了不少，但桥北地区的毒品交易似乎依旧猖獗，涉毒人员的数量并没有减少太多。

控制一片区域的毒贩抓到了，但随即又有另一个毒贩填进来。抓了一批吸毒人员，除了几个送强戒之外，其余大部分治安拘留后放回，但下次抓捕时还能遇到这几个熟悉的面孔。几乎所有吸贩毒人员都拒不交代货源在哪里，零星几个为了不被送去强戒而坦白的，古川顺线抓下去，也只能逮住几个以贩养吸的小杂鱼。

古川隐约觉得这些涉毒人员的背后，还有一个真正掌握毒品货源的人。不把那个人抓住，就不可能完全消灭桥北的毒品市场。

古川试着经营了几起案子，希望能够抓到背后大一些的货源，但总在某个节点失去线索。而更令他不安的是，自从专项行动开展之后，桥北地区的刑事案件发案数急剧上升，以往已经不常见的街头械斗、聚众斗殴和持械伤害案件再次频发。

按照刘茂文先前的交代，古川只负责摸线索，后续的案子不在他的处理范围内。但古川持续关注这些案子的案情，发现这些案件的背后似乎依然与先前的毒品案件有着或多或少的联系。

"你把水搅浑了，有些人开始坐不住了。"一次，古川跟刘茂文提出自己的想法，刘茂文对他说，"原本毒贩们划片发财，互不相扰。但现在有人被抓了，他的地盘便空了出来。道友不可能戒毒，别的毒贩想进来，大家又要重新规划地盘。谈不拢，就要打架。"

"桥北这边因为历史原因，情况复杂得很，现在咱们打的这些多数还是浮出水面的小喽啰。要想一网打尽，还得把水底的那些大鱼挖出来。"刘茂文说。

"你听说过杜强吗？"古川想起这茬儿，问刘茂文。

"杜强？哪个杜强？"刘茂文明显愣了一下。

"早年是汽车运输公司职工，也是个搞毒的家伙。"

"哦，听说过，以前挺有名的，但好多年没动静了。怎么，你有案子在找他吗？"刘茂文语气很平淡。

"有消息说他的团伙来南安了。"古川说。

"哦，团伙？还有谁？"刘茂文好像有点儿吃惊。

"马海、王占辉、一个绰号叫'斑斑'的人，还有刚抓的那个高鹏。"

"这消息从哪儿来的？你摸的？"

"宇泰物流公司的谢总提供的。"

刘茂文若有所思地点点头，却没再说什么。

3

　　那天古川值班，刚到一楼值班大厅就见刘茂文急急忙忙下楼拿公车钥匙，看样子是要出门。古川记得上午十点全局要开廉政教育的电视电话会，教导员主持会议。清早点名时刘茂文还要求任何人不得缺席，有事也得推到下午去做，但这会儿他咋自个儿跑出去了？

　　教导员走了，临走前把事情交代给治安副所长徐晓华，让他领着大家学习。徐晓华是几个月前刚从民警岗位提拔上来的治安副所长，可能说话还不怎么好使，很明显，所里几个老烟枪看主官走了，从兜里掏出了打火机。

　　"哎赵叔、老张，先忍一忍，屋里有摄像头，领导那边能看到咱……"徐晓华看情形不对搬出了上级领导，想赶紧制止几位老先生在屋里抽烟。但这招似乎没有效果，老赵和老张不但没把烟收起来，反而大大咧咧地回了句："怕他个锤子，老子又不图他个啥了，他还能把老子咋啥了？管天管地，还管老子抽烟放屁？"

　　说完一个响屁传来，不知是老张还是老赵。

　　古川想笑，但他知道徐晓华说得没错，领导那边确实能看到派出所会议室，所以忍着没敢笑。他环顾四周，发现另外几个同事也都瘪着嘴，应该和他一样在努力憋笑。徐晓华吃了瘪，但又得罪不起这帮老资格，只好默默地低下头，继续读文件。

　　古川有些可怜徐晓华，但他明白所里的"生态环境"，也只能想想而已。

　　文件学习还在继续，徐晓华略带东北口音的普通话在会议室里回荡着，古川一边听一边在笔记本上漫无目的地做些记录，不时抬起头瞧瞧周围同事，看大家都在做什么。其他人的状态也跟古川差不多，只有那几位老同志一边夹着烟一边摆弄手机，白色的烟雾从他们食指和中指间升腾起来。

"新城北路所的张广平、赵德志、徐军，谁他妈让你们在会场抽烟的？立刻把烟灭了！徐晓华，你是眼睛长在脑袋后面还是鼻子搁在家里了？这三个家伙公然在办公场所抽烟你看不见吗？！"会议室喇叭里突然传来一声爆着粗口的怒斥。古川抬头看屏幕，市局主管刑侦的副局长宋庆来正坐在屏幕前，估计是视频巡视时发现了这三个老烟枪。

宋庆来是公安局领导里有名的不好惹，资历比这几个老烟枪还要老，老烟枪们自觉惹不起，急忙把烟灭了。

4

那天古川再见到刘茂文已是晚上。古川很想知道他白天去了哪里，是不是与自己说的那件事有关，但刘茂文没有找过他，之后也没跟他提过杜强的事情。有几次古川主动提起，刘茂文都借故把话题岔开。古川不懂其中缘由，但也不好再问。

一次去谢金那里，谢金问起之前给古川的五人名单，古川说除了"斑斑"和杜强外，其他三人都有了下落。谢金没再说这份名单的事情，却告诉古川，自己好像被人跟踪了。

"谁？什么时候？为什么跟踪你？"没等谢金说完，古川便紧张地接连发问。

谢金把手机递给古川，上面显示有四张照片。

前两张照片上是一个身着黑色冲锋衣、骑黑色摩托车、戴墨绿色头盔的骑士，应该是谢金通过后视镜拍的。骑车人捂得严严实实，看不到长相。第三张照片上的男子站在一家便利店门口，戴黑色鸭舌帽，个子不高，大概一米七，身材也不魁梧，看不出年纪。第四张照片是谢金截取的宇泰物流正门监控截图，照片中的男子同样骑摩托车且全副武装，看不到正脸。

古川反复翻看着四张照片，有种说不出来的奇怪感觉。

"就上个月吧，保安跟我说有个骑摩托车的人总跟我前后脚到公司，但又从不进门。这段时间我上下班路上留意了一下，确实看到这么个人。"谢金说，他怀疑还是跟之前举报"赵龙"一事有关。

古川盯着照片出神。"怎么看上去不像个男人呢？"他的语气稍有戏谑，因为一张骑行的照片里，骑手弯腰的姿势似乎有些妖娆。谢金要过手机看了一眼，说哪里"妖娆"了，公路赛摩托车不都这么骑？

"这事你自己帮我查查就行，查不着就算了，别惊动茂文教导员那边。他平时工作太忙，我不想给他添麻烦。也不用告诉陈梦龙，这家伙整天混日子，跟他说了也没用。"谢金补充道。古川点点头。

"跟我讲讲那个杜强吧？警综平台上没有他的资料，刘所似乎也不愿多提这人。"古川接着说。

谢金点点头说，好的。

杜强一九七三年出生，原南安市汽车运输公司职工。谢金说，杜强的特殊身份来自他的大伯，原南安市钢铁厂厂长杜展平。

杜展平兄弟二人，杜强父亲去世得早，杜强从十几岁开始就一直跟随杜展平生活。杜展平本人没有孩子，一直把侄子杜强当成儿子抚养。当时杜展平担任南安市钢铁厂一把手，因属省管企业，还兼任着南安市主管重工业的副市长。

也是因为这层因素，杜强当年才能够进入炙手可热的市汽车运输公司工作。当然，之所以没进钢铁厂，是因为那时钢铁厂职工的工资远不如运输公司高。

"大部分人不知道杜强的背景，但我父亲当时也在市里工作。一九九一年，杜强一来运输公司报到父亲便把情况跟我讲了，还嘱咐我平时照顾一下这个'小兄弟'。当时我没太当回事，因为那时运输公司有不少南安市的领导子弟，大家都是一个圈子的，很快就能玩到一起去，不需要我专门'照顾'。"谢金说。

但他没想到的是，杜强这家伙不但没跟大家玩到一块儿，反而自己"玩"出了花。有人向谢金反映，杜强吸毒，不仅自己吸，还帮人"带货"。运输公司分给他的单身宿舍里经常出现一些不三不四的人，一看模样就知道是"搞那口的"。

谢金抓过杜强几次，还把情况告诉了古建国。那时陈梦龙正好在新城北路派出所工作，所以古建国就把杜强的事情交给了他，谢金也是从那开始和陈梦龙熟络起来的。

再之后的事情谢金也不知道了，因为后来运输公司借着清理住宿的由头收回了那些本地职工的单身宿舍。从那以后，杜强除了领工资便不怎么来运输公司上班了。谢金乐得麻烦自己走了，也没再管这事。

5

古川查了谢金交代的这个骑车人，但似乎没什么发现。照片上的摩托车很漂亮，也比较少见，是辆跑车，但没有牌照。古川想从摩托车查起，想起新城北路派出所的同事小王也骑了一辆类似的摩托，可能懂行些，便找他问情况。

小王看过照片后说自己的车跟照片上的这辆车没法比，自己那是一辆国产山寨车，只是因为好看才买的。而照片里是一辆进口车，看外观应该是川崎 H2，价格能买十辆自己的车。

"有钱人啊！真要是 H2，办落地得小四十万吧，能买辆很不错的轿车了。这事你得去找交警或者摩托车发烧友问，如果不是深度中毒且钱多得没处花，谁会买这个？"小王说。

古川去了交警队，但交警看过照片后说应该不是南安的车，因为档案里这几年没有这种型号的摩托车上牌。有可能是走私车，也有可能根本就是改装外观的车，只能帮古川留意一下，如果发现了这台车就通知他。

古川又通过小王联系了几位摩托车发烧友，他们看过照片后大多说没有印象，只有一位发烧友说好像在江景路的城中村里见过这辆车，但具体位置早就不记得了。几人说回去帮忙在圈子里打听一下，但也让古川如果找到了这台车记得告诉他们，他们也挺好奇的。

一番寻找无果后，古川也只好作罢。

二〇一五年六月，山城分局针对桥北地区开展的毒品专项行动宣告结束，分局为此还召开了表彰大会，古川因成绩突出得到了分局领导的嘉奖。与他同时得到表彰的，还有刘茂文和新城北路派出所责任区刑警中队的全体成员，连陈梦龙也得到了一张奖状。他把奖状胡乱塞进办公室的书柜里，看样子并没当回事。

但这也算是个皆大欢喜的结局，毕竟大家忙活一场。结束后刘茂文本来提出找个时间大家一起吃饭庆祝一下，他来做东，但那段时间他又似乎十分忙碌，聚餐的话虽放出去了，却一直没兑现。

古川无疑是这场专项行动中付出最多也收获最大的人。他回家把奖状和证书交给母亲，母亲把它们小心翼翼地放进柜子，和另外一大摞证书、奖状放在一起。古川知道那些是父亲当年拿到的立功受奖凭证。跟父亲当年的功绩相比，从警五年来他取得的这些成绩简直不值一提。

尤其是眼下这场为期大半年的毒品专项行动，在古川看来如同一场表演。说是分局牵头，其实只有新城北路派出所在忙活。更确切地说，不过是他在谢金的帮助下摸出几个小毒贩的位置，然后刘茂文在他的指引下带着刑警中队端了几个不大不小的毒窝。前后确实抓了不少涉毒人员，但全都是小杂鱼，连盘像样的菜都算不上。

古川对自己面临的处境有了些许烦躁的情绪。刘三青、杜强、谢金、刘茂文、陈梦龙，这些人和他们所经历的事情在他眼里变得越来越复杂。原本他只需要关注刘三青，现在看来仿佛被卷进了一个旋涡之中，自己也说不清下一步该做些什么了。

"我还以为领导平时工作太忙，把咱这事给忘了呢。"分局表彰大会结束后，回来的路上古川搭刘茂文便车，刘茂文说，"我当初猜得没错，这次'专项行动'就是因为谢总那事的缘故才搞起来的，不然咋会这么不紧不慢的。不过还是上级领导想得周全，还记得最后开个收尾大会。"

"真要想在桥北扫毒，完全不能是这么个搞法。"刘茂文一边开车一边说。

"那该是个啥样的搞法呢？"古川也感觉无趣，只是话赶话说到了这里。

刘茂文笑笑，没再接话。

第八章

1

二〇一六年四月初，古川接到上级通知，前往市局经侦禁毒支队报到，接到命令后马上出发。同样得到命令的还有刘茂文。去禁毒支队报到的路上，古川向刘茂文打听此行的目的，刘茂文说肯定是专项行动，去了听指挥就行，啥也别打听，啥也别跟人说。

古川点点头，此前他经历过几次类似行动，有些行动甚至连本单位主管领导都无权了解。来到禁毒支队后他才知道，这次行动的目标竟然是杜强。

"杜强在南安出现了。这次行动的目标不仅是抓住他，还要搞清他在南安的关系网。"挂帅的宋庆来副局长在动员会上说。

二〇一六年四月六日，南安警方开始布控抓捕杜强。

没有人知道杜强为什么要回南安，即便最熟悉他的人也说这家伙已经很多年没露过面，以为他早就死了。古川调出当年杜强的卷宗，最近的一起案子已经过去了快十年，内容无非是涉嫌贩卖、运输毒品。古川找了几个特情打听有关杜强回南安的目的，大家也都说不知道。

情报显示杜强的落脚点在世纪小区八号楼二〇三室。南安市局禁毒支队成立了专班，民警分成四队轮流布控，技术部门也全力提供帮助。杜强落脚点被围得水泄不通，连只苍蝇也飞不出来。

古川和几个同事被分在蹲守组，组长刘茂文主要负责日常监控杜强的行动。专班拿到了相邻七号楼三层的一个房间，古川的工作就是用望远镜透过窗户观察对面杜强落脚点内的状况。头几天古川很兴奋，每天一接班便坐到设备前面，眼睛眨都不敢眨，生怕落下什么细节。但从第四天开始他有些疲了，一来对面房间什么动静都没有，二来他越发想不通专班领导的意图到底是什么。

"既然人出现了，动手抓人就是了，想知道啥信息把人抓回来盘一圈不就行了，咱这是一天到晚在干啥呢？"一次，古川忍不住向刘茂文抱怨。

"你上次问我'真正的扫毒怎么扫'。看见了吗？就是这么扫。说白了，这是大贩子，背后有货源的那种，一抓能抓一串，所以非得这样搞才行。"刘茂文似乎一点儿也不急，一边抽烟一边慢条斯理地回答古川。

"是在等某个人出现吗？"古川接着问。刘茂文似乎没有听见他的问题，坐在一旁不停地摆弄着手机。古川又把问题重复了一遍，这次他确定刘茂文听真切了。然而刘茂文不仅没回答他，反而让他不要问东问西，干好自己的活就行。

古川自嘲地笑笑，没再追问。他知道这份工作往往知道得越多，责任便越大。看刘茂文这态度，他也就知趣地不再追问了。

2

杜强是在古川蹲守的第六天出事的。

他自打入住世纪小区后一直深居简出,每晚十点左右出门,在小区附近的夜宵摊打包两份炒花饭,然后去小区旁的铛铛便利店买一些饮料和香烟,除此之外基本不会离开藏身点。但四月十二日下午两点,杜强突然一反常态,大白天离开了藏身点。

古川很紧张,立刻把杜强的动态做了汇报。刘茂文笑他大惊小怪,又不是只有自己这一组人布控,外围有很多人,杜强肯定跑不了。果然,不久对讲机里便传来了外围民警已经跟上杜强的消息。连续几天的注意力高度集中令古川有些困倦,他想趁这机会去隔壁休息一下。刘茂文同意后,古川就躺到隔壁房间的沙发上,一下就睡着了。

古川这觉睡得很沉。原本只想打个盹,没承想最后被刘茂文从沙发掀到地板上,他才醒过来。

"也他娘的真有你的,这地方都能睡成这样!"古川睁眼便听刘茂文在一旁骂自己。他突然想起中途几次同事过来喊他,他都挣扎着起身但不知为何又睡了过去。意识到自己的失误,古川急忙站起来胡乱整理了一下身上的衣服,顺便抬手看了一下表。完了,这一觉竟然睡了三个多小时。

回过神来的古川心中暗叫不好,但事已至此也没有别的办法。他急忙来到另一个房间,却看到同事在默默地收拾桌上的设备。

"这是……人抓到了?"古川疑惑地问刘茂文。

"你做梦抓的吗?"刘茂文反问他。古川不知该如何回答,这时身边还在拆解设备的同事碰了碰他,小声说,人跑了。

"跑了?"古川吃了一惊。刘茂文瞪了他一眼,哼了一声,转身气呼呼地走开了。

从同事的口中,古川得知了自己睡着的那三个小时里所发生的事情。

二〇一六年四月十二日下午两点，杜强突然背着一个书包离开世纪小区藏身处。布控民警认为他要吃饭或去购买生活用品，于是派出两人跟踪。但杜强走出世纪小区后没去便利店，而是沿小区外的怀阳路一直步行。

起初杜强走走停停。为了防止打草惊蛇，跟踪民警也没有跟得太紧，只和他保持了目视可见的距离。杜强似乎没发现有人跟踪自己，路过怀阳路小广场时还买了一份报纸和两包槟榔。

走到万安商场时，杜强突然毫无缘由地撒腿往商场跑去。事发突然，跟踪民警吃了一惊。就在停顿的几秒钟里，杜强已经冲进了商场大厅。两名民警这才反应过来，也赶紧追进商场。但进门之后他们心就凉了，因为当天万安商场正在搞换季清仓甩卖，大厅里人山人海，根本找不到杜强的踪影。

等增援民警赶到，调取了商场监控录像后大家才知道，杜强进入商场大厅后直接跑向了安全出口，从安全出口下到地下车库，又从送货通道逃离了商场。

事后经过搜索，民警在商场一楼超市货架上发现了被杜强丢弃的手机，在地下车库的角落发现了他换下的衣物。杜强在一群警察的眼皮子底下跑了，让专班六天来的辛苦变成一场笑话。

3

杜强逃跑当晚，宋庆来副局长组织召开了专班会议。

宋庆来干了一辈子刑侦，脾气比他的胃病还厉害。那晚专班所有民警都坐在局机关会议室里低头等挨骂，古川选了个靠墙边的位置，因为感觉那里比较不容易被宋局看到。他已经在心里做好了挨骂的准备，虽然杜强漏网这事跟他睡觉没有直接关联，但照往常经验来看，盛怒之下的领导会拿任何行动中行为不妥的人开刀问罪。

然而出乎所有人意料，宋局来到会议室后面相和善，不但没有骂人，反而说同志们辛苦了，让所有专班民警放假休整三天，总结一下这次行动失败的原因，看是在哪个环节出现了问题。

说完宋局就走了，留下一屋子人面面相觑。

"完了完了，宋局已经气得发不出火来了，跟踪队那边的几个兄弟恐怕要倒霉了。"古川听到有人在一旁窃窃私语，不自觉地打了个寒战。的确，人生气时会骂人，但气到一定程度可能连骂人都骂不出来。他明白，这并不意味着息事宁人，恐怕之后会有更猛烈的暴风骤雨等着。

宋局虽然给了三天休整时间，但没人真以为自己躲过了这个劫数。杜强逃脱第二天，各组队便开始了自查。负责技术的查数据，负责跟踪的查行为。大领导越不动声色，一线领导便越紧张。古川听数据和追踪那边的主官已经放出话，必须有人站出来承担责任。

杜强逃跑时书包里放着更换的衣服，一看就是得到了消息而计划好的。他是如何得到消息的，又是谁把消息泄露给他的，必须查出来。

首当其冲要背锅的是技术侦查民警。但他们很委屈，因为梳理整个行动中技术设备采集到的资料，布控期间除了几个垃圾短信和广告外，根本没人联系杜强。为了证明自己的清白，技术民警调出了详细数据。但数据越是详细，现实就越是诡异——既然没有人联系他，杜强为何突然逃跑？

坐在新城北路派出所三楼办公室里，古川的脑袋在飞转。杜强的逃跑太突然，令人匪夷所思。而更令他不解的是，杜强既然时隔多年来到南安，肯定是要做点儿什么或是见什么人才对，不然他冒着死亡的风险回来做什么？难道是来挑战南安警察的吗？如果不是挑战警察，那为什么几天都没打出过一个电话？

古川把之前六天自己在监控点拍下的视频打开，循环播放，想从里面找出些导致杜强逃跑的蛛丝马迹。但视频看了很多遍，他也没能看出个所以然来。

4

古川想去世纪小区杜强租住的八号楼二〇三室现场看看，但现场被封了，钥匙在刘茂文手里。他去找刘茂文要，刘茂文不给。

"你想去干啥？"刘茂文问古川。古川说之前一直在七号楼远程监视杜强，现在想进现场看看，是不是自己之前监控过程中出现了什么疏忽。然而刘茂文一副鄙夷的神情，说："如果真有'疏忽'咋办？你去找宋局认错吗？现在大家都想尽办法撇清自己的干系，你干这事，是脑子被门夹了吗？"

古川感觉刘茂文这话说得很不负责任。什么叫"现在大家都想尽办法撇清自己的干系"？他原本想顶回去，但又站在刘茂文的角度想了想，毕竟他是监控组的主官，一旦真是自己这边的监控工作出了问题，他在宋局那里难逃领导责任。回想起平时刘茂文那副圆滑到有些狡诈的处世风格，古川倒也能理解他，何况现在自己还在求他给钥匙，所以最后古川并没有顶撞刘茂文。

但他还是努力跟刘茂文解释说他只是想去看看，杜强跑得蹊跷，他想不通。刘茂文却说想不通就不要想了，刑警队还有几起电动车被盗的案子压着呢,要有闲工夫就去把那几个案子破了吧。古川还想继续争取,但刘茂文突然火了,一巴掌拍在桌子上。

"你他娘的哪儿凉快哪儿待着去,别给爷惹麻烦了行不?公安局不是你家开的,你也不是局长,少了你垮不了!"

这一句话把古川骂愣了,他不懂自己只是想查案子而已,刘茂文为何会突然发飙。

走出刘茂文办公室,古川越想越气,回忆起自打"杜强"这个名字出现之后,身边一再发生奇怪的事情。先是谢金举报陈梦龙,又是自己给刘茂文的汇报无疾而终。联想到这次抓捕行动,古川也觉得怪里怪气。杜强出现的第一时间不抓人,干看着,结果盯了六天的杜强在专班警察眼皮子底下跑路。

最后,古川在刘茂文办公室门口下了决心。不管刘茂文是什么态度,也不管杜强逃跑的问题是不是出在自己身上,这事自己非查出个一二三来不可!

5

思来想去,古川感觉问题应该还是出在布控方面。如果走漏消息,最有可能的地点只有两处,一是世纪小区门口的夜宵摊,二是怀阳路上的铛铛便利店。这些天杜强能与外界接触的只有这两个地点,给他通风报信的人也只能利用这两处地方。

古川查询了这两家店老板的背景,都是本地生意人,也都没有前科劣迹。夜宵摊露天摆设,布控时民警在远处监视。铛铛便利店面积小,杜强购物时民警没敢贸然进入。古川找到便利店老板要求调看监控,出示证件后顺利拿到了杜强在店内时的视频。

视频中的杜强并无异常,买的都是日常生活用品。古川问老板是否认识杜强。老板说以前没见过，应该不是小区居民，但又有些眼熟，因为最近他每天夜里都会来店里买东西。老板有时想跟他聊几句，但杜强从不搭话，老板觉得他是个怪家伙。

便利店里一共装有四个摄像头，其中两个在店里，一个在库房，另外一个在门外拍摄停车位。四个摄像头同步回放，古川看了很多遍。看的次数多了，他逐渐发现一个问题——每当杜强进入店里时，门外摄像头的画面顶端总能拍到马路对面有一辆黑色摩托车。杜强离开后摩托车也随即离开。

但因角度原因，摄像头只能拍到摩托车的下半部分，古川觉得可疑，于是出门查看附近还有没有其他摄像头。结果令他很失望，怀阳路是条旧路，没有监控录像。如此一来，古川只能前往分局交警大队，查看怀阳路尽头的十字路口能否看到这辆摩托车的移动轨迹。

好在交警大队的卡口照片比便利店的监控清晰很多，怀阳路转出顺河街的卡口相机拍下了这辆摩托车的正面照片。古川看着照片，总觉得上面的人似曾相识。

黑色冲锋衣，墨绿色头盔，黑色摩托车。突然，古川想起了之前谢金手机上的那组照片。

"我靠，这不是之前跟踪谢金的那个人吗？"古川突然意识到。但这家伙到底是谁？又怎么会出现在这里呢？

古川想打电话跟刘茂文汇报，但点开通讯录又改变了主意——毕竟刚挨了领导骂，现在自己干这事相当于向他挑衅。古川拿着手机想了一下，选择打给谢金。

谢金把那四张照片传了过来，古川把手机按在电脑屏幕上一点点对比。的确，骑手的衣着有些变化，但车还是那辆车，头盔也是那个头盔。

"错不了，就是这人！"古川在心里念道。他继续沿着视频监控往下追，终于找到了黑色摩托车最终停车的位置。

最后一张照片出现的位置，竟然是山城区江景路的那个城中村。

"果然……"古川想起之前查找摩托车时那位摩友说过，在城中村见过这台车。

第九章

1

上次来城中村是为了找人，这次来是为了找车。找车的难度远大于找人，租户必须登记租住信息，辖区派出所会不定期检查，但摩托车这东西则不会登记。偌大个城中村里找一台没有牌照的摩托车，无异于在大海捞针。

古川联系了辖区派出所，果不其然，听到古川的诉求后，负责城中村的老片警哭笑不得。

"小兄弟啊，这个城中村里起码住着八万人，摩托车少说也有三五千辆。这还是常住的，万一是在小商品城做买卖路过的，那更海了去了。别说咱俩，你我两家派出所全体同人一起来找都不一定能找得到。我看还是算了吧，俗话说换个思路换种人生，要不你再想想旁的办法？"那位片警快退休了，无所追求也无所畏惧，索性口无遮拦地劝古川。

古川摇摇头说："你有事要忙的话就算了，我自己找。"说完便从城中村东头的停车棚开始了漫无止境的搜寻工作。老片警虽然觉得古川的办法笨，但毕竟分内之事自己也不好走开，于是叹了口气，跟着古川进了停车棚。

老片警说得没错，这种工作量压根不是两个人能够完成的。

而且城中村的摩托车是流动的，古川无法确定车主是否住在城中村里，假如那晚他只是路过的话，古川现在相当于在浪费生命。

"你把监控照片给我看看，像这样找下去得找到个猴年马月？"天擦黑时老片警忍不住了，冲古川伸出了手。

古川把手机递给老片警，自个儿蹲在地上发呆。

"这是南门附近，咱去找那天的监控不就行了。看样子过去时间还不长，应该还能找到监控。"说着老片警便拉起古川去了城中村南门。

江景路城中村南门外是一条商业街，老片警找到拍摄最后一张照片的道路面卡口。古川举目四望，没发现旁边有写着"南安公安"的社会面监控，有些失望，但老片警随即把他拉到了距离卡口最近的一家烤鸭店里。

"老李，门口监控好着不？"老片警冲店老板喊道。

"好着好着，你要哪天的？"一名中年男子显然认得老片警，一边回答一边给老片警和古川两人递烟。

"四月十一号凌晨，刚转钟那会儿的视频还留着撒？"老片警一边接过烟一边继续问。

店老板眼珠子咕噜咕噜转了两圈，说："留着呢，能存十五天，派出所规定的嘛，这才过去几天。"

就这样，十几分钟后，古川在烤鸭店的监控中看到了那台黑色摩托车。

"是他不？"老片警问古川。古川点头，监控显示，那辆摩托车的确从此处转弯，拐进了城中村南门。

"我就说这办法管用撒。之后你就用这办法查，记得算好时间就行！"

2

　　老片警的办法确实管用,之后的几天,古川一边沿路调取监控,一边找周围商户和住户辨认,终于在四月十九日上午发现了那辆黑色摩托车的踪迹。

　　车子停在城中村西南深处的一个出租屋院内。

　　"车主是谁?"古川向房主亮出证件。房东四下望了望,见并没有人,伸手指了指二楼的一个窗户,悄声对古川说,就是那户的。

　　"咋了?赃车?偷来的?"房东轻声问古川,但还未等古川回答他便又自顾自地说道,"唉,这边好多这样的,警察管不过来的……"

　　"那户人叫什么名字?把他的登记信息给我看看。"古川没搭房东的茬儿,他的任务是找出车主,暂时管不了这辆车的属性。

　　房东回屋在抽屉里翻了半天,终于找出了一张皱巴巴的身份证复印件递给古川。

　　古川看到,复印件上是一个比自己小些的女孩,名叫姬广华,身份证照片很清秀。

　　"女的?"古川心里一惊,但马上想到自己第一次看到照片时那种异样的感觉。骑手的身段的确单薄中透着些许"妖娆",如果是女的,那就不奇怪了。

　　古川极速梳理自己的记忆,但并无对此人的印象。把姓名和身份证号输入警务通查询,此人也没有违法犯罪记录。

　　"你确定是她本人租的房子?"古川有些怀疑。房东说那当然确定,辖区派出所查得这么严,自己哪敢造次。

　　"咋会是个女的?"

"可不是嘛，挺漂亮一姑娘，整天打扮得像个男的，名字也像个男的，不会是'那啥'吧？"房东对这事挺感兴趣，凑上来说。古川没理他这茬儿。

"嗯，麻烦你大概描述一下这人的体貌外形吧。"古川问房东。房东讨了个没趣，没再继续刚才的话题。他想了想，说自己对姬广华的印象也不深，因为她虽然租了这里的房子，但平时不怎么过来住。他只记得这姑娘个子蛮高，大概有一米七，身材不错，短发，其他便一概不知了。

古川喊房东一起来到二楼，敲了姬广华的房门。许久没人回应，看来屋内没有人。古川让房东拿备用钥匙开门，房东面露难色，说这恐怕不行，租户回来发现自家房门被开过，会来找房东麻烦的。无奈，古川又拿出警官证在他面前晃了晃，说有事让她来找警察，房东这才犹犹豫豫地开了门。

这是一个十几平方米大小的房间，像古川见过的所有出租屋一样，杂乱而又潮湿，空气中带着一股子霉味。关着的窗帘遮蔽了光线，又让室内环境多了一丝阴郁。古川看不清屋中状况，走到窗边一把拉开了窗帘。

光线明亮些了，古川开始环顾四周。与其说是住处，其实这里更像是一个储物间。

床上堆满杂物，一看平时就没有把它当作床来用。桌子上和地上也放着很多东西，古川仔细看了一下，多是些小孩子的玩具、中学生的课本之类的。

"姬广华有孩子吗？"古川随口问房东。房东说没有，至少自己没见过。古川拿起几个玩具仔细打量，感觉像自己小时候玩过或见过的一些东西，倒不像是当下孩子间流行的物件。

古川随手拉开了墙边的旧衣柜。

"啊！"他惊讶地叫了一声，因为看到了照片上的那件黑色冲锋衣。更令他吃惊的是挂在皮衣旁的两件短袖工装，古川觉得很面熟，因为，上面印着"宇泰物流"的标志。

3

古川拨通了谢金的电话，虽然他也说不清这人到底跟谢金有没有关系，这个电话到底该不该打。

谢金听到姬广华的名字后也有些蒙，宇泰物流眼下有四五百名员工，加上过往的离职人员，手里可能有工装的人很多，谢金不可能全都认识。他让古川等一下，自己联系公司人事部门核实这个姬广华。

等待谢金电话的间隙，古川又拿起手边摞着的那些中小学课本随手翻看。这些教材有新有旧，但翻着翻着，古川发现了一个问题。

有些教科书的扉页上写着一个名字——刘超，后面还标注着班级。

"刘超？"古川认得很多名叫刘超的人，其中印象最深的，当属仇人刘三青已经患病死去的儿子。古川放下课本重新翻看堆在屋里的杂物，细查之下终于发现，这些看似凌乱的物品其实是有章可循的。

真正属于姬广华的物品可能只有书桌上的一些杂物和衣柜里的一件冲锋衣、两件工装。古川仔细检查了这些东西，旧式手机充电器、空茶叶盒和几本杂志而已，没有什么特殊的。

床上的几包物品都是男孩的衣服和用具，从衣物的尺寸和用具的种类看，应该涵盖了这个男孩从幼儿至少年的整个阶段。墙边的两包物品应该属于一个女性主人,包裹内是些旧衣裙、几件冬天穿的外套,还有一些可能是化妆品的瓶瓶罐罐。但从物品的品质看,这位女性的生活质量不高,经济上大概比较拮据。

床下和柜子后面的几个编织袋和行李箱里装着一些男性衣物,看样子不像当下的款式。老款羊毛大衣、十几年前引领潮流的PU夹克、手工编织的高领毛衣、宽松的西装裤等,像是千禧年左右年轻人流行的穿着。

但翻着翻着,包裹里的一堆衣物引起了古川的注意。

警服。藏青色冬执勤服、铁灰色春秋长袖衬衣、警用领带、夏季作训服,大概有一个半包裹里整整齐齐叠放着这些制式服装,古川甚至从中发现了一件挂着二级警司警衔的夏季执勤上衣。

"010227"。

01开头,明显是南安市公安局的警号。铁灰色警服衬衣说明这件衣服的主人入警时间在二〇〇五年之前。

古川拨通了市局指挥中心的电话,要求查证警号为010227的民警姓名。过了很久,指挥中心反馈古川,010227警号现在的主人是局办一名张姓民警。古川知道那个人,感觉年龄对不上,索性直接问指挥中心刘三青过去的警号是多少。那边又是一番忙活,然后告诉古川,根据档案记录,就是他刚报过来的这组警号:010227。

如果古川没猜错的话,姬广华租住的这间屋里放着的,就是当年刘三青一家的东西。

"她回来了!"一直站在窗边看古川翻找物品的房东突然指着楼下喊道。古川急忙跑到窗边查看,一名女子坐在黑色摩托车上正准备发动。她显然也听到了房东的喊声,下意识地朝声音传来的方向看,看到了站在窗口的古川。

事发突然，两人对视了两秒，女子突然发动车子，古川也立刻反应过来。

"姬广华，站住，不要走！"古川一声断喝。

但摩托车还是窜了出去。

4

狭窄的城中村街巷里，黑色摩托车在前面跑得横冲直撞，古川在后面追得丢盔弃甲。

道路上不仅停放着各种电动车、三轮车、手推车和共享单车，还被周围住户堆放着各式各样的杂物，往来的行人也限制了摩托车的行驶速度，不然古川早被甩掉了。但驾驶摩托车的姬广华似乎也有些慌，她的骑行路线很乱，几次钻进死胡同又退回来，还有两次撞翻了街边的小吃摊和水果摊，引得摊主阵阵叫骂。

追逐间古川的手机响了，是谢金打来的。古川来不及接听，只好让它就这么响着。谢金那边似乎很急，一连打了四五遍，古川索性直接按下了拒接键。

终于，黑色摩托车在一个加速后和一辆反方向行驶的出租车撞在了一起。司机骂骂咧咧地下车，一把抓住刚从地上爬起来想继续逃的姬广华，嚷嚷着让她赔钱。两人纠缠的工夫古川已经跑到近前，正准备按住姬广华。没想到她狗急跳墙，一拳砸在出租车司机脸上，司机猝不及防被打了个趔趄，手松了，姬广华趁机丢下摩托车逃跑了。

眼见煮熟的鸭子要飞，古川却说什么也追不动了。他把警官证举到眼前，大喊自己是警察，希望路人能够拦住姬广华。可惜城中村的人们习惯于不给自己惹事，吆喝"抓贼"的人不少，但没人真的去追。就这样，古川眼睁睁地看着姬广华消失在自己的视野中。

古川累瘫在地上，歇了很久才垂头丧气地站起身来。姬广华的摩托车还丢在路边，出租车司机站在一旁骂骂咧咧，虽然是在指责姬广华"肇事逃逸"，但古川能听出他话里话外有让警察赔偿自己车辆损失的意思。

古川给交警打了电话，让他们过来清场，顺带把姬广华的摩托车拖走。挂了交警的电话，古川想起谢金一直在找自己，又回拨过去。谢金大概听他说话的声音不对，问刚才怎么了。古川气还喘不匀，也懒得多讲，只说刚才有点儿事不方便接电话，问谢金是不是查到姬广华了。谢金说是的，姬广华从二〇一一年开始便是自己公司员工。

"平时表现怎么样？大概是个啥样的人？"古川问谢金。谢金说根据人事部门那边反馈的信息看，姬广华是个很普通的职工，工作五年，还算本分，没出过啥成绩，也没给公司惹过麻烦。谢金转而问古川为什么要查这个人？是否涉案？

"现在基本可以确定她就是之前跟踪你的那个人，之后她如果去公司的话马上告诉我，别再让她跑掉了。还有……"

"还有什么？"谢金追问。

"……没什么了，你自己注意安全。"古川本想告诉谢金，在姬广华的出租屋里发现了刘三青的东西，但忽然又觉得不太合适。

谢金叹口气："行吧。你要是有什么为难的事，一定要告诉我，俩人商量比你一人憋在心里强。"

"知道了，放心吧叔。"

挂掉谢金的电话，古川联系刘茂文，但不知为何电话一直打不通。古川只好直接打给新城北路派出所内勤，让他赶紧把姬广华的身份信息上常控，防止她乘坐公共交通工具逃离南安。

说来也巧，内勤前脚把姬广华的身份信息上了网，后脚系统就传来她已经购买火车票的消息。"这女的脑子够快啊！"古川不禁感叹。内勤民警说那趟车发车时间就在一个小时后，发车地点在南安南站。古川打电话给刘茂文，想让他带人截住姬广华，但刘茂文的手机好死不死一直处在通话中。古川没有办法，只好把情况简要编辑了一条短信发给刘茂文，自己开车往南安南站赶去。

古川找到姬广华的时候，她已经排在了检票口。其实，古川第一眼并没有认出她来，因为她换了衣服，一身女生装扮。还是车站检票员看到了她的身份证信息，对着古川喊了一声"在这儿！"古川才冲上去，一把抓住了她的胳膊。

"姬广华，警察！"

这边古川话音未落，那边姬广华突然反转手臂，甩开他的右手，接着跟上步子凑到近前，膝盖重重顶在古川的小腹上。这两下动作极为专业狠辣，古川闪避不开，只觉小腹一阵剧痛，几乎喘不上气来。姬广华甩掉古川，向安检口的相反方向跑去。古川强忍着剧痛一步追上，用臂弯勾住姬广华的脖子，利用体重优势压制住她，两人一同倒在了地上。

周围旅客和安检员都吓了一跳。被古川压在身下的姬广华突然大叫起来："耍流氓！有人耍流氓！"这一喊居然有用，不明真相的群众开始看向这边，甚至还有两个男青年奔了过来，看样子要英雄救美。古川一阵尴尬，此时姬广华挣扎得更加用力，甚至一脚踢到他腿上，角度和力度都说明她肯定受过专业的训练。古川只好一边继续压住她，一边高喊"警察办案！"

群众一时不明白怎么回事，改行动为嘴炮，所幸听到动静的车站铁警已经从四面跑来，七手八脚地制服了姬广华，这才把古川从尴尬中解救了出来。

5

车站派出所的临时留置室面积不大，铁警的值班大队长在屋里陪着古川。姬广华被控制在讯问椅上，不管古川问什么问题，她都一言不发。见她这副样子，古川气不打一处来，走到她面前，脚都抬起来了，最后还是踢在了讯问椅上。

这时，刘茂文的电话终于打过来了。

"人抓住了。"古川向刘茂文汇报。他似乎感到姬广华抬起头来看了他一眼，但等他看过去的时候，只见她冷漠地低下了头。

"你就待在那儿，把人看好，什么都别做。"刘茂文那边沉默了半晌才说话，"我现在在局里有点儿事走不开，我跟陈梦龙说了，他马上就过去。听明白了吗？在陈梦龙赶到车站以前，你就待在那里，把人看好，什么都别做！"

"可是……"古川想辩解。他现在有好几个理由，陈梦龙绝对不能掺和这件事，但刘茂文很坚决地挂了电话。

这时一名女辅警走进屋，递给值班大队长一部手机，说是刚刚在两人打斗的位置捡到的。"你的手机？"古川问姬广华，姬广华摇头否认。

"就是她的，刚才有乘客看到是从她兜里掉出来的，她不但没捡反而一脚踢到了人群里……"辅警小声对古川说。古川接过手机，划开屏幕，一看是面容解锁，便直接将屏幕怼到了姬广华面前。姬广华拼命扭头，古川只好让女辅警捏住她的下巴。

锁解开了。古川对姬广华示威般地扬扬手机，换来对方恶狠狠地瞪了他一眼。

事情到这儿胜负已分，古川逐一打开了手机微信和通话记录，向下划看，试图从中找到一些自己想要的东西。

看着看着，他却猛地站了起来。

"把这个打开吧。"古川把手机往兜里一揣，指着讯问椅对值班大队长说，"我要把她带走。"

"不是说要等领导……"大队长试着争论了一句。

"不等了，等不及了……"古川说。

"一对一带人不合规定，况且她还是女性，从我们这儿走了……"大队长其实想说"万一路上出了事我们也要担责任"，但古川没给他把话说完的机会，突然疯了似的一巴掌拍在办公桌上，吼道："少废话！赶紧照我说的做！不然出事了你负得起这个责吗？"

铁警大队长被吓了一跳，但还是答应了他。几名铁警簇拥着古川和姬广华去往停车场的路上，陈梦龙的电话打来了，古川想都没想就直接挂掉。古川发动车子时远远看见，那辆蓝得耀眼的高尔夫轿车已经拐进了火车站南广场。

古川一脚油门把车子开上了绕城高速。

第十章

1

　　姬广华在车上一言不发，古川也不想跟她讲话。
　　路上陈梦龙还是不停打来电话，古川一律拒接。陈梦龙的手机号码用了很多年，古川从前不知接听、拨打过多少遍，已经烂熟于心。刚才，当他打开姬广华手机的通话记录时，同样发现了这个号码。
　　呼出和接听各有几次，甚至还有一条陈梦龙发来的短信息：尽快离开南安，我已为你买好车票。古川算了时间，大概就是自己与姬广华在城中村里追逐时。
　　古川任由手机一直响着。"什么也别说了，纪委和督察支队见吧。"他想着。而那一刻他发现自己心里除了震惊、愤怒，更多的居然是难过。这就是父亲最信任的人……自己曾经把给父亲报仇的希望寄托在他身上，还真是瞎了眼……古川眼前忽然有些模糊，一辆卡车从旁边呼啸而过，他赶紧收起思绪，尽量专心开车。
　　很快，铃声再次响起，古川看到，这次打来电话的是刘茂文。
　　接还是不接？古川想，为什么刘茂文偏要派陈梦龙去车站？他是不是早就知道了陈梦龙和姬广华的关系？那他的立场呢？古川拿不准。最后,他还是按下了拒接键。"交给上级处理吧,省得再给自己惹麻烦。"

即将走到绕城高速出口时,电话又来了。古川看了一眼,这次是谢金。他想了想,接了起来。

"抓到姬广华没?"谢金问。

"嗯。"古川应了一声,没多说什么,也不想说什么。

"那个……"谢金说话有些支吾。

"哪个?你有话直说!"古川口气很冷,他还不曾这样跟谢金说话。

"哦,你先忙,注意安全,也没什么事……"谢金可能听出了什么,只是嘱咐了两句。

挂断电话过了一会儿,古川心情有所平复,觉得刚才话说得有点儿硬,又给谢金拨了回去。

"谢叔,您刚才想说什么?"古川问。

"哦,也没什么,只是想拜托你件事。之前姬广华不是跟踪过我嘛,这会儿人抓住了,想托你帮我问一句,她为什么要那么做。"谢金说。

这个要求并不过分。

"好的。"古川顺口答应。

"谢叔,陈梦龙……"古川想起当初谢金告诫自己小心陈梦龙的话,想提一句陈梦龙和姬广华的事情。但话到嘴边又咽了回去。

"陈梦龙怎么了?这事跟他有关系?"谢金那边似乎猜到了古川要说什么,主动问了出来。

"哦,没……没什么,是我想多了……"古川打了个哈哈。他突然感觉有点儿可笑,刚才自己还在要求谢金"有话直说",

这会儿吞吞吐吐的却是自己。

"好，保持联系吧。慢点儿开，注意安全。"谢金挂断了电话。

2

古川车速很快，下绕城高速走九眼桥，再过一个十字路口便能看到市局机关所在地。这个时间段路上车辆不多，古川一路飞驰着下了绕城高速，丝毫没有注意自己的车速早已破百。陈梦龙和刘茂文的电话还在交替响起，铃声吵得古川心烦意乱。有几个瞬间他想过接起电话，但又马上打消了这个念头。

"他俩会跟我说什么呢？无非是解释，然后绞尽脑汁劝我放姬广华走？或者拉拢我？让我和他们一起做些什么？"古川想起刘茂文电话里不断重复的那句话——把人看好，什么都别做。

是啊，什么都别做。他们不想让我做什么？或是担心我做什么？担心我问出姬广华背后的隐情？担心我把姬广华交给上级？他们背后到底有什么事情？这个女人又是何方神圣？

古川瞥了一眼坐在身旁的姬广华。她的右手被铐在车门把手上，身体随车子的颠簸不断晃动着。一缕头发贴在她的脸颊上，却让面无表情的侧脸似乎有了一丝妩媚。古川突然觉得她有些面熟，但又想不起在哪里见过。

姬广华大概发觉古川在看她，扭过头来瞥了古川一眼，只是这一眼便让那丝"妩媚"荡然无存。古川在目光交汇时感受到的是一股恶寒，夹杂着愤怒、嘲讽甚至凶狠的目光惊得古川几乎打个寒战。他从未在其他任何女人眼里见到过这样的目光。

"你妈的！"古川在心里骂了一句。

最后一个十字路口的绿灯已经在倒计时，看路上车辆很少，古川便没踩刹车，打算直接冲过十字路口。

但就在通过十字路口时，古川突然发现右侧一辆几乎同样车速的面包车朝他开来。眼看就要撞上，古川急忙加速试图躲避，同时急促鸣笛，但面包车像是瞄准他一样径直冲了过来。古川暗叫不好，死命踩下刹车，但相撞的结局已经无法避免。"完了。"一瞬间，古川脑子里一片空白，那一刻他已经能够看到面包车后视镜上的挂件了。

千钧一发之际，后侧一辆蓝色轿车突然冲出，挡在了古川车子右侧。"哐"的一声巨响，面包车一头撞在了蓝色轿车上，巨大的横向撞击力让蓝色轿车从古川的车顶滚了过去，古川的车子也被撞得侧滑了很远才停下。

死一样的沉寂。

古川感到天地都在旋转，一股热乎乎的液体流进嘴里，咸得齁人。虽然蓝色轿车阻挡了大部分冲击力，但副驾驶上的姬广华依旧被撞晕了过去，铐在门把手上的右手也全是血。车子的侧气囊已经爆开，古川扭头看了一眼，上面血迹斑斑，估计自己也伤得不轻。

前风挡已经碎成了网状，看不见外面。古川喊了姬广华几声，她毫无反应。古川踉跄着走到车外，十几米外的地上躺着一个胖男人。走近看，他脸朝下趴着，头上不断渗出红色和白色的糊状物。这应该是面包车驾驶员，撞击时没系安全带，从前风挡飞出了车子。

而那辆蓝色轿车停在十几米外，车顶已经塌下去。应该是猛烈撞击后造成了翻滚，A、B柱折断，驾驶侧凹陷。此时此刻的古川无法相信自己的眼睛，却又不得不相信：这就是陈梦龙那辆蓝色高尔夫。

驾驶员一侧车门已经变形，古川用尽全力也拉不开，但他能看到，车里的驾驶员半个身子被安全带吊着，半悬空地伏在中央扶手上。

古川已经快要哭出来，他绕到车的另一侧，使出吃奶的力气，忍住全身剧痛，终于拉开了副驾驶座的车门。那一刻他终于看清了驾驶员的脸，不是陈梦龙，而是刘茂文。浑身鲜血的刘茂文，身体被变形的驾驶座夹住，呈现出一种不可思议的角度。看到古川，他笑了笑，挣扎着，挤出最后几个字：

"姬广华的事……保密……"

"为什么？"古川追问。其实他想问的并不是姬广华的事，而是，为什么刘茂文会在陈梦龙的车里？为什么他要这样做？只是刘茂文已经无力再回答他，他仿佛卸下了千斤重担一般，喷出一口鲜血，昏了过去。

3

省医院急诊大楼手术室门外聚集着很多人。

古川有些恍惚，他记得上次坐在省医院急诊手术室门外是十三年前。那天门外有很多人，自己坐在人群中，惶恐又无助地看着一张张熟悉却又陌生的面孔。当时十四岁的古川心里明白，坐在这里的这些人，其实都与手术室里的那人无关，有关的只有自己。因为躺在里面的是自己的父亲。

今天是二〇一六年四月二十日，古川再次坐在省医院手术室门外，身边同样有很多人，有的认识，有的不认识。人群中他看到了刘茂文的妻儿。男孩穿着校服，脸上残留泪痕，坐在母亲身边不停地掰着手指头，书包就扔在身旁。古川仿佛看到了十三年前的自己在手术室外等待父亲时焦虑又无助的样子。这幅场景像极了那时，结局已然在目。古川低下了头，他不忍心再看下去。

古川在车祸现场目睹了刘茂文的伤情，也知道等待大家的消息是什么。当手术室大门打开时，众人围了上去，古川却借机离开了人群。他脸上缠着绷带，左手打着石膏，踉踉跄跄地走在医院急诊大楼的楼道里。远远地，他听见手术室门前的痛哭声，于是加快脚步，似乎要赶紧逃离这个地方。

走到楼道尽头的卫生间时古川迅速闪了进去，钻进一个没人的隔间，从里面把门反锁上。门锁落下的一瞬，他一屁股坐在地上，放声号哭起来。

一场突如其来的车祸，面包车驾驶员当场死亡，纵使医院方面对刘茂文进行了全力抢救，南安市局领导也向医院传达了"不惜一切代价"的指示，但最终未能挽回刘茂文的生命。二〇一六年四月二十日上午九点，刘茂文医治无效离世，享年四十三岁。

"姬广华的事，保密。"这是刘茂文留给古川的最后一句话。古川隐隐觉得，这句话里有一个巨大的秘密，甚至暗示着自己犯下的一个巨大错误。那是什么呢？古川拼命想理出个头绪，但是撞击后的眩晕感依旧强烈，越是想，脑子里越是一团乱麻。

手机又响了，是谢金打来的电话。

"我刚和你阿姨一起来医院了。你怎么样了？伤得严不严重？"

古川说："我没事，可刘茂文……"

"唉，刘茂文我知道，他当年还是找关系进的警队，真是没想到啊。这么多年他老婆一直没工作，全靠他的工资养活……大家都不容易。你现在在哪里？"

古川怔了一下，他不想告诉谢金自己躲在洗手间哭，只好说："待会儿我去找你。"

见到谢金时，古川才发现，不仅他们夫妻俩都来了医院，自己的母亲也到了。看到儿子满脸伤痕，母亲自然是心疼又生气，一边查看伤情一边埋怨古川不小心。谢金则怜爱地看着古川，让妻子赶紧给相熟的朋友打电话要一种专门治疗疤痕的药膏。

"这孩子还没结婚呢，破了相咋行？"

然后谢金又从随身的公文包里拿出一张银行卡，说里面有十万块钱，让妻子和旁边的民警一起去送给刘茂文的妻子，好歹应应急。

趁着大家拿着那张卡推推让让，谢金把古川拉到一边，问他："姬广华呢？"

"移交了。"古川回答。车祸发生后，他就把姬广华移交给了新城北路派出所。

"移交给陈梦龙？"谢金急了，古川很少看到他这样失态，"孩子啊，你怎么这么糊涂！"

"不是移交给他，他去了火车站……"古川还有点儿恍恍惚惚，这时他想起来一件事，不由得低呼一声，"不好！"

"怎么？"

"姬广华的手机……"

手机是火车站辅警交给古川的，上车后古川把它放了车子扶手箱里。车祸发生后他急着查看姬广华和刘茂文的伤势，忘了手机的事情。后来三台车都被拖去了修理厂，古川则一直待在医院。

"赶紧拿回来，那是关键证据！是不是在机关汽修厂？你歇着，我去给你找。"听说手机落在车上，谢金立刻要去修理厂。

古川心里没底，决定一起去。但两人刚走到急诊大楼门口，迎面遇到南安市局政治部副主任。他着急拉谢金谈助困基金资助刘茂文遗孀的事情，谢金无奈，只好把自己的车钥匙交给古川，让他先去。

"记住，拿到手机一定要立刻交给纪委或督察支队。"临走时，谢金嘱咐道。古川点点头。

4

来到机关汽修厂时，古川看到自己的车子已经停在车间维修，几位修车工正在上手收拾。汽修厂老板认得古川，两人寒暄几句，古川便去车上取了手机。

姬广华的手机安然无恙地躺在扶手箱里，古川拿上手机准备离开，抬眼看见陈梦龙那辆蓝色高尔夫依旧停在修理厂车位上。他问老板："陈警官的车咋处理？"老板看了一眼，说："撞成这样已经没了维修价值，只能报废了。你真是命大啊，如果不是这辆车在旁边扛着，你现在至少是个重伤。"老板问起陈梦龙的伤势，古川说开车的是刘茂文。老板还想问别的，但古川不想跟他聊太多车祸的事情，既然已经拿到了手机，便准备离开。

汽修厂老板送古川出门时，一名修车工突然喊住了古川。

"古警官，有个东西给你看一下！"

说话间修车工已经跑到眼前，手里拿着一个火柴盒模样的东西问古川："这是从车子副驾驶座椅下面找到的，好像出了点儿问题，还要装回去吗？"

古川看这东西眼熟，但一时想不起来在哪里见过。他问修车师傅这是什么，修车师笑笑说："还能是什么？GPS定位器呗。"

这东西怎么会出现在自己车上呢？

古川首先想到了公安局技术部门。局里曾经发生过民警被纪律部门监控的案例，但古川觉得自己从未做过违法乱纪的事情，不会得到此等待遇。此外，古川也见过官方的密录设备，与自己车上的 GPS 截然不同。

修车师傅现场拆解了这个 GPS，查看一番后说看做工应该是民用的，盒子用不干胶粘在副驾驶座椅底部靠后的位置，应该是从座位后面装上的。这个 GPS 使用自带电池供电，可以待机一个月左右，依靠内置电话卡不间断发射信号。

"东西不专业，装得也很仓促。如果是专业人员安装的话，一般会和车上的线路相连，那样可以用很久……反正不太像是你们的人弄的。"修车师傅说。

若不是纪律部门安装的定位，那问题就严重了。古川问修车师傅，能不能看出这个定位在自己车上装了多久？修车师傅摆弄了一会儿，告诉古川从电池的剩余电量看，这东西大概已经在古川车上放置了一周左右。

古川立刻开始回忆，上周自己一直在城中村寻找姬广华的摩托车，所以坐过自己车子的人其实不多。

"古警官，通知反恐那边吧。"维修厂老板建议。南安市局反恐部门专门负责处理类似事件，机关汽修厂常年负责维护南安市各机关单位的公务车辆，定期接受有关政治安全的培训，对这种事情很警觉。这次虽然是古川的私家车，但他是警察，这依旧是件敏感的事情。

"反恐部门？暂时还用不到。"古川说，因为他想起了一个人——"大马棒"。

5

　　"大马棒"是一名"吃里爬外"的吸毒人员，一方面吸毒成瘾，另一方面为了逃避打击，经常给民警们充当"耳目"和"特情"，以换取从宽处理。古川想起一件事，上周自己找人打听那个黑衣骑士时，"大马棒"来给过线索。虽然那个所谓的线索经过核实是假的，但他确实上过自己的车。当时"大马棒"坐在后排，自己让他来副驾驶坐，他说怕被人认出来，坚决不去。

　　这家伙是近一周来唯一上过自己车子的人。除了他，古川想不出还有谁有机会在他车上安放 GPS 定位器。

　　但他为什么要这样做呢？

　　离开机关汽修厂，古川去了"大马棒"的住处。

　　"大马棒"住在桥北一栋旧居民楼里，但古川敲了半天门也没人开门。过了一会儿，可能是敲门声惊动了隔壁，邻居轻轻打开房门，警惕地看着古川问："你找谁？"

　　古川亮明警察身份，邻居松了口气，然后告诉古川这家伙昨天被警察带走了。

　　"警察过来找他，把门都踹烂了他才出来。"邻居说。古川这才注意到，"大马棒"家的木门上有几处新鲜的伤痕。

　　"警察？"古川问道。

　　"是的，桥北警务室的陈警官嘛，我认得他。不知他为啥发了很大的火，出门时还扇了'大马棒'两个耳光。'大马棒'跟他走后就一直没回来，我还以为陈警官直接把他送进监狱了呢。"邻居说。

　　陈梦龙？他找"大马棒"做什么？又把"大马棒"带去了哪里？

古川心里忽然冒出一个可怕的念头：难道是陈梦龙指使"大马棒"在自己车上装的 GPS 定位器？

离开"大马棒"家，古川越想越心里发毛，他感觉自己的动作似乎总是晚那么一拍。

"前方二百米路口左转，请注意减速。限速六十，当前车速六十四……即将到达目的地，目的地在您的左侧。"车内导航声响起，打断了古川的思绪，他却一脚刹车把车子停在路边。

古川想起了车祸。同时，一个恐怖的逻辑在古川脑海中逐渐形成——陈梦龙通过姬广华向毒贩杜强通风报信；发现古川查到姬广华后，陈梦龙安排姬广华逃跑；逃跑失败，他借车祸杀人灭口。

但如果真是这样，为什么最后救了自己的刘茂文开的却是陈梦龙的车？刘茂文又为什么要求自己对姬广华的事情"保密"？

刘茂文和陈梦龙两人的面孔又一次浮现在古川脑海中，他突然感觉蹊跷。

这件事上刘茂文怎么会跟陈梦龙搅在一起呢？论性格，刘茂文是有名的圆滑世故，陈梦龙是出名的"浑不懔"。论岗位，刘茂文是教导员兼刑侦副所长，陈梦龙是社区民警。论交情，刘茂文无数次在公开场合指责陈梦龙"浑不懔""吃萝卜拉咸菜""占着茅坑不拉屎"，陈梦龙对他也爱答不理。是什么样的机缘巧合让他俩走在一起了呢？

难道一切都是假象？

第十一章

1

第二天一早，古川去了山城分局交警大队事故科，找到负责调查车祸案的邹科长。

案情重大，死的又是分局同事，因此事故科的动作很快，已经有了初步结果。根据他们的调查，肇事面包车司机姓何，南安市人，货运司机，无前科劣迹，但警方在其血液中检测出的酒精含量高达 300mg/ml，涉嫌醉酒驾驶。交管部门暂时没有发现刑事案件的证据，准备按照交通肇事结案。

古川提出异议，他觉得事故发生得太巧。

"我是踩着绿灯尾巴越过南北方向停止线，那么东西方向应该还是红灯。姓何的驾驶的面包车肯定闯了红灯，不然就那个面包车的动力，前面没有个两三百米的加速能跑那么快？"

"是的，你说得没错，何某是闯红灯过来的，但那时他明显已经醉得神志不清，哪儿还顾得了红灯？"邹科长顿了顿，"如果是有预谋的，那在技术上太匪夷所思。他怎么知道你在那个时间会通过路口？他如何计算出你的车速和你通过的时间？说句不好听的，哪怕就是瞄着撞都不一定能实现，更何况是一个喝大了的酒鬼。"

"我车上被事先装了GPS定位器……"古川说着，把从修理厂拿来的那个火柴盒大小的东西递给邹科长，邹科长看完又传给事故科其他几位民警，他们的脸上都露出难以置信的神情。

"知道是谁装的吗？"邹科长问古川。古川说怀疑是一个吸毒人员干的。

"这事先暂缓结案，稳妥起见，你们先把古川和那个何某的车子近半个月的行驶轨迹调查一下。"邹科长对身边一位同事说。那位同事虽然应了一声，却没挪步子。

"邹科，领导那边……"他欲言又止。

"那些事不归你考虑，照我说的去做就行。"邹科长的表情突然变得严肃起来。

"怎么？"看到这一幕古川有些不解，问邹科长。

"哦，没事，这两天上级领导一直催着结案。这也能理解，毕竟案子不结，茂文教导员那边也没法走赔偿流程，上面担心孤儿寡母的生活问题。"邹科长说。

离开交警大队，古川回了新城北路派出所。一进值班大厅，他便被同事们围住，纷纷问他伤情如何。古川和同事们简单说了几句便径直去了治安民警办公室，他要找陈梦龙。从车祸发生至今，他一直没见过陈梦龙。但陈梦龙不在办公室，办公室里只有治安副所长徐晓华，他也在找陈梦龙。

"古川，这两天你见到'坨坨'没？""坨坨"是同事给陈梦龙起的绰号，因为他平时混日子"甩坨子"，所以大家背地里给他起了个绰号叫"坨坨"。徐晓华一开口古川便失望了，看来他也不知道陈梦龙去哪儿了。

古川摇摇头，徐晓华喃喃地说："那可奇了怪，一个大活人平白无故咋就不见了呢。陈梦龙两天没来上班了，开始打电话还能联系上他，他说自己在外面'搞事情'。他有个屁事搞？后来打电话不接，发短信、微信也不回，连胖嫂母女都不知道他去哪儿了……"

"他不会出啥事吧？"徐晓华突然有些紧张。

古川说："你最好还是跟局里报备吧，陈梦龙业务上算是你的下属，民警失联可是了不得的事情。万一真是出事了，到时上面追查下来你也得有话说。"

听到这里，徐晓华的精神立马紧张起来，一边连声称是一边掏手机翻找分局领导的电话号码。

2

二〇一六年四月二十一日中午，古川接到交警大队事故科邹科长的电话，让他去一趟事故科。

"古川，GPS的事情提醒了我们。我们调查了肇事司机何某和他所驾驶的车辆背景，很干净，但在回看前期录像时，发现了一些问题。"邹科长说。

赶到交警队后古川得知，虽然车祸当天何某驾驶车辆从所居住的小区出门后直接转进九眼桥十字路口，但他们追踪调看了这辆面包车案发前一个月的视频监控和卡口照片，发现在很多监控视频和照片中，都看到了古川的车子。

"我们一共截取了二十段视频和五十张卡口照片，在其中接近一半的视频和照片中同时看到了你和肇事司机何某两人的车辆。结合GPS定位器的事情，不排除你提前被肇事车辆跟踪的可能。"说完，邹科长把肇事者何某的个人信息打开，问古川是否认识此人，或者之前有没有办理过与此人相关的案件。

古川一早便查看过何某的身份信息，不记得自己和这人打过交道。

"那这个何某会不会与你车上的另外一人有关？"邹科长提示道。

"为什么这么想？"古川问。

"这么说吧，如果真是何某刻意制造了这起车祸，四月十九日这天的车祸发生地点并非首选。你看这两个地方，根据监控记录的车辆行驶数据，如果在这里制造车祸的话，何某自身风险会小很多。"说着，邹科长指向两个地点，一处在某段318国道上，另外一处在南山水库附近。

"这两处地点你的车速很快，道路状况也要比城区差很多，如果制造车祸的话，单是技术上就要比四月十九日这起简单得多。因此如果目标是你的话，他不该选择四月十九日下午这个时间。"邹科长接着说。

姬广华？

古川觉得有道理，但仔细想想又感觉不对。如果车祸真是针对姬广华来的，何某怎么确定当时姬广华在自己车上？他把疑问讲给邹科长，邹科长想了想，也说不太可能，除非车祸发生前何某给古川打电话确认过。

古川断言不可能，随即在脑海里盘点所有可能知道自己抓捕姬广华一事的人——刘茂文、陈梦龙、谢金……但他很快放弃了，因为单是南安南站的抓捕行动就有不计其数的围观者，谁能确定里面有没有一两个冷眼观察的人。

"唉，那就只能等那姑娘醒来再说了……"邹科长叹息道。

3

车祸发生伊始，姬广华便被送往省立医院救治，这时她还在住院部病房里尚未苏醒。因为人是古川抓回来的，所以新城北路派出所派了两位民警在医院一边看管姬广华一边等她醒来。所里问过姬广华的身份，古川本想把她和陈梦龙的事情报上去，情况说明都已写好，但想起刘茂文的临终嘱托，思虑再三只是模棱两可地说她可能涉嫌一起毒品案件，其他什么都没说。

听交警这边提到姬广华，古川觉得有道理，但现在她在医院昏迷着，肯定没法跟警方说什么。古川用警务通查了姬广华的背景资料，很干净，就是一个大学毕业后回南安工作的普通姑娘，家属一栏里只有母亲，但系统显示母亲五年前已经身故。

姬广华身上有太多秘密。她跟踪谢金，掺和杜强的案子，和陈梦龙关系密切，刘茂文临死前要求对她的身份保密。这些问题的答案，或许陈梦龙知道，但眼下不知道陈梦龙在何处。

车祸之后，古川曾给谢金打过一次电话，目的是了解姬广华的情况。谢金讲了一些她在宇泰物流的事情，但说来说去没有什么对案子有用的信息。古川也理解，毕竟姬广华只是谢金手下几百号员工中的一员，作为老板能了解到的信息也确实有限。

眼下新城北路派出所民警小刘带一名女辅警一直负责在医院看管姬广华，古川每天下午给他打电话询问姬广华的情况，同时嘱咐说一旦姬广华醒了，无论何时一定要马上联系自己。小刘和古川关系不错，平时一直喊古川"川哥"。他做事尽心尽责，原本所里安排他和女辅警轮班看管姬广华，但他不放心，一直没离开医院。姬广华在医院昏迷了三天，小刘便在医院看了整整三天。

四月二十三日中午，古川接到小刘电话，有些诧异，因为平时都是他打给小刘的。古川以为姬广华醒了，小刘却说："川哥，我觉得姬广华有点儿不太正常……"古川问原因，小刘说上午医院医生来会诊，说按照正常伤情，姬广华早该醒了，不该昏迷到现在。

说实话，古川此前对姬广华的伤情严重程度也一直有所怀疑，听小刘这么说他一下警觉起来。"先别管别的，给她上铐子，铐在床上，以防万一，我马上过去！"小刘说好，马上去办。

古川挂断电话便出门准备去省立医院，不料刚坐上出租车小刘的电话再度打来，接起来，小刘那边上气不接下气地喊道："川、川哥，姬广华、姬广华跑了！"

"跑了？咋跑的？不是让你给她上铐子吗？"古川急了。

"这家伙一直在跟我们演戏！她早就醒了，一直在床上装昏！"小刘说。

4

从小刘的叙述中古川得知，小刘挂断电话便去给姬广华戴手铐，但女辅警刚抓过姬广华的右手腕便被她反手扣腕放倒，小刘赶上来帮忙也被一脚踹翻。之后姬广华光着脚跑出了病房，等小刘追到楼下，却见她已经上了一辆出租车。

"川、川哥，这事、这事是我的责任，但这女的是干啥的，一脚能把我踹飞出去……"

古川心中一阵懊悔。他跟姬广华交过手，知道姬广华不是一般女子，但忘了提醒看管她的小刘，事已至此，说什么都晚了。

"姬广华留下什么东西没？你记住她坐的那辆出租车的车牌

没?"古川急问。

"她把手机和身份证带走了,其他什么都没带。出租车车牌没看清,但看涂装是永昌出租汽车公司的车子。"小刘说。

"你的车是哪家公司的?"古川扭头问自己乘坐的出租车的司机。

"永昌啊,咋了?"司机漫不经心地告诉古川。古川便一把抓起出租车的车载电台喊道:"哪位师傅刚刚从省立医院接了一位没穿鞋子的女乘客,请报告位置!"

"哎你这人干什么!"司机师傅一脚刹车停在路边。古川掏出警官证亮给他:"南安刑警,配合工作!"司机师傅愣了一下,看看古川又看看警官证,再次发动了车子。

"上三环快速路,快!"

司机师傅顺从地把车开上了三环快速路。古川之所以选择上三环,一是因为三环快速路相对畅通,一旦得到姬广华的具体位置便可以从最近的出口离开环线;二是因为小刘跟他说姬广华逃跑时带走了手机和身份证,古川推测她很可能还想逃离南安。南安南站和南安机场都在三环沿线,一旦确定姬广华朝这两个方向之一逃窜,他可以在最短时间内到达。

古川不断在出租车的车载电台里重复刚才的问题,也不断有司机师傅回答"收到",但始终无人回报姬广华的踪迹。古川等得十分焦虑,大概一刻钟后,电台里终于传来回复,一位司机说古川要找的那个女人刚刚下车。

"你现在的位置在哪儿?"古川对着手台大喊。

"飞跃大道,那个女的要去机场。我得去加气,所以让她重打一辆。"对方司机说。

"你他妈的怎么不早说话!"古川情急之下爆了粗口。

"你是哪个？我他妈刚开电台，才听到你在那边死喊！"对方大概不清楚古川身份，在电台那边也没好气。

紧要关头古川没心思跟对方置气，赶紧自报家门，然后放松语气问对方那个女的有没有走远。对方司机倒也明白事理，一听古川是警察就没再计较，说还在路边，刚打上另外一辆出租车，车牌号"南AT5403"。

"大哥，跟上她坐的那辆车，我付你三倍费用！"此刻古川也顾不得太多。这买卖划得来，对方二话不说就应了下来。

"我去，有这好事你干脆让我干算了！"身边的出租车司机见古川如此大方，跟他开玩笑。

"快，去机场！"古川说。

5

去机场的路上，古川一边用出租车电台与对方司机联系一边打给蔡所，请求他协调上级通过机场公安和出租车公司拦截姬广华。蔡所已经从小刘口中得知姬广华逃跑一事，他说情况已经上报给宋局，让古川注意安全。古川又打给内勤同事，要求他们查询姬广华购买的航班班次，但同事告诉古川，姬广华并没有提前购买任何一趟航班。

"妈的。"古川心里骂。他推测姬广华会在现场购买机票，虽然价格很高，但警方无法提前查到她的去向，也就无法做准备。但转念一想，古川又觉得这样也好，只要姬广华乘机，她就跑不出南安市。

车子已经从三环快速路转入机场高速，车速很快，眼见离机场越来越近，一直跟随姬广华的那位出租车司机说姬广华乘坐的车子已经驶入机场。古川不断催促身边的司机开快点儿，一边焦躁地念叨着蔡所那边为何这么磨叽，他已经把姬广华乘坐的出租车车牌号告诉了蔡所，按理说此时应该已经有快速反应骑警截停姬广华了。

出租车手台里，帮助古川跟随姬广华的司机师傅说："那辆出租车已经停车，那个女的也下了车，但停车位置既不是值机楼也不是售票厅，而是三号停车场。"她去停车场干什么？古川心中纳闷，随后一把拍在大腿上。"坏了，怪不得不买票，有人在停车场等她！"

"快，去三号停车场！"古川大声招呼司机，司机的油门快踩进了油箱里。

几分钟后，出租车风驰电掣般刹停在南安机场三号停车场门口。车子还未停稳，古川便一把拉开车门跳下来往停车场里冲。一辆车刚好交完费用出场，司机可能也有急事，油门踩得狠了些，车头窜出来的一刹把古川撞了个趔趄。幸亏车速不快，古川在地上打了个滚。司机看撞了人马上下车查看，但就在他和古川见面的刹那，两人都愣在那里。

陈梦龙！

而坐在副驾驶座位上的正是姬广华。

二〇一六年四月二十二日晚十九时许，暴怒的刑警古川和消失多日的片警陈梦龙在南安机场三号停车场门前扭打在了一起。停车场保安原以为是车祸引起了双方冲突，一边吆喝着"不要打架"一边从收费岗亭里出来。走到近前他却傻了眼，随即对着肩膀上的对讲机大喊：

"六号岗亭，赶紧报警，这边有人持枪……持枪杀人！"

6

市局机关会议室,新城北路派出所蔡所长靠在窗边,手里拿着姬广华的手机,古川和陈梦龙分别坐在两张椅子上。两人在机场停车场的厮打引来了机场公安,他们卸了古川的枪,并把二人"押送"回了南安市公安局机关。

正在局里处理刘茂文车祸后事的蔡所被局政治部主任喊去骂了一顿,然后让他先停掉手里工作,处理完陈梦龙和古川的事情再说。蔡所上任屁股还没坐热,先出了刘茂文的车祸,紧接着就是这两个活宝,他明显有些焦头烂额或者说是气急败坏了。

"长本事了?当街动手不说,还把枪掏出来了。"说着蔡所看了古川一眼,"你俩在机场演电影吗?演的那个叫啥来着?《无间道》?你俩谁是陈永仁?"

古川和陈梦龙都不说话。

"陈梦龙,先不说手机的事情,你当了二十多年警察,这点儿定力都没有吗?你是干什么吃的!"蔡所长首先将矛头指向陈梦龙,他早就听过陈梦龙"浑不懔"的名号,当所长之后也一直看陈梦龙不顺眼,"平时看不出来,你还挺能打,干片警屈了你的才,问问特警队还要不要你?"蔡所接着说。陈梦龙撇撇嘴,从兜里掏出烟来点着,低头抽起了烟。

"还有你,也工作六年了吧?有点儿基本常识吗?枪那玩意儿是随便耍的吗?怎么着,你拔枪的姿势很帅吗?你是想打死他吗?"骂完陈梦龙,蔡所转向古川。古川也没说话,低头躲避蔡所的目光。

"怎么着?都不说话是吧?不想跟我说?那就去跟督察、纪委,还是局领导说?"看两人沉默不语,蔡所又是一阵咆哮。

"姬广华是我的特情，在查一起案子，但现在身份暴露，可能有危险，我打算安排她暂时离开南安。"陈梦龙首先开口。

"特情？"古川冷笑，他觉得叫"同伙"更贴切些。

"查什么案子？你建立特情这事有没有汇报过？姬广华的身份有没有在分局一级备案？"蔡所追问。按照程序，如果陈梦龙将姬广华建为特情，应该首先向他汇报，但他明显没有收到过类似通知，也压根儿不知道姬广华是何许人也。

陈梦龙愣了一下，说还没有。

"那你用的哪门子特情？你懂不懂使用特情的规矩？"蔡所很生气。陈梦龙事前不汇报，事后拉他一起背黑锅的做法很不地道。

"别扯别的了，直接说事情吧。这个姬广华是干什么的，你和她是怎么回事？"蔡所把姬广华的手机放在陈梦龙面前，"如果在我这儿说不清楚，那只好让督察和纪委的同志过来了，我想你也知道会是什么结果。"

"这件事情我直接向宋庆来副局长汇报，案件有关四月初市局布控抓捕杜强一事，茂文也是专案成员，但具体情况现在我不方便说，您可以直接问宋局。"沉默半晌，陈梦龙甩出一句话。

这下轮到蔡所和古川吃惊了。蔡所马上掏出手机打给宋局，一番谦恭的问询和频繁的"嗯嗯""好的""明白"后，蔡所挂掉了电话。

"姬广华交到宋局那里，刑侦支队先看着。你们两个，回去各写一份检查，不要扯案子，只谈今天在停车场打架的事情……另外，古川，多关注一下自己的本职工作，所里好多起电动车被盗的案子还没破，失主已经投诉了很多回，你辛苦一下。茂文出事了，但所里的工作不能停下来。"蔡所说完便离开了会议室，他还要继续处理刘茂文的后事。

第十二章

1

回到新城北路派出所,古川坐在刑侦办公室里发呆。

宋庆来副局长的突然出现让古川始料未及。假如真像陈梦龙说的那样,姬广华是他的特情,两人接受宋庆来副局长的直接指挥,那么自己非但没有理由询问有关案情,而且不能继续接触这起案件和涉及的任何人,包括姬广华。这是警方的规矩,即便是作为主官的蔡所在得知情况后也只是向宋局核实了陈梦龙的相关说法,对于案情没问一句。

同时,蔡所委婉地要求古川不要再多管闲事,回去处理好所里最近发生的一系列电动车被盗案。他的态度,应该是得到了宋庆来副局长的一些指示。

宋庆来是南安市公安局主管刑侦的副局长,兼任刑侦局局长,是南安市一万多刑警的主心骨。他"直接指挥"的案子,可见分量之重。但古川想不明白的是,他为何会选陈梦龙?他难道不知道陈梦龙是全局有名的"浑不懔"和"甩坨子专业户"吗?一个桥北社区都管得鸡飞狗跳的片警,宋局能指挥他干什么?

此外,先前调查中获得的一系列线索也不断困扰着古川。陈梦龙与姬广华的暗中交往,刘茂文的车祸,自己车上的GPS定位器，尤其是在姬广华住处发现的刘三青一家的物品，那可能直接关系到当年古建国被害的案子。这些信息像一个个带倒钩的荆棘般拉扯着古川的大脑，他总觉得自己离真相只剩一层窗户纸，只要轻轻一点便能戳破。

本以为陈梦龙就是那个戳破窗户纸的箭头，但现在看来，一句"宋局直接指挥"便让他洗脱了所有嫌疑，至少暂时摆脱了古川的质疑。

但事已至此，古川也没了办法。他回忆起四月初围捕杜强失败的事情，又感觉当时宋局的反应的确有些异乎寻常。

"唉，管他呢，俗话说'案子不破案子在'，既然上级不让管，那就随他去吧……"最后，古川长叹一声，打开了警综平台，开始查看之前那些电动车被盗的案子。

"呀，川哥回来了？财鱼面搞起啊？"同事小刘刚进办公室，看见难得坐在电脑前的古川，找他聊起了天。

"你们去吧，我已经给他们家投资一间厕所了，怎么着？厨房也指望我？"古川半开玩笑地推辞道。

"嗨，咋啦？'坨坨'惹你生气了？好办！他家不是小菜免费吗？明儿早上哥儿几个帮你吃回来！"

不知为何，听到陈梦龙这个"坨坨"的绰号后，古川又忍不住笑了起来。

2

胖嫂面馆的清晨永远是熙攘忙碌的，古川和几个同事坐在靠门的一张桌子旁，同事七手八脚摆上来十几碟小菜。

"够了够了，桌子摆满了成本也超不过十块钱，不够忙活的。"古川笑道。

陈梦龙的妻子和胖嫂在远处忙活着，胖嫂虽然还叫胖嫂，但已经不胖了。算起来，她大概也已年过七旬。古建国那代人喊她"胖嫂"，其实论年纪古川得喊奶奶。

几碗财鱼面很快摆了上来，热腾腾冒着香气。古川招呼大家赶紧吃，吃完抓紧去搞那几起电动车被盗的案子。新城北路派出所责任区刑警中队一共八个人，当年刘茂文坚持一线刑警年轻化，把几位老人赶去了社区和治安两个中队，现在古川成了刑警队年龄最大的。

"川哥，你说当年胖嫂的姑娘怎么就看上了'坨坨'？"同事一边吸溜面条一边问古川，被古川从桌子下面踢了一脚。"说话注意点儿，在人家店里喊'坨坨'，不怕他听到来打你啊？"古川说。

"嗨，没事，哥儿几个在所里都喊'坨坨'，他全当听不见的……"同事一脸无所谓。

这时，四个人闪身进门，吸引了古川的注意。他们统一平头金链，年纪不大，但脸上都带着"社会人"特有的煞气。他们坐在古川一伙旁边的桌子上，领头的是个三十多岁的男子，他把手里的夹包放在桌上，喊"老板点餐"。

"刘警官，这么巧！"领头男子突然看见身旁的古川一伙，认出其中的一位民警，赶紧打招呼，一脸凶狠顿时变为谦恭的笑容。小刘也认出了他："哎哟，这不黑子吗，瞧你说的，这有啥巧的？你来派出所门口吃饭遇见警察不是正常的吗？"

"对、对，正常、正常。"那个被称作"黑子"的男子一连重复了两遍，脸上的笑意还没下去。他有些迷茫地看着和小刘同桌就座的另外几人，小刘笑着说："都是所里同事，你今天来得巧，估计好几个熟面孔吧？"

黑子顿时有些尴尬，但又不敢发作。小刘问他，这么早跑出来干什么？黑子说："没啥，接了一单'活'，得赶早。这不一直馋胖嫂面馆的财鱼面，只是平时起不来，今天终于有机会，过来尝尝。"

古川看黑子一伙的打扮就知道他们说的是什么"活"，不出他所料的话，应该是收账。小刘调侃黑子："干活的时候注意点儿，我们可不想去给你'捧场'。"黑子赶紧点头，说知道知道，各位警官放心。说罢又从兜里掏烟出来散，但几位民警都摆摆手，说早餐哪儿有抽烟的。之后两伙人便各自吃饭了。

3

小刘和其他人边吃边聊股票的事情，古川不买股票，也插不上话，只好一边吃面一边盘算盗窃案。隔壁四人也在聊天，都是些杂七杂八，但听着听着，古川察觉出了些许异样。

他们今天的确是出来收账的，欠款人似乎是附近一个"刚因车祸死了丈夫的女人"。不知为何，古川一下想到了刘茂文妻子。他知道刘茂文的妻子平时爱打麻将，当片警时就经常在辖区的"德胜棋牌室"遇到她。

"该不会真是去找她吧……"古川心里犯嘀咕。麻将场上输赢不定，很多民间债务也起源于那里。眼下刘茂文尸骨未寒，如果这群人真是奔他妻子去的，自己不能袖手旁观。

"今儿你们找的债主叫啥？"古川索性直接问黑子。黑子愣了一下，可能没料到古川会问这种问题。"啥、啥债主？"黑子试图装糊涂。古川干脆点破："就是你们刚才说的那个'刚因车祸死了丈夫的女人',叫什么?"

"哦哦,那个啊,叫马凤兰,在麻将馆找我们借了三万块钱一直没还,逾期大半年了。古警官放心,我们给她算的利息很低,还有借款合同,不违法……"黑子赶紧坦白从宽,还特意把"利息低""借款合同""不违法"摆出来。

"人家刚死了老公你们就上门收账,是不是有点儿那啥?"古川笑了笑,马凤兰不是刘茂文的妻子,他刚才的担心有些多余。

"唉,我们也不想这关口去,是她主动要还的。你说这种事我们能不赶紧?再说她不光欠我们一家的,即便我们不要,其他家也得来要不是?听说她已经还了好几家了……说起来也奇怪,不知道她老公投的哪家保险公司,这赔钱的速度真他娘的麻利……"

马凤兰,马凤兰,说实话,古川刚听到这个名字时便有种似曾相识的感觉,但一下又说不出来是谁、在哪里见过。回派出所的路上,古川一直在回忆这个名字,还问了身边几个同事,但大家都说没印象。回到办公室,古川坐在电脑前看几起盗窃案的卷宗,其中有些细节需要在警综平台上核实。打开警综平台,古川随手搜索了"马凤兰"这个名字。

这确实是个很常见的姓名,人员信息下拉菜单里显示南安市户口的"马凤兰"大概有十几位,年龄从三十多岁到九十多岁不等。古川点开几个人,照片弹出来,古川看了看,没有印象。其中一个"马凤兰"后面备注"涉警信息",古川点开看,是涉嫌赌博,行政拘留。

"应该是她。"古川心里念叨着,看看照片,确定自己并不认识此人,便关掉了页面。但他随即又想到了什么,愣了一下,把刚关掉的有关"马凤兰"的页面打开,然后点开了"家庭成员信息"一栏。

"果然是他！"

页面显示马凤兰的丈夫姓何，正是不久前那起车祸的肇事者——面包车驾驶员何某。古川此前在交警队事故科看到过夫妻俩的名字。

4

古川给交警队事故科打了个电话。

"之前你提供的GPS定位器和那个叫'大马棒'的人，我们做了调查，但找不到'大马棒'。我们拜托过刑侦和禁毒那边的同事，他们也没找到。古川，领导已经指示尽快结案了，毕竟这边不结案，刘茂文那边的后续赔偿工作就没法展开……"

"何某没有问题，那他老婆你们查过没有？那个叫马凤兰的女的。"

"查过了，也没发现什么问题，就是一个家庭妇女，平时喜欢打麻将，仅此而已。"

真的仅此而已吗？警察的职业敏感性告诉古川，这事没那么简单。尤其是想起黑子说马凤兰最近还了很多债务后，古川更加起疑：不说别的，何某由于醉驾身亡，保险公司一分不赔，他的遗产还要负担刘茂文车祸后的赔偿。得小心马凤兰用"还债"的办法转移财产。

马凤兰与何某的住处离新城北路派出所不远，古川按照警综平台上的地址找去，走到楼下时刚好遇到黑子一伙从马凤兰家出来。

"哎呀古警官，"黑子赶紧打招呼，"怎么，这家是您亲戚？"

古川摆摆手,问他"活"干得怎么样。黑子不知古川葫芦里卖的什么药,可能心里认定古川紧随自己前来,八成跟这家人有关,急忙脸上堆笑:"钱拿到了,就是按照之前约定的利息,'逾期费'也只要了几百块,以前没接过这么好干的'活'。我们和马凤兰没说几句话,只是拿钱走人。"说着,黑子还把包拉开,拿出几沓现金,说就是这些。

"您放心,我们做事很斯文,她钱还得痛快,我们连句重话也不会说……"黑子生怕古川怀疑自己。

古川并不关注这些,只问黑子知不知道马凤兰的钱是从哪儿弄的?黑子嘿嘿一笑,说这个自己问不着,马凤兰只要还钱就行,管她是偷的还是抢的。

"不过这家伙最近肯定发财了,我们来的时候上一拨人刚走,也是要账的,听说那一笔还了七八万呢。她要是也欠你钱的话,你得赶紧要了,我看她家里收拾得差不多了,估计很快就要搬走……"最后,黑子神神秘秘地对古川说。

古川赶紧给交警打电话通报情况,对方接到电话后说马上派人来找马凤兰,但也提醒古川,作为车祸受害方,他也是案件当事人,这关口不太方便直接接触马凤兰。交警的话虽然有道理,但古川思考一番后,还是决定上楼。

5

正如黑子所说,古川进入马凤兰家时,看到家里已经收拾得差不多了。几个行李箱和编织袋摆在角落里,能带走的家电也都打包装进了纸箱。马凤兰并不认识古川,以为他也是来要账的债主,于是开门见山地问他,哪一家的?欠多少钱?借据带来没有？

这倒真的出乎古川意料，他本想亮明身份问马凤兰怎么回事，但话到嘴边又放弃了。古川赌了一把，假称自己是辖区一家贷款公司的业务员。那家公司专门在棋牌室派驻"业务员"，他估计马凤兰经常借钱打牌的话肯定欠那家公司钱。果不其然，古川说出公司名称后马凤兰从口袋里掏出一个小本子翻了翻，点点头却没说话，转身进了卧室。

再出来时，马凤兰手里拿着一沓现金放在古川面前，说："本金和利息都在这里，一次性还清后保证不能再骚扰我和家人，尤其是我儿子。"然后她伸手找古川要"借款合同"。古川看着眼前的现金，大概有两三万的样子，只好借口"公司要求过来问问，有钱的话下午派人带合同来结算"。

马凤兰狐疑地看了古川一眼，说："要拿钱赶紧来，现在钱就这些，你们不要我可先还别家了。"古川头一次见到欠债的催债主，赶紧拿出手机装作给公司发信息的样子，同时趁机装出一副"社会人"的口吻问马凤兰："最近在哪儿发财？有好路子也带带弟弟。"

这句话似乎引起了马凤兰的警惕："老公车祸死了，保险赔的。你要没事赶紧走吧，下午三点之后再来，现在我要出门了。"说完她把那沓现金装进包里，把古川往门外推。

马凤兰显然说了假话，何某醉驾造成交通事故身亡，保险公司一分都不会赔。即便之前买过寿险，也要等到警方正式结案后才履行赔偿流程。但没有亮明身份的古川也没法多问，只得被马凤兰推着离开了他们家。

站在马凤兰家门口的古川正考虑要不要说出警察身份，恰好交警队事故科民警赶到。见是熟人，古川赶紧做了一个噤声的动作。民警会意，没跟他说话，径直走上前去拦住了马凤兰。古川听到民警对马凤兰说"有些涉及你丈夫何某车祸的事情还需要找你了解些情况"，然后是马凤兰几句不耐烦的牢骚，之后是开门声，他这才放心地往楼下走去。

离开马凤兰家，古川站在楼下思考。他一直有所怀疑的是何某之前制造车祸的意图那么明显，现在人虽然死了，但他的遗孀平白无故拿出这么多现金来还债，其中是否存在一些不为人知的秘密？想了想，古川把自己的怀疑写成了一条微信消息，发给那位相熟的交警，让他帮忙问清马凤兰还债的钱从何而来。不多久，交警回复"好的"。

之后古川开车回派出所，这事耽误了一上午，所里那几起电动车被盗的案子还等着自己回去处理。但车子刚进新城北路派出所大院，还没停稳，古川的手机便响了。他看是刚刚那位事故科交警的电话，于是接了起来。

"古川，赶紧过来，这女的招了，说钱是一个叫'大马棒'的人在事故发生前几天给她丈夫的，一共三十二万，这里面肯定有问题！"

第十三章

1

再次见到古川时,马凤兰满脸惊讶。她问古川:"不是已经约好下午还钱,为什么还要闹到警察这里?"古川很无奈,亮出警官证,告诉她自己的真实身份。

大概是没想到自己还债还能惹上警察,马凤兰在派出所讯问室里有些手足无措。古川说:"你也别紧张,把这笔钱的来龙去脉讲清楚就行。"

马凤兰沉默了许久,才犹犹豫豫地说,车祸发生前三天,丈夫何某突然带回一大笔现金,让她赶紧把外面的欠债还清。

当时马凤兰很惊讶。再三追问下丈夫只说是给朋友帮忙的报酬,但帮什么忙值得对方付出这么大价钱,丈夫没有说。至于那个朋友,马凤兰听丈夫提过一嘴,绰号叫"大马棒"。因为这个称呼比较特殊,她一下就记住了。

"我承认我好打牌,输了很多钱,也借了很多钱,家里的日子已经没法过了……"马凤兰接着说。以前她在桥北开服装店,丈夫跑货运,两口子虽然收入不高却也过得可以。但三四年前开始,由于服装店生意不好,平时没几个客人,她便被朋友拉着一起去服装店隔壁的棋牌室打牌。头一年手气不错,赢了两三万,后来几年运气就越来越背，不但把之前赢的钱都输了回去，还在棋牌室里借了不少码钱。

"一开始几百几百地借，还能还上，后来借得多了也还不上了，那帮人就天天来催债，不但把老何的面包车拖走了几次，还去儿子的学校堵过他。我们一直想还钱，但后来债务越积越多，就还不上了。如果不是这次老何拿回这些钱来，我就要被那帮债主逼死了……"马凤兰说着说着就哭了起来。

"看你家里都收拾完了，准备搬到哪里去？你丈夫车祸肇事的案子还没结案，民警之前没跟你说过要留在本地处理后续事宜吗？"古川问马凤兰。她点点头，说警察的确说过现在还不能走，但她不能不走，因为房子早就为了还债卖掉了，现在的住处是租来的。

另外，马凤兰的丈夫生前告诉她这笔钱是给别人"帮忙"的报酬，但忙还没帮，丈夫就死了。她既担心"大马棒"找她把钱要回去，又担心车祸赔偿要花一大笔钱，而自己咨询过保险公司，对方说醉驾拒赔，双方所有损失都得自家承担。思来想去，马凤兰觉得这笔钱无论是被"大马棒"要走还是拿去赔偿车祸，自己都落不下一分钱。与其这样，还不如就此用来还债，多少能给自己和儿子换个清静。

"一共还了多少钱？"古川问她。

"二十三万多。名字都在那个本子上，还有四五家没还。本来我中午拿钱出门就是去还钱的，结果被你们堵住了……"马凤兰说。

2

"这些钱都是那个'大马棒'送来的吗？"古川接着问。

马凤兰点点头，说是的，听丈夫说"大马棒"是个吸毒的，人很坏，但他的老板很有钱。这次丈夫虽然拿回了三十二万元现金，但出事前一直在骂"大马棒"，好像是说之前约好了三十五万元，但只送来三十二万元，他怀疑其余三万元被"大马棒"私吞了。

"你丈夫车祸后，那个'大马棒'来找你要回过那笔钱吗？"古川接着问马凤兰。

她摇摇头，说虽然丈夫出事后没人来找自己要回那笔钱，但她心里还是非常紧张，所以这几天一直在着急忙慌地还债。她想的是只要把债务清了，即便"大马棒"来要钱，她也大不了就像以前拖码钱那样拖着他呗，其他的事顾不了那么多了。

讲到这里，连马凤兰自己似乎都明白了一些事情。

"警官，难道他们找老何'帮忙'，说的就是这次车祸吗？"马凤兰一脸惊骇地问古川。古川哂笑着说："你觉得呢？这问题我还想问你呢。你丈夫死后那么大笔钱人家不找你要，你觉得他是在可怜你们家吗？"

马凤兰沉默了。

"你丈夫出事前有什么反常举动吗？"事故科交警接过了话题，他们同样想了解那起车祸，因为关系到案子是继续放在自己手里还是移交给刑侦部门处置。

"以前没往那方面想，但现在想想，确实有些反常的地方。"马凤兰说。她回忆起来的反常大概有两点，一是丈夫开面包车做货运工的钱一直是日结，因为自己几乎每天都要还债，手里根本没有余钱，应付债主和日常生活都得靠丈夫的日结工资。但出事前半个月，丈夫每天按时出车，但拿回来的钱越来越少，有时甚至一分钱都拿不回来，要找邻居借钱加油，两人为此还吵过嘴。

二是事发前几天丈夫似乎有了一些秘密。之前两口子之间无话不谈，接打电话也都在屋里，但车祸前几天电话一响丈夫就跑到卧室接。有一次甚至凌晨两三点接到电话，他还要跑到屋外去接听。马凤兰问过丈夫，他只说是挺重要的"业务电话"，怕屋里声音吵听不清楚，或是担心吵到家人休息。

"你那边之前查过他的手机通话记录吗？"古川扭头问事故科交警。交警说之前没朝这方面想，后来发现何某跟踪古川的车子后，找人调过事故前的通话记录，但也没发现什么。

古川想了想，拜托交警再核实一遍通话记录。交警说之前他们已经核实过了，何某毕竟是在街上跑货运的司机，平时免不了四处发放名片，自然也就有各色人等联系他，其中一些手机卡压根儿不是实名制的，找不到具体机主。因此通话记录体现不出什么，交警劝古川想别的办法。

但古川笑了笑，说："不是半夜有人联系过他吗？那个时间打电话的人很少，也很好找，你们把那个电话号码给我就行。"

3

古川知道老毒幺子"大马棒"肯定拿不出三十二万，给何某的这笔钱一定是那个"背后老板"出的。但那人是谁？又为什么要给何某这笔钱？何某给他帮的忙难道就是那起车祸吗？

交警同事很快传来了那个凌晨两点联系何某的电话，是联通号码。古川核实了注册机主信息，从姓名和出生年月看应该不是实际使用者。虽然自二○一五年开始，南安市便在落实电话卡实名制工作，但难免有一些漏网之鱼存在。古川思考了一下，上平台找出"大马棒"的手机号码比对，果不其然，就是他。

从杜强的案子到自己车上的GPS定位器,再到刘茂文的车祸,一切谜底集中在那个"大马棒"身上。或许找到他,所有事情也就弄清楚了。

但问题是"大马棒"去哪儿了呢?

古川把"大马棒"的信息在警综平台和大情报平台上滚了一通,没有任何收获。查了兄弟单位的办案记录,也没发现"大马棒"被拘留或送强制隔离戒毒的消息。打电话给几个以前常跟"大马棒"混在一起的吸毒人员问,他们也都说最近一段时间没见过他。

犹豫再三,古川拿起电话打给了陈梦龙,毕竟之前"大马棒"的邻居说过,最后一次见到"大马棒"是他被陈梦龙带走。虽然之前跟陈梦龙闹得有些不愉快,但古川觉得他毕竟还是个警察,这种事情上应该能把握分寸。

但奇怪的是,陈梦龙的电话又打不通了。古川反复试了很多次,不是"您所拨打的电话正在通话中",就是长时间无人接听,令他不得不怀疑陈梦龙把自己的手机号码拉进了黑名单。自上次在机场停车场为姬广华的事情打了一架后,两人的关系产生了些许变化。此前陈梦龙虽然"浑不懔",但平时对古川还算不错,古川有事他基本会应,有时还在工作上指点古川。但那件事后,陈梦龙似乎对古川也不理不睬了。

其实古川心里有些可怜陈梦龙。

十年前,头上顶着"全局最年轻刑警队长""优秀刑警"光环的陈梦龙,一度被认为是南安市公安局未来的刑侦中坚力量。当年分管刑侦的副局长刘安东甚至一度把陈梦龙比作"二十年前的自己"。按照他当时的逻辑,二十年后的陈梦龙也应该是后来的刘安东才对。

现实的陈梦龙却成了这般样子。有人说是因为刘三青。当年陈梦龙违反条例让刘三青单独押送毒品证物返回，导致刘三青携毒潜逃，局里把他一撸到底，断了他的仕途念想。也有人说是古建国的死给了陈梦龙打击，让他一蹶不振。古川和陈梦龙共事之后也想弄明白是怎么回事，但陈梦龙对此闭口不谈。

"可惜了，警校的高才生，一来就给老古做徒弟，三年当上刑侦骨干，五年提了副大队长。当年多么生龙活虎的一个人，现在倒好，同批的人都混成了分局领导，他却'山倒神流鼻涕——越混越倒退'……"同事们多感慨道。

古川去找徐晓华，他是陈梦龙在派出所的直属领导，应该能联系上陈梦龙。但徐晓华也打了一通电话，待遇跟古川一样。"妈的这个'坨坨'又搞什么？怎么连我的电话都不接！"徐晓华骂道。古川看他也没辙，只好另想办法。

无奈之下，古川打给还在公安局机关处理刘茂文后事的蔡所长，请他在局里找找陈梦龙。蔡所长的电话很快就接通了，古川向他简要讲述了马凤兰的事情。蔡所听完后也说确实需要赶紧找到"大马棒"，但这几天没在局里见到陈梦龙。他让古川先沉住气，他先找找，找不到的话再去问宋局。说完蔡所挂了电话，古川开始等他的消息。

这一等，就是一天。

4

第二天上班时，古川明显感觉所里的氛围有些不对劲。

早点名是派出所每天的例行功课，所领导负责主持，最早是胖胖的杨所，之后是刘茂文，再后来是蔡所，刘茂文出事后是徐晓华。早点名不光是点名，还要布置一天的工作。但当天早上连所里唯一的领导徐晓华都不知去向，同事们在大厅里站了二十分钟不见他来，几位老同志已经开始抱怨。

"这孩子咋这么不靠谱呢？"民警老刘一边絮叨一边又从兜里掏出了烟准备点上。

"今天早上他在胖嫂面馆过早，吃了一半接了个电话就着急忙慌跑了。"另一位民警在一旁小声嘀咕。古川等会儿也有事要找徐晓华签字，忙问那位民警徐晓华去哪儿了，啥时候回来？同事说不知道，早上徐晓华账都没结，还是他帮忙垫的餐费。

古川给徐晓华发了条信息，问他几时回来，自己有事找他。但许久都没有收到徐晓华的回复。

八点半，古川终于收到了一条短信，发信人却是蔡所，里面只有一句话：古川，马上到局里开会，带枪。

带枪？开会带枪？

古川不明白蔡所的意思，回了一条信息：徐晓华不在，枪库没有授权。

不久另一条信息弹出：徐晓华已在局里，你找内勤取枪。

古川不便再问，径直找到内勤。内勤看到蔡所信息后也没多问，直接带他去了枪库。手枪、弹夹、子弹，古川验完枪，办好手续准备走人，转头却看见陈梦龙的枪证下面空空如也。

"陈警官的枪也取走了？"古川问。

"嗯，四月初就拿走了，一直没还回来。哦，对了，昨天下午局里有人来问过他配枪的事情，但也没说为啥。"内勤说，"要我说，'坨坨'就是有毛病，平时谁值班谁来领配枪，但他一直拿徐晓华的枪值班，自己的枪供柜子里不让人碰。上次分局安排实习民警过来学枪，拆了他的枪，他竟然把人家个小姑娘给骂哭了……"

他确实有毛病,古川想起和陈梦龙一起抓毒贩高鹏时的遭遇,说:"这哪儿是他的枪,简直是他的爹。"

去市局机关路上,古川一连接了三个电话,蔡所一个,徐晓华两个,都是问他到哪儿了,然后催他快点儿。古川很纳闷,不知这两位大清早是怎么了。蔡所打电话时古川想起昨天托他联系陈梦龙的事情一直没回音,想顺带问一句,但蔡所只是让他赶紧过来,有话见面再说。

一进机关大院,古川就远远看见徐晓华站在办公楼门口,估计是在等他。车还没停稳徐晓华便跑了上来,一脸着急,还带着些许惊慌。古川忙问徐晓华:"发生了什么事,为什么这么急,还得带着枪,不是开会吗?"徐晓华拍着大腿说:"是开会,开会的原因是出事了!"

"出事了?谁出事了?出啥事了?"古川一脸惊讶。

"'坨坨'呀!哦不,是陈梦龙,今天早上被采取强制措施了。"徐晓华说。

"为什么?"

"'大马棒'死了,前天下午尸体在广白渠被发现,是被人开枪打死后抛尸的,技术部门检验出子弹是陈梦龙的!"

古川被惊得目瞪口呆。

"那宋局呢?陈梦龙不是正跟他做事吗?他知不知道?"古川追问。

"知道又能怎样?杀人这种事情谁能救得了他?!况且……"说到这里,徐晓华停了一下。

"况且什么?"古川急忙问。

"上楼说吧,领导都等你呢"。

5

南安市公安局机关会议室里一水"白衬衣",墙上还挂着"庆五一迎五四"的红色条幅,大概是局办准备过几天在会议室搞活动,提前布置了活动会场,但此刻屋里的气氛极其凝重。会议已经开始一段时间了,几位领导都在抽烟,烟雾缭绕中,古川看到了蔡所、政治部陈主任、局纪委王书记、督察刘政委,还有几位叫不上名字的领导,其中就有省纪委派驻南安市局纪检监察组的领导。

"在座的领导你基本都认识,就不一一介绍了。"政治部陈主任跟古川打了个招呼。古川刚上班时在他手下工作过,两人算是最熟悉的。古川给领导们敬了礼,然后找个靠边的位子坐下了。

"言归正传,这次陈梦龙的事情很突然,但结合他平时的表现来看,也在情理之中。"一位领导继续刚才的讲话。

古川坐在位置上很蒙,或者说是震惊。一来,他还没从陈梦龙的事情上缓过劲来。枪杀"大马棒"这事太突然,古川平时虽然对陈梦龙的做事风格有意见,甚至怀疑过他的职业操守,但在古川的意识里最坏的结果无非是不求上进的陈梦龙希望搞点儿"外捞"——对一些不法人员或行为视而不见,却从未想过他会直接牵涉其中并开枪杀人。二来,古川觉得这种事情把自己叫来有些离谱。即便陈梦龙犯了事,也该由支队或督察来处理,把自己叫来干什么?为什么还要带着枪?三来,此前陈梦龙一直接受宋局"直接指挥",现在他出事了,怎么不见宋局参会?

会议室的烟雾呛得古川总想咳嗽,但他又觉得这种场合自己不能发出其他声音。他看看坐在身边的徐晓华,从来不吸烟的徐晓华竟然也叼着一根"黄鹤楼"。"反正躲不开,吸二手还不如吸一手。"

"古川，你把之前调查姬广华的事情跟大家讲一下。"领导的声音突然提高了几度，古川这才知道为什么把自己喊来开会。但他还是下意识地望向蔡所，因为之前宋局明确指示过蔡所，不让自己再碰有关姬广华的事情。

"有啥说啥就行，不要有所顾忌。你那边掌握的是一手资料，对我们很重要。"蔡所对古川说。既然他发了话，古川便将之前调查姬广华的事情一五一十地讲了出来。从谢金被姬广华跟踪，到杜强案子里的特情、刘茂文的车祸，再到江景路城中村住处里刘三青一家的物品，最后讲到自己和陈梦龙因为抓捕姬广华在机场的冲突。古川前后讲了大半个小时。

"如果老古知道有朝一日他的徒弟和儿子拔枪相向，不知是何感想啊……"一位与古建国共事过的领导感慨道。古川不知如何作答，他要说的话已经说完，接下来就是等待领导的下一步安排了。

"陈梦龙呢？你觉得他是个什么样的人？之前共事或是在你调查姬广华过程中，怀疑过陈梦龙吗？"督察支队政委问古川。

古川沉默许久，没有给出自己的答案。

"你跟小徐先到我办公室坐会儿，让他跟你仔细讲一下事情经过，等下散会我还有事找你俩。"最后，陈主任对古川说。

第十四章

1

政治部主任办公室里,徐晓华给古川讲了整个事情的经过。

二〇一六年四月二十四日傍晚,两名钓鱼爱好者在广白渠一处极为偏僻的岸边发现一具尸体,遂报警。警方赶到后对尸体身份信息及死亡原因进行了调查,经核实,死者名叫马俊,绰号"大马棒",死亡时间大概在三天左右,死亡原因并非溺水,而是要害部位中枪。从现场情况来看,死者马俊中枪后落水,虽爬到岸边,但终因失血过多死亡。

技术部门检验了那处致命枪伤,从中提取到弹头,并在与尸体发现地距离十多米远的位置找到了弹壳。经对比,确定是警用六四式手枪子弹。但在调查枪支来源时警方发现,弹头与弹壳的痕迹与技术数据竟然与档案库中记录的陈梦龙配枪一致。

听到这里,古川有些疑惑,问徐晓华:"按道理'以弹查枪'这种事情需要同时检验弹头、弹壳和枪管,在未经检验的情况下,如何确定子弹是从陈梦龙枪里射出的呢?"徐晓华说二〇〇三年陈梦龙在汽车运输公司追捕刘三青时开了枪,按照规定需要检验后存档,这次局里参照的就是那时的档案。

"警察的枪一年开不了几次,陈梦龙的可以说几年都开不了一次，所以这玩意儿不会变，也不会错。所以……"徐晓华叹了口气。

此外，侦查人员前往死者"大马棒"家中了解情况时，邻居给出了之前给古川一样的说辞——最后一次见到"大马棒"，是桥北片警陈梦龙把他带走的。陈梦龙的作案嫌疑陡然上升。

二〇一六年四月二十七日晚八时许，侦查人员找到陈梦龙，当时他正与姬广华二人在副局长宋庆来办公室。侦查人员说明来意，要求陈梦龙交出配枪。陈梦龙还算配合，卸下了配枪。但就在他把枪卸下来的瞬间，身旁一直没有作声的姬广华却猛地冲上去夺下了枪。

事情发生得太突然，在场人员包括陈梦龙都没反应过来。加上前来副局长办公室找陈梦龙"配合工作"的侦查员都没带枪，因此姬广华夺枪逼退了几名警察后，从三楼办公室窗户跳窗逃走了，逃走前朝屋里开了一枪。

"好巧不巧，那枪打在了办公室的大理石茶几上，结果跳弹击中了宋局。"徐晓华说。

"宋局情况如何？"古川急问。

"还在医院，情况尚不清楚，你也知道，跳弹的威力远大于直射子弹……"徐晓华有些无奈。

"这么大的事，怎么我来之前也没听到任何动静呢？抢夺警枪、开枪拒捕、持枪潜逃，这案情都他娘通了天，外面怎么一点儿风声都没有？"古川问徐晓华。

徐晓华叹了口气："正是因为通了天，这案子才得斟酌，局里的意思是暂不声张，集中力量先把人抓住，以免造成社会恐慌。"

另外一点徐晓华不说古川也明白，副局长办公室出了这档子事,一旦传出去大家都没好果子吃。

"陈梦龙呢?这事他怎么说?"古川接着追问。

"不知道,现在他被关在'市一看',局里正在商量办法。"徐晓华叹了口气接着说,"早上局里成立了专班处理陈梦龙和姬广华的案子。我本来想找陈梦龙问下情况,毕竟我是他的直属领导,但看守所那边的回复是上级给了命令,除专班民警外其他人一概不得接触陈梦龙。"

说完,徐晓华竟然自顾自地点了支烟,他的烦闷程度可见一斑。

"那局里把我叫来是要干什么?"

"说实话,我也不知道。"

两人正有一句没一句地聊着,陈主任散会回到了办公室。

"情况都了解了吧?"陈主任语气中带着疲惫,从昨晚事发至今他都没合过眼。

古川说:"知道了,需要我做些什么呢?"

"你感觉,你能做什么?"陈主任反问古川。这个问题问得古川摸不着头脑,他先是觉得这起案子里自己能做很多事,但随后又觉得自己好像什么也做不了。去审陈梦龙?两人是同单位同事,这不合程序。去抓姬广华?这倒有可能,就像徐晓华刚刚说的,前两次姬广华都是自己抓回来的。

"我听领导指挥吧,民警是颗钉,哪里需要哪里拧。"古川回答陈主任。

"好,如果听我指挥,那从现在开始,你和小徐两人入驻宇泰物流,负责二十四小时保护宇泰物流的老板谢金。"陈主任说。

这回徐晓华和古川两人同时愕然。

"我⋯⋯我能问下原因吗?"陈主任既没安排古川办理陈梦

龙的案子，又不让他抓捕姬广华，反而下达了这样一个在古川看来有些无厘头的命令。

"这也不是我的意思，而是宋庆来副局长入院前最后交代的原话。业务上的事情我不太了解，但宋局这样安排应该有他的道理。"陈主任说。

"宋局现在情况怎么样？"徐晓华问。

陈主任面色凝重，说："情况不是太好，刚刚听医生说子弹取不出来，人还在昏迷中，尚未脱离危险，什么时候能醒还是个问题。"

"执行宋局的命令吧，别的事情你们不用打听，该通知你们的时候自然会通知你们。"最后，陈主任说。

2

去宇泰物流的路上，徐晓华忍不住问古川："宋局这样安排是啥意思？不是姬广华和陈梦龙两人的事情吗，怎么还牵扯到谢金了？为啥要'保护'他？他有啥危险？难道姬广华夺了枪，是要去杀谢金吗？现在好了，蔡所在局里处理刘茂文的后事，咱们又被派去保护谢金，新城北路派出所一个主官都没了，明天开始大家可以散摊了。"

古川突然想到一个问题。他问徐晓华之前与谢金交情如何？徐晓华说也就是认识吧，谈不上交情。虽然谢金跟公安局很多人的关系都不错，但徐晓华平时挺看不惯这家伙的，尤其是几次谢金公开指责陈梦龙，让徐晓华很是难堪。

"古川，我说这话你也别不爱听。我知道他跟你关系好，他跟局里一些领导的关系也不错，还给公安局花了不少钱，但他毕竟只是个私企老板，平时大家喝喝酒、吃吃饭就行了，有事的时候说事。陈梦龙再怎么样也是我们的同事，好与不好我自己心里没数吗？轮得到他指手画脚吗？"

"咦？"古川有一丝惊讶。在他印象中徐晓华一直是文质彬彬甚至有些唯唯诺诺的，对谁都说不出句硬话，人称"领导传声筒"，因此古川平时多少有点儿瞧不上他。不想他在陈梦龙和谢金的事情上倒有一番见解，古川来了兴趣，问徐晓华为什么这么想。

"我不觉得陈梦龙是坏人，甚至在'大马棒'这件事上我也持保留意见，平时他的确扯淡，但我觉得他干不出这件事儿……"徐晓华说。

"此话怎讲？"

"说白了，陈梦龙平时就是不愿担事而已。你在社区岗干过，里面的事你也清楚。我们所的社区队原就是刑警中队退出来的那帮'老油条'养老的地方，大家都是多一事不如少一事。你说陈梦龙'甩坨子'，那老赵、老刘他们干过啥？只不过别人擅长打太极，'坨子'甩得比较软，陈梦龙甩得比较硬罢了……"

古川没有表态。

"再者，我是从社区警务队提拔起来的副所长，分管的也是治安和社区工作，他们什么情况我最清楚。虽然喊陈梦龙'坨坨'，但他的工作情况我心里有数。这些年他在本职工作上没出过一点儿问题，全所十二个警区里桥北的台账做得最好……"徐晓华接着说。

"台账做得最好，但鸡飞狗跳的也是他那边……"古川笑了笑。

"这事怪不得他，桥北本身就乱，历史遗留问题。乱了几十年，不是陈梦龙一任片警能改回来的。"

"但我也听说，陈梦龙的交友圈不太干净，跟一些涉毒人员的关系不正常。"古川试探着抛出这个问题，这也是他近段时间最关注的问题。

徐晓华微微点头，沉思半晌，却反问古川："你说，陈梦龙图什么？"

"图什么？"古川一下没反应过来，有些摸不着头脑。图什么？这还用说吗？

"他跟那帮人的事，我以前就有所耳闻，但始终搞不清一个理儿——警察想'找外捞'，一般会去包娼庇赌，傻子才跟毒么子打交道。那帮人自己都吃不上饭，哪有闲钱孝敬警察？"徐晓华接着说。

这句话提醒了古川，徐晓华说得确实有道理。但既然不为钱，陈梦龙为什么要这么做呢？

"再就是，我觉得有些事情谢金了解得太多了。"说话间，车子已经开到宇泰物流公司附近，右转便是公司大门，徐晓华突然把车停下，对古川说。

古川觉得今天的徐晓华有些反常，不知这位平时以不发表任何意见出名的领导今天怎么了？

"怎么？"古川问。

"我知道谢金经常给所里民警提供各种线索，你应该也从他那儿知道了不少事。但你有没有想过，他一个私企老板，纵使以前干过警察，还当过保卫处处长，但也是十几二十年前的事情了，现在怎么还会知道那么多'道'上的事情？难道他也在'道'上混？要是换作别人，我早就抓回来盘他一轮了。"

这回轮到古川不发表任何意见了。

"保护归保护,有些事情咱都长个心眼儿。宋局虽然啥也没说,但我总觉得他的意思没这么简单。"最后,徐晓华自顾自地说。

3

两人来到宇泰物流公司,谢金热情地将两人迎进办公室,一边招呼两人坐下一边让人赶紧去沏茶倒水。

"你们领导已经把事情告诉我了。哎呀,庆来局长也是考虑得周到,姬广华以前的确是我的员工,可能因为一些事情对我有意见,但也没啥深仇大恨,不至于来报复我吧?先替我谢谢你们领导。正好平时所里工作忙,咱也不是外人,这段时间你们在我这儿,想干啥就干啥,就当是在自己家一样。"谢金话说得很有礼貌,也很客气。

"您就甭客气了,谢总,领导这样安排肯定有他的原因,我们做下属的不好多问,照做就是了。世事难测,姬广华手里有枪,您还是注意些。她落网前您先不要外出,有事通知我们一下,平时我俩不会给您添麻烦,您就当我们是空气就行。"徐晓华的回答也中肯体贴。

双方在办公室聊了一会儿,差不多到了饭点儿,谢金带两人去公司食堂吃饭。路上,他安排员工陪徐晓华去食堂财务办饭卡。看两人走远了,谢金突然拉住古川,轻声问他:"陈梦龙到底怎么回事?"

"听说是出事了。具体情况我也不清楚,昨天还在搞那帮偷电动车的毛贼,今天局里突然安排我和徐晓华过来保护你,我还想问你是咋回事呢。"古川把谢金的问题晃了过去。他突然觉得,谢金在公安局人脉那么广，方便知道的事情自然有人能告诉他，不方便知道的事情，也没有必要从自己这里开口子。

谢金没有再问别的，吃饭时他告诉古川和徐晓华，他在公司职工宿舍安排了两间套房，他住一套，另外一套给古川和徐晓华。两套房相邻，但设施肯定比不上外面的酒店，让古川二人不要嫌弃。徐晓华说："谢总真是客气了，干警察的啥破烂地方没睡过，哪会挑三拣四，条件再差还能比派出所备勤室差？"

晚饭后，谢金陪古川和徐晓华说了会儿话便回屋休息了。古川和徐晓华坐在房间里，又讨论起这次保护任务。古川说："我当了六年警察，第一回接这种活。"徐晓华也说："那可不是，我干十年警察了，也是头一回干这种事。"

上级要求古川和徐晓华二十四小时保护谢金，这个指令看似简单，其实很有难度。二十四小时，也就意味着必须昼夜轮班。两人商量一番后，决定徐晓华负责白天，古川负责夜里。因为作为新城北路派出所副所长，徐晓华还要远程处理一些案件电子签章、平台转授权等工作。这些事情必须白天完成，不然会耽误所里的正常工作。

夜间值班是件疲劳且无聊的事情。虽然不用像在派出所值夜班那样和衣而眠、随时准备接警，但一连几天见不着太阳的日子也着实让人难受。起初古川趴在屋里玩手机，但时间长了也觉得无聊，于是只好在公司里转悠，像游魂一样。

宇泰物流的占地面积很大，除了当年汽车运输公司的地盘外，谢金后来又买了几块相邻的地建仓库，眼下占地面积至少有七百多亩。公司有自己的保安队，平时夜间有一个小队巡逻。古川和徐晓华入驻宇泰物流后，谢金也增加了安保力量，现在院里有二十多人昼夜值班。古川转悠时经常看到保安队的巡逻车，而且监控探头遍布四周。他觉得这种安保级别下，谢金大可以高枕无忧了。

宇泰物流大院的西南角有一栋三层仓库，古川每次走到那里都要徘徊很久。那是当年古建国追捕刘三青的位置，也是他最终牺牲的地方。古川记得小时候每年清明节都要跟母亲来这里祭拜父亲。母亲会拎上水果，再买些父亲生前爱吃的卤味，有时还会端上一碗胖嫂做的财鱼面。古川则要带上这一年的成绩单，如果学校发了奖状，还要把获奖情况读给父亲听。每次祭拜，谢金都会带瓶白酒过来，一言不发地坐在古川母子身旁，"陪"古建国喝完一整瓶白酒。

这件事情持续了很多年，直到后来谢金因经营需要把这里改造成了生鲜冻品仓库，祭拜地点才换去了烈士公墓。

眼下仓库已经被谢金闲置，入口处挂了大大的门锁。古川站在门口闭上眼睛，仓库内仿佛传来急促的脚步声，还有父亲的喝止声，谢金的呼救声，然后是枪声。似乎十三年前的那一幕像一部电影般，在大门关闭后一直在仓库里循环播放着。

虽然明知这一切都是自己潜意识里的幻象，但总有那么一刻，古川疯狂地想打开大门冲进去，和父亲一起追捕刘三青，赶在刘三青向父亲举枪前开枪。古川听人说过，刘三青当年是南安市公安局的射击冠军，二十五米胸靶射击速度和准头无人能及。因此自打入警之后古川就苦练枪法，年度竞赛中古川一直是全局出枪最快、打得最准的警员。他曾无数次在脑海中模拟当年仓库里的情境，心算刘三青的拔枪姿态和瞄准时间，然后对比自己的练习成绩，命令自己无论如何都要比刘三青快，这样便能赶在他之前开枪。

二〇一六年五月一日，劳动节，凌晨两点半，宇泰物流公司大院里漆黑一片。古川再次游魂一般徘徊到三层仓库门前，像往常一样站在大门外闭上眼睛，耳中又一次听见熟悉的脚步声、父亲的喝止声、谢金的呼救声和枪声。

但古川突然睁开了眼睛，因为他猛地意识到那脚步声并非自己的幻想，而是真真切切从仓库门后传来的声音。古川推了一下大门，门竟然开了。原来大门锁扣位置早已锈断，这把大锁只是一个摆设而已。古川两步跨入仓库内，用随身携带的战术射灯在室内急扫一圈。破败而凌乱堆放的杂物之间，似乎站着一个人。

"谁？警察，别动！"古川下意识地喊了一声。

那人没说话，却拔腿向仓库深处跑去。

"妈的！"古川骂了一声，迅速拔出腰间配枪追了上去，边跑边按住对讲机通话键急呼。

"西南角三层仓库有情况，快来增援！"

第十五章

1

古川对徐晓华的增援不抱太大希望,毕竟现在是凌晨两点半,人睡眠最深的时间段。况且职工宿舍楼距离西南角的三层仓库足有两公里远,哪怕电瓶车开过来也得七八分钟,但可疑人影就在眼前。

仓库面积很大,一片漆黑,随意堆放的物品也杂乱无章。古川虽然拿着战术射灯,依旧接连被绊倒几次。但跑在前面的黑影似乎对环境十分熟悉,通过不断跳跃躲避脚下的障碍,始终与古川保持着十几米距离。

古川几次举枪瞄准,却没有击发。一来,他无法确定跑在前面的人究竟是不是姬广华;二来,对方没有主动攻击自己,自己就无法先行开枪。古川连续在对讲机里喊了若干次后终于传来徐晓华的声音,他先问是不是姬广华,古川说看不清,徐晓华又让古川不要追,他马上就到。但古川已经没工夫跟他对话,说了句"你快点儿"便收了线。

转眼间,两人已经跑到仓库一楼与二楼的楼梯处。黑影跑到楼梯转角时古川刚好追到楼梯口,古川正准备上楼梯,黑影却突然停下了脚步转向他。紧接着,一道明亮的灯光从黑影处射了过来。

一般情况下,灯光会伴随着子弹,古川吓了一跳,急忙一个侧滚朝一旁躲避,但灯光只是闪了两下,并没有枪响。

古川骂了一句,爬起来继续沿楼梯向上追。

仓库二楼的布局与一楼一样,唯一不同点就是楼梯间的位置有所改变。古川爬上二楼后已经看不到那个人的影子,只能左手持射灯、右手持枪,一边搜索一边前行。此时对讲机里又传来徐晓华的声音,告诉古川说他已经带人在来仓库的路上,让古川坚持几分钟。

古川松了口气,也有些庆幸,可能那人并非姬广华。因为从刚才的动作看,那人手里没枪,不然自己现在恐怕已经躺在一楼等救护车了。但如果不是姬广华,他又会是谁?谁在三更半夜跑来废仓库跟他玩这种游戏?

"古Sir,注意安全!"一个声音从背后传来,静谧的环境下吓了古川一跳。他下意识地扭头,却再次被灯光闪了眼睛。古川搜索到二楼与三楼的楼梯口处,刚才那束灯光就是从这里射来的。看着眼前的楼梯,古川开始犹豫要不要继续向上。因为此处能看到一楼通往二楼的楼梯,也可以从此处沿楼梯上三楼。但一旦自己爬上三楼,如果刚才那人隐藏在二楼某个角落未被发现,此时便可以从容地沿二楼楼梯下楼离开仓库。

思考片刻,古川决定就在此处埋伏等待徐晓华等人到来。他就近搜查了一番后,靠在墙边警戒。他已经听到一楼仓库大门被推开的声音,而且整个大楼的灯光逐一被打开。噼里啪啦的声音伴随着频繁闪烁的灯管,古川心里有了底。

但就在此时,身后突然又闪起了手电的光。古川意识到那人正在自己身后,急忙回头用战术射灯照射楼梯,但已经来不及了。一个人影冲到了眼前,一下拨开古川持枪的右臂,依靠惯性猛地把他迎面抵在了墙壁上。对方力气很大,古川试图转身反抗,一个冰冷的金属硬物却顶住了他的后脖颈。

"是枪!"古川心中暗叫不好。

"古警官,记住你站的位置。"背后的声音响起,古川听出正是姬广华,刚想跟她说话,却被一记重击打在后颈处,晕了过去。

2

古川好像睡了一个冗长的觉,做了很多七零八落的梦。他先是看到父亲在胖嫂面馆吃面,后来看到刘茂文在办公室骂陈梦龙,再之后看见大仓库里刘三青举枪向父亲走来,自己想救父亲,手里握的枪却怎么也打不响。

最后,刘三青的枪响了,古川醒了。

古川发现自己已经躺在医院,蔡所正坐在床边。

还好,只是一个梦。

古川摸了摸后脖颈,痛感十分明显,再就是脑袋发胀,头痛欲裂。

昏迷期间医生已经给他做了全面检查,除了有些轻微脑震荡外并无大碍,休息一下即可。但人一旦清醒过来,烦心事也跟着来了。古川回过神来的第一句话便是:"蔡所,我的枪……"

"枪没事,已经暂时交回所里保管。"蔡所说。

古川松了口气,这说明姬广华已经被抓住了。然而蔡所接下来的问题令他疑惑:"古川,看清攻击你的人了吗?是姬广华吗?"

古川非常诧异——人你们都抓住了，怎么还来问我？

蔡所读懂了古川的表情："小徐从收到你的消息到赶至大仓库一共用了不到十分钟，但还是晚了一步，他到的时候，只看见你倒在地上，没把他给吓死……"

"确实是姬广华，但是她跑了？"古川问。

蔡所点头说，跑了。

"我记得你当年在省里打拳击还拿过冠军，咋被一姑娘家放倒了呢？"蔡所似乎在调侃古川，但古川可没这心思。"那我的枪呢？她为什么……"

"是的，我们也很纳闷，她先前抢了陈梦龙的枪，为什么不动你的枪？"

"她从哪里跑的？"古川记得，若从姬广华攻击自己的位置离开大仓库，只能沿一楼至二楼的楼梯下楼，从正门出去。而他遭遇攻击前已经听到徐晓华带人打开大门进入的声音，而且灯也被打开了，如果姬广华逃跑，势必会跟徐晓华遭遇。

"从三楼跑的，初步判断她翻越窗户，沿下水管道滑到了地面。"蔡所说。

有太多说不清也想不通的地方，古川刚刚清醒过来的大脑再次陷入一片混乱。他强制自己回忆昨夜在大仓库追捕姬广华的情景，试图从中找出一些能够解答疑问的细节。

"知不知道姬广华这家伙到底是干什么的？"蔡所问古川。

古川摇摇头，说自己抓了她两次，也没搞清楚她的背景。"上次我和陈梦龙为了抓姬广华在机场打架，你和宋局通过电话，我还以为你知道姬广华的背景。"

蔡所却也无奈地笑笑，说："那天宋局只是说姬广华在配合他查案子，让我们不要搞她，其余啥也没说。"

"知道他们在查什么案子吗？"

"不知道。"蔡所说，"你休息几天，谢金那边所里另外安排人过去保护。"

3

蔡所还要处理其他事情，交代古川一番后便离开了医院。古川也想离开，但无奈脑袋发蒙，实在起不来，挣扎一番后又睡了过去，再醒时已是傍晚时分。

古川打了一辆出租车回新城北路派出所，司机是个典型的话痨，从古川上车开始便一直操着一口浓重的南安口音跟他说东说西。古川有一句没一句地搭着话，一方面因为脑袋还在隐隐作痛，另一方面他仍在思考姬广华的事情。

姬广华为什么会出现在仓库？是碰巧还是她早已在此等候？姬广华完全可以直接从三楼逃走，但她为什么要攻击我？将我打晕后为什么没有把配枪拿走？还有，姬广华最后说的那句"古警官，记住你站的位置"是什么意思呢？我站的位置是指什么？

车子沿绕城高速行驶，司机还在前面喋喋不休。他似乎特别喜欢跟人说话，又似乎对古川特别有兴趣。

"小伢，你是搞么斯工作的？这晚克（去）派出所搞么斯？你是警察吗？"司机问古川。古川本想说是，以往面对类似询问时他也乐于说是。按照经验，只要自己说了"是"，接下来对方肯定还有其他问题。人们总对未知事物有莫名其妙的好奇心，警察这份职业就算是未知的一种。

"不是，我住那块儿。"古川说。

然而今天古川实在不想多说话，尤其是跟眼前这位话匣子打开便关不掉的司机师傅,于是索性从源头拦截了接下来可能会有的问题。果然,听说古川不是警察,司机师傅的讲话兴趣锐减,暂时闭上了嘴巴。

车窗外已是灯火通明。作为华中地区规模最大也最繁华的省会城市,南安的市政建设一直走在全省乃至整个华中地区的最前沿。古川记得,从省立医院到新城北路派出所的这段绕城高速是南安最早修建的城市快速路。一九九八年这条路刚刚建成通车时,他曾不止一次坐着父亲的摩托车在这条路上兜风。那时南安还未禁摩,快速路边也能随意停车,古川还记得父亲经常把车停在某个路边,指着远处的建筑对古川说"看,那边是长江大桥""看,桥边就是白鹤楼"。

那时白鹤楼差不多是这条快速路上能看到的最高建筑,它高高矗立在塔山上,与周边建筑相比真有"鹤立鸡群"的感觉。但如今时过境迁,塔山周围已经高楼林立,白鹤楼虽然很高,但已然没有了过去的巍峨感。

路边的风很大,夹杂着长江的水汽扑面而来,逐渐在古川心中变成一种熟悉而又独特的味道。人可以通过一种味道勾起一段回忆,因而每次路过这段绕城高速时,古川都会摇下车窗,深吸一口窗外的空气,这次也不例外。

"你说这些人也是瞎搞,好好的白鹤楼,楼顶非要搞什么射灯,红的绿的,你看是个么逼样子撒!"司机师傅终于忍不住了,路过白鹤楼时径自吐槽起来。他的话打断了古川的回忆,他向窗外望去,果然,白鹤楼楼顶不知何时安上了几盏射灯,射出的光柱漫无目的地凌空游荡,让他想起了小时候卡拉OK里的场景。

"有钱撑的呗……"古川摇上车窗,跟着吐槽了一句。但他看着那些摇摆舞动的光柱，脑海里又突然有了一个奇怪的想法。

对，光柱！姬广华手里有手电，两人跑到楼梯口时她突然转身用手电照我，为什么？这个动作当时古川没有多想，现在却觉得十分诡异。姬广华明知自己抢了警枪，警察是可以直接开枪将她击毙的。而且她手里有枪，可以回身朝我射击，但她为什么只用手电照我？为了看一眼我追到哪儿了？不对，当时我也开着战术射灯，她只需要回头即可。

"师傅，先不去派出所了，改道去桥北宇泰物流公司吧"出租车即将驶下绕城高速时，一直没怎么说话的古川突然对司机说。

4

宇泰物流西南角的大仓库早上已经被警方拉上了警戒线。古川抬起警戒线走进去，得到消息的徐晓华紧跟其后。

古川进门后首先找到仓库电闸断电。室内突然一片漆黑，徐晓华吓了一跳，忙问古川做什么。古川没说话，只是站在一楼楼梯口，望向凌晨姬广华开灯的位置。当年卷宗上的描述他早已烂熟于心——按照谢金的说法，十三年前父亲古建国追捕刘三青进大仓库，就是在这个位置被刘三青开枪击中。

姬广华没有朝古川开枪，只是用手电光射了他，古川躲闪，姬广华转过楼梯拐角继续向上逃窜。但古川追到二楼时，已经不见了姬广华的踪影。古川数了台阶级数，一楼至楼梯转角有三十三级台阶，但楼梯转角至二楼只有十级。他站在姬广华昨晚所站位置，让徐晓华站在昨天古川的位置，喊了一声"追我"后转身向上疾跑。

徐晓华虽然不知古川葫芦里卖的什么药,但还是按照他的要求做了。徐晓华跑到二楼时看到古川手里拿着手机,秒表显示,古川在二楼足足等了徐晓华二十秒。

"最快速度跑上来的?"古川问徐晓华。徐晓华一边喘着粗气一边点头,而后一脸疑惑地看着古川。古川依旧没说话,只是让徐晓华站在原地别动,然后走到凌晨被姬广华打晕的位置——二楼至三楼楼梯间门口,面朝徐晓华。

关灯后的大仓库二楼一片漆黑,但透过楼梯口南侧窗户的光,古川还是可以隐约看见徐晓华。他转身寻找其他能够看到徐晓华的位置,只有二楼至三楼的楼梯拐角处,但这个位置不具备射击条件。如果从这里开枪射击徐晓华的话,首先中枪的一定是站在二楼至三楼楼梯间门口的人。

古川又换了一个位置,躲在二楼至三楼楼梯间门口的另一侧,背对徐晓华,面朝三楼。这样符合向上攻击的身位,但处于背光位置,看不清二楼至三楼转角处的人。此刻楼上的人倒是可以借着南侧窗口透进的阳光看到古川和徐晓华,但身处高攻击位的人往往会下意识射击距离自己最近、威胁最大的人,也就是说,刚刚古川所站的位置依旧是攻击的首选目标。

"难道……"古川似乎明白了什么,"姬广华似乎是在为我复盘当年父亲进入大仓库追击刘三青的过程。她用射灯光束模拟枪弹,如果没猜错的话,扮演的正是当年的刘三青,而我的角色则是谢金。"

但古川又觉得哪里不对劲。一是按照刚才的计时,徐晓华和古川爬上二楼足足有二十秒的时间差,足够古川找个隐蔽点躲起来,因此昨晚古川跑上二楼后才追不到姬广华。但照此推算,谢金当年还要顾及中枪倒地的古建国,更不可能跑上二楼后马上看到刘三青。二是根据当年谢金对现场的描述，刘三青、陈梦龙和他三人所站的位置应是一条直线。如果刘三青开枪，首选目标应该是谢金。他也确实开了一枪，但子弹越过谢金打向了陈梦龙。

当然也有一种可能，谢金在楼梯间门口另一侧躲避刘三青，而刘三青站在二楼到三楼的楼梯上向陈梦龙开枪，子弹就会越过谢金。但陈梦龙向火光位置开枪还击时，属于从低位向高位攻击，弹道倾斜向上，即便击中谢金，也应是他肩部以上的位置，而不该是他的腿。

但陈梦龙的子弹的的确确从正面射入了谢金的腿部，这表明当时谢金是面向陈梦龙的。若是这样，那么情况是刘三青在谢金身后朝陈梦龙开枪，陈梦龙还击却击中谢金。但这同样不符合现实，因为刘三青的子弹不会拐弯避开谢金。

古川的脑袋开始嗡嗡叫，因为还有一种可能——当时向陈梦龙开枪的人就是谢金。

如果这一推论成立，那么虽然可以解释谢金腿部的伤情，却又有另外两个问题出现。一是根据二楼窗口的位置判断，当时隐藏在暗处的谢金完全可以认出身处明处的陈梦龙，那他射击陈梦龙的动机何在？二是档案记载射击陈梦龙的子弹是从刘三青配枪发射的，但谢金手里的是古建国的配枪，古建国的枪怎么会打出刘三青的子弹？

难道？古川想到了最后一种可能，也是最为恐怖的一种——刘三青开枪射击陈梦龙时，谢金是站在他身后的。换句话说，谢金和刘三青是同伙！

不可能，绝对不可能！当年谢金是跟随父亲抓捕刘三青的人，怎么会跟刘三青是同伙？一定是自己哪里推理错了，不然这么明显的问题，当年公安局的调查人员为何没发觉？再说姬广华,昨天夜里她或许只是碰巧到了这里,又碰巧没有带枪,所以只能用手电吓唬自己。而且姬广华不可能知道当年的事情,那时她才多大?

整个大仓库的电源早已被古川断掉,黑暗中,他站在二楼空地上发呆,手里的战术射灯直直射向地面,聚焦处形成一个雪亮的圆环。古川站在圆环中央,脑海中全是通过档案证词还原的当年刘三青、谢金和陈梦龙的交手过程,一幕幕如同电影一般。

他不相信这一切是真的,努力说服自己一定是某个推断出现了错误。古川一遍又一遍地复盘昨晚进入仓库后的全过程,整个人像被混凝土浇筑在了地板上。

"古川你到底在干啥?"一直被蒙在鼓里的徐晓华实在忍不住问出了口。此时古川的脑子里乱七八糟,想跟徐晓华解释,又不知该从何说起,最后索性摆摆手说也没啥,便径自往大仓库外走去。

"把你车借我用下。"古川对徐晓华说。徐晓华愣了一下,还是把钥匙给了古川。

"你要去哪儿?"徐晓华问。

古川没有回答他。

第十六章

1

南安市看守所位于南安市城南万福山脚下,陈梦龙被市局采取强制措施后就关押在这里。

古川赶到时已是傍晚。他要求与陈梦龙会谈,但被看守所民警拒绝,因为拿不出必要的提审手续。最后古川找到一位相熟的领导,好话说尽对方才同意两人见面,但也告诫古川只有晚饭时的半个小时。

"呦,这不古警官吗,哪阵风把您吹来了?"陈梦龙还是一副戏谑的神情,似乎被关在看守所的并不是他。古川在陈梦龙脸上没有看到那种警察沦为阶下囚时大概会有的沮丧和失落,当陈梦龙端着看守所发的饭缸子坐在面前时,古川竟感觉他胖了一些。

"怎么,'水上漂'都能吃胖?"古川笑道。看守所里的饭菜油水浅,得了"水上漂"的诨号。

陈梦龙没接话,径自拿起筷子吃饭。今晚看守所放的面条,陈梦龙一边捞面一边吹气,视对面的古川为无物。

"我想问你当年进入宇泰物流大仓库追击刘三青的事。"时间有限,古川开门见山。

陈梦龙瞥了古川一眼,这个问题可能出乎他的意料。

"当年的事情都记在你爸案子的证人笔录里,你去翻就行。"半晌,他应付了一句。

"我想听你再回忆一下。"古川说。

"早忘了,多少年前的事情了!"陈梦龙这次面朝饭盆,看都不看古川。

"谢金腿上的那颗子弹呢?那事你该记得吧?"古川无视陈梦龙的态度,追问道。

"那事不也早就了结了?该说的十几年前就说了,还想咋样?"陈梦龙的态度明显有些不友好。

"你没觉得有问题吗?"

"什么问题?"陈梦龙停下了手中的筷子,抬头看向古川。这句话显然勾起了他的兴趣。

"你出事后,宋局让我和徐晓华去宇泰物流保护谢金。昨天夜里,我在宇泰物流三号仓库遇到了姬广华……"古川把昨晚的遭遇讲给陈梦龙。

陈梦龙听着听着,却又开始吃面。一碗吃完,他鼓着腮帮子示意古川暂停一下,他要回监舍再盛一碗。

古川有些无奈,他终于知道陈梦龙为什么会在看守所里发胖了。

"你确定自己的推测吗?"听古川说完,陈梦龙沉默了一会儿之后问道。

古川点点头,但又似乎不太敢肯定,或者说不太愿肯定。"我也是猜测,所以才来问你。"

"确实,你说的这件事当年我也有疑惑……"陈梦龙收起了之前那副吊儿郎当的模样,突然变得严肃起来,"虽然那天室内光线差，但我明明是冲对方开枪发出火光的位置射击的，怎么会打在谢金腿上？如果是跳弹，子弹就不该打进骨头取不出来。"

顿了顿，陈梦龙接着说："我想过可能是谢金打的我，但子弹的事又说不通，因为那颗弹头找到了，是刘三青配枪发射的，谢金手里的枪却是你爸的"。

古川点点头，依然理不出头绪。

"还有别的事情吗？"沉默片刻，古川问。陈梦龙看了他一眼："什么别的？"

"当年我父亲的案子……"古川说。

陈梦龙换了个坐姿，拿起筷子又放下，似乎在思量些什么。

"有。"他认真地看着古川说。

2

"记得胡一楠吗？"陈梦龙问。古川点头，胡一楠是当年跟随父亲抓捕刘三青的民警之一。

"其实胡一楠也是当时公安局的刑事技术专家。那天他参与了第一批次的现场勘查，也就是对你父亲遗体的初检，后来跟我说过一件事。"陈梦龙接着说。

古川瞪大了眼睛。

"胡一楠说，初检时他发现你父亲的枪伤是在非常近的距离造成的，因为腹部伤口附近的衣物上有类似火药烧灼的痕迹，远距离开枪不会留下这样的痕迹。所以他当时推测，刘三青向你父亲开第一枪时，两人的距离应该非常近。你怎么看这个结论？"

"他的意思是，我爸当时已经抓住了刘三青，但被他偷袭？"古川反问陈梦龙。

"也只有这种可能。"陈梦龙顿了顿,"如果你爸是在追捕时中枪,一来身上不该有火药烧灼痕迹,二来倒地的姿态该是惯性下的俯卧,凶手在头部补枪,也只能打在后脑,而非额头。"

"可是……"古川依旧困惑。

"可是事后的尸检报告上并没有写这件事,对不对?"陈梦龙看向古川,古川点点头。

"这便是第三件蹊跷的事情。"陈梦龙说,"正式验尸时,古建国衣服上的火药痕迹不见了,现场初检报告也删去了胡一楠写的那部分内容,而且之后不久,胡一楠便离职了。"

"为什么离职?"古川很吃惊。

"说是对公安局岗位安排不满,南下赚钱去了。"陈梦龙说。

当年胡一楠离职一事引发了一场不大不小的风波。因为他当时是南安市公安局为数不多的研究生,工作能力也很强,是古建国牵线从外省挖过来的储备人才。他原本一直在刑侦支队任职,但古建国出事后不久,突然传来将其调岗至警犬基地任职的消息,之后便是胡一楠申请离职。

胡一楠平时跟陈梦龙的关系不错,临走前陈梦龙给胡一楠摆酒送行。两人追忆了刚牺牲的老领导古建国,过程中胡一楠告诉了陈梦龙第四件怪事。

那件事发生在两年前。胡一楠说,两年前的"六·一一毒品案"中三名嫌疑人全部被击毙,本是一件圆满的事情,但案子一结束他就被古建国叫去了办公室,让他去查一件事——现场的第一枪是谁开的。

"当时的计划很周密,要等三人完成交易时再进行抓捕。你父亲的意思是案子得深挖,如果只是为了那二十公斤海洛因,警方完全可以在路上就把两个司机抓了。"陈梦龙说,"但围捕当天李明权和两名司机还在验货，不知谁的枪提前响了，现场当时就乱成一锅粥，结果混乱中三个人都被打死了。"

"胡一楠查到了什么？"古川问陈梦龙。

陈梦龙说，当时现场几路人马，有南安市局禁毒支队、新城北路派出所、分局防爆大队、谢金带的运输公司保卫干部，甚至还有区里的民兵。为了宣传这次行动，市局还请来了电视台的摄影记者，他们在运输公司办公楼上架了摄像机准备拍禁毒纪录片。

"那个年代，这种事不奇怪。铁定得手的案子，大家都想掺和一下，也好给自己准备点儿宣传素材。"陈梦龙说。胡一楠查来查去也没查出什么，因为出了这档子事，谁也不想揽责任。但胡一楠很聪明，他想起摄影记者架的摄像机，所以去电视台要了录像带。

"有结果吗？"古川追问。

"有。"陈梦龙说，"胡一楠回放录像带时发现，第一声枪响似乎是从现场西南方向传来的。他查了当时的布控图，却发现警方并没有在那个方向安排人。胡一楠觉得很奇怪，反复看了很多遍录像带，又觉得那声枪响也不对劲，听声音并不是警方的制式枪支。"

胡一楠又回到现场，发现汽车运输公司停车场西南角是公司锅炉房，有个烧锅炉的老职工姓郭。胡一楠问老郭六月十一日当天有没有听到附近的枪响，老郭说听到过，而且之后有个男的急匆匆从锅炉房旁边的小门走了。老郭当时还有些纳闷，因为那个小门被两个储藏箱挡住，平时一直锁着，很少有人知道。那个男子不像汽车运输公司的人，但轻车熟路地找到小门并开锁走了出去。

胡一楠感觉事情古怪，便报给了古建国，古建国也很震惊。胡一楠以为古建国会让他继续调查那个男人的事情，古建国却给他安排了其他工作，没让他继续查下去。至于理由，古建国没跟胡一楠解释，这件事的结果他也不知道。

"那天酒喝到最后，我俩都喝醉了。临走时胡一楠拉着我的手，应该是有话要跟我说，但话到嘴边他又咽了回去，最后只说了句'保重'便走了，之后也再没了联系。"

古川疑惑自己从未在任何官方档案中见到过这段内容。陈梦龙说，没错，这件事如果不是胡一楠临走时告诉他，他也不可能知道。他后来甚至去过汽车运输公司停车场的西南角，但那里早就没了锅炉房，也没了小门，被改建成了一栋三层仓库。

"就是你遇见姬广华的那栋楼。"

3

"那个姬广华，到底是什么人？"听陈梦龙提到姬广华，古川忙追问。

"这个我不能告诉你。"

"那你们在查什么？"被陈梦龙拒绝后，古川抛出第二个问题。只要陈梦龙回答了这个问题，第一个问题的答案自然也就清楚了。

"对不起，这是宋庆来副局长牵头侦办的秘密案件，没有他的授权，我一切无可奉告。"陈梦龙语气坚定，却把视线移到了一旁。

古川有些恼火："无可奉告？那就是继续保密喽？"

陈梦龙点头。

"那我告诉你,现在刘所死了,宋局昏迷躺在医院里,生死未卜,你自己也落到了这般田地。至于姬广华,说句不好听的,以她犯下的事情,南安任何一名警察都有权直接开枪击毙她。这关口你还要保密,是要把秘密保进棺材里吗?!"古川有些恼火。

"宋局昏迷了?"陈梦龙似乎并不相信,"不是跳弹吗?去医院前看他还没什么问题啊!"他的神情有些焦急。

"是的,就因为是跳弹,横着进去的,还在里面打了滚。你也知道,他中枪的地方是肚子……"

陈梦龙沉默了,或许没有料到宋庆来副局长的伤势会重到如此地步,又或许还在考虑古川的建议。时间一分一秒过去,眼看探望的时间已经过了大半,古川真的急了。

"龙哥、龙叔、龙爷,你们他妈的到底在查什么案子!这个姬广华到底是干什么的!"

依然是死一般的沉默。陈梦龙不断用右手中指轻敲桌面,行为心理学告诉古川,此刻他在做最后取舍。

"好吧,我告诉你……"许久,陈梦龙说。

古川终于松了一口气。

"记不记得之前你让我帮你找几个毒贩?"

"记得,找到了三个,还剩一个'斑斑'。你说你来找,不过到现在也没结果。"古川不明白陈梦龙此时为何提起这件事来。

"姬广华就是之前你要找的那个'斑斑',但她并不贩毒。"

"她不贩毒,来充哪门子的特情?"古川不解,"警综平台上没有她的任何信息,她到底是干什么的,又怎么掺和进来的?"

"她的具体身份,我也不知道。上次在蔡所那里我说得并不确切,姬广华其实并非我的特情,而是刘茂文的。"陈梦龙说。

这个回答让古川难以置信,但这样似乎才能解释,为什么刘茂文出事后的唯一嘱托是"姬广华的身份保密"。

"至于茂文是如何建立的特情,又为什么选了她,这个我并不知道,也不好多问。而且茂文似乎很在意这姑娘的身份,即便他并没有跟我说过任何有关这个姑娘的事情,但多次提醒我对她的身份保密。"陈梦龙说。

"姬广华在城中村的住处里有刘三青一家的东西,这事你知道吗?"古川提问,但从陈梦龙惊诧的目光中古川明白,陈梦龙并不知情。

"三青一家的物品?她认识王芸?"这下,轮到陈梦龙震惊了。

4

"所以你们查的到底是什么案子?"古川问。姬广华的事已然开口,后面的事情便相对简单了许多。

"是你们布控'杜强'的事情。"陈梦龙顿了顿,"你们蹲守了六天,上面也一直没有下达抓人的命令,是因为宋局在等一个人出现。"

杜强来南安的情报是省公安厅禁毒总队转发的,根据总队反馈,消息是通过电话举报的。举报者称,杜强这次回来与早年消失的毒贩"长顺"有关,两人会在南安见面。按照警方当时的计划,杜强与"长顺"接头时,警方出动将两人一起控制。基于此前屡次抓捕"长顺"失败的教训,这次行动的内容并未全部公开,因此古川等人并不知道自己在等什么。

起初陈梦龙没有参加行动,而他最终被宋局叫来并成为其"直接指挥"的专班小组成员,是因为带队监控杜强的刘茂文发现了一个问题。

古川等人在世纪小区蹲了一周,杜强一个电话都没往外打,刘茂文开始感觉不对劲。他和杜强曾做过两年中学同学,以前也处理过杜强的案子,算是对他比较熟悉。但这次进场后,刘茂文一直感觉这位"老同学"不太对劲,又说不出具体哪里不对。

刘茂文向宋局申请叫来了陈梦龙,因为陈梦龙当年也和杜强打过交道,刘茂文觉得他应该能看出些问题。可惜陈梦龙与杜强接触也是十几年前的事情了,他在监控里看了半天,也没发现问题。

"四月九日下午,茂文带一个二十多岁的姑娘来了市局指挥中心,说是来看一下杜强的视频。"陈梦龙说,他当时还觉得奇怪,因为这姑娘看年纪也就二十多岁,杜强在桥北混时她还是个孩子,怎么可能认得杜强。

果不其然,那天姬广华同样没能在监控里看出什么。她走后,陈梦龙问刘茂文这姑娘是谁,刘茂文说是他的特情。陈梦龙知道刘茂文有个女特情绰号"斑斑",问是不是她。刘茂文说是,嘱咐陈梦龙注意保密。

"之后的三个晚上,姬广华都去了世纪小区门口那家铛铛便利店。也就是那晚从便利店出来之后,她最终确定这人不是杜强。"陈梦龙说。至于理由,姬广华说杜强"左撇子,高低肩,走路外八字,湖南口音",但世纪小区的这个杜强一样也不符,而且听口音明显是北方人。

此时陈梦龙才回忆起当年杜强身上的一些细节,感觉姬广华说得有道理,但问题是她怎么知道杜强的特征的?陈梦龙问过刘茂文,刘茂文只说这姑娘和杜强有些"渊源",至于是什么"渊源",刘茂文却没说。

"如果那人不是杜强,这事就太匪夷所思了。"陈梦龙说。当时宋局马上联系省厅禁毒总队核实举报的来源,总队那边反馈了一个电话号码,宋局这边派人查号码,发现这个号码就打过一个举报电话。

5

杜强和"长顺"都是失踪多年的涉案人员,两人身上都背着未破的案子。宋局觉得举报者能说出这两个人的名字,说明肯定知道一些事情。而且这个杜强即便是假的,来南安也肯定有原因。然而就在他犹豫要不要先把世纪小区的"杜强"控制起来时,四月十二日中午,"杜强"跑了。

"这事太蹊跷了。你们守了一周,他没跑;刚准备抓他,他跑了。说是碰巧,你应该也不会信吧?"陈梦龙说。

"怎么?你的意思是有人通风报信?"

陈梦龙点点头,说肯定有人报信,不然就是见了鬼。问题是假杜强的一举一动都在监控之中,他甚至连个电话都没接到过,外人又如何给他通风报信呢?

"姬广华有问题?"古川问。

陈梦龙说不可能,如果是姬广华报信,那假杜强四月九日就该跑了,不用等到十二日。

陈梦龙的话有道理,古川陷入了沉思。是啊,问题就出在这里,如果这个杜强是真的,他的案底比个头都高,即便冒险回南安也必然有事要做,不会窝在世纪小区里一周,连电话都不打一个。如果这个杜强是假的,那他为什么要跑?

"宋局'直接指挥'我和刘茂文、姬广华三人秘密调查的,就是这件事。"陈梦龙说。

"查出结果了吗?"

"查出来了。"

二〇一六年四月十九日,古川在南安南站抓住姬广华的同时,陈梦龙和刘茂文两人也通过技术手段将"杜强"抓获归案。

世纪小区的"杜强"的确是假的。假扮杜强的人姓高,山东人,两劳释放人员,长相酷似杜强。经审讯,高某并不认识杜强,入住世纪小区是一个叫马俊的人安排的。这个马俊的真名没几个人知道,但大家都知道他有个绰号叫"大马棒"。

高某和"大马棒"两人在武平市劳教所劳教时相识。二〇一六年三月,"大马棒"找到高某,说要给他介绍一个赚钱的买卖。

当时高某欠了一屁股高利贷,被债主追得满街跑,正发愁没处弄钱。他问"大马棒"是什么买卖,"大马棒"只说让他住进世纪小区八号楼二〇三室,正常吃饭睡觉,但平时不能打电话,也不能跟人联系。高某需要每天晚上去小区门口的铛铛便利店逛一圈,买点儿香烟之类的,同时注意看便利店柜台上的小货栏。如果小货栏上放口香糖,高某就可以安心回去睡觉,第二天再来。但看到小货栏上放的是槟榔时,第二天高某就要想办法逃跑。

高某问"大马棒"为啥找自己干这事。"大马棒"拿出五万块钱来,让他别问原因。愿意干,这五万块就是他的;不愿干就当没听过这事,赶紧走。高某想了想觉得这买卖赚得够多,好像也不涉嫌违法犯罪,便答应了。

高某每晚准时去铛铛便利店买烟,偶尔跟店老板聊几句,但店老板似乎不怎么搭理他。前五天晚上,高某看到小货栏里放的都是口香糖。第六天晚上他照例又去便利店买烟时，小货栏里放的依旧是口香糖。但给他拿完烟之后，店老板把桌上的小货栏搬到了脚下，换上了另外一个货栏，里面塞的全是槟榔。

高某心中有数，第二天中午便跑了。

第十七章

1

"为啥?"古川听得云里雾里,不明白这帮人在做什么操作。陈梦龙笑了笑,说刚开始听高某这么说的时候自己也蒙了,但结合后面发生的事情仔细一想,这次恐怕是中了圈套。

"这么说吧,人做任何事都是有目的的,这次'杜强来南安与长顺见面'是一场骗局。那他们的目的是什么?逗警察玩?恐怕不是吧。"陈梦龙说。古川点头称是。

"那起车祸查清楚了吗?"陈梦龙突然跳转话题。古川愣了一下才把调查结果告诉陈梦龙,司机何某收了"大马棒"转交的三十二万元现金制造了车祸,"大马棒"还提前在古川车上装了GPS定位器。

"你觉得车祸是冲你来的吗?"陈梦龙的问题打断了古川的思路,古川只好放下之前的想法,跟上陈梦龙的节奏,毕竟今天是为了姬广华的事情。

"应该不是,交警事故科的邹科长也跟我聊过,感觉像是冲着姬广华来的。"

"这不就得了?"陈梦龙看了看古川,"这个假杜强的出现八成就是为了引出姬广华。我们以为是姬广华认出了假杜强,但实际上是人家认出了姬广华,然后制造车祸,杀人灭口。"

"他们为什么要这样做?"

"这问题得问姬广华,她之前跟刘茂文到底在查什么。"

"你也不知道?"古川有些吃惊。

"我他妈上哪儿知道去?你刘所哪儿都好,就是小心思太多,连我都防着。现在可好,他出事了,姬广华也出事了,剩下咱俩在这儿瞎猜!"

"如果是这样的话,我琢磨着这事可能与谢金有关……"古川想了想,事已至此,就跟陈梦龙开诚布公吧。

"此话怎讲?"

"之前交警跟我聊车祸的时候他们问我,我带姬广华从南站回城里时有没有人给我打过电话,当时我说没有,因为你和刘所的电话我都没有接。但后来想起来,我确实接了一个电话,是谢金的……"

"你为什么接他的电话?你们在电话里说了什么?"陈梦龙追问。

"在那之前我去城中村找姬广华,发现她租的房子里有宇泰物流的工装,因此跟谢金核实了她的身份。谢金打电话给我,一是问人抓住了没有,二是拜托我办件事——此前姬广华跟踪过他,他让我问原因。"

"姬广华跟踪过谢金?这事我怎么不知道?"陈梦龙有些惊讶。

"当时谢金也不让我声张,说既不要告诉刘茂文,也别跟你说。"

"为什么?"

"他说刘所太忙,不想给他添麻烦。至于你……"说到这里古川停了下来，他想找个合适的词汇转述谢金的话。

"这种事，他不会找我的……"陈梦龙意味深长地笑了。

2

"你怎么想到跟谢金有关的？"陈梦龙问古川。

"因为你刚才说，姬广华就是之前我要找的'斑斑'。以这件事为前提，有些事便容易想了。"古川边思考边说，"姬广华在宇泰物流给刘茂文做特情，跟踪谢金。谢金给我的调查名单里有'斑斑'，而'斑斑'就是姬广华。这说明什么？姬广华在查谢金的同时，很可能谢金也在查姬广华，但他只知道有个'斑斑'，却并不知道'斑斑'究竟是谁。

"结合你刚才的推论，'大马棒'和铛铛便利店老板搞了一出假杜强的戏码，是想让姬广华现身，曝光之后她便立刻遭遇了车祸，我不觉得这两件事只是巧合。"古川说。

"是的，你分析得有道理。"陈梦龙点点头，"如果你的假设成立，基本可以确定谢金给你打那个电话，就是为了确定姬广华当时在你车上。但是，谢金这样做不是太明显了吗？他完全可以通过别人来给你打这个电话啊？"陈梦龙还是有些不解。

"正因为电话是他打的，我才没有怀疑。如果是别人打了这个电话，恐怕车祸发生后，我首先要查的就是这个电话。"古川的神情突然黯淡了下去，"如果真是谢金有问题的话，我恐怕犯了一个难以饶恕的错误……"

陈梦龙没有接话。

"那现在又出现了另外几个问题：'大马棒'他们为什么会以杜强为幌子演这出戏？他们怎么能确定可以通过杜强引出姬广

华？这个姬广华和杜强之间有什么关系？"古川一连提了三个问题。

"这三个问题恐怕也只有三个人知道……"陈梦龙有些无奈地说，"一是谢金，二是姬广华本人，三是杜强。但这三个人现在都不可能回答你的问题。"

3

交谈间，古川和陈梦龙两人的思路逐渐清晰，但他们也随即意识到一个问题——眼下所有结论都是基于推理，能够证实推理的人只有两个，一是"大马棒"，已经死了；二是铛铛便利店的老板，也失踪了。

"当时没有羁押'大马棒'是我的疏忽。'大马棒'吸毒吸了一身病，本就处在保外就医阶段，我想着带回去也拘留不了，反正他也跑不掉，索性问完话便把他放了，没想到反而害了他……"陈梦龙叹了口气。的确，如果那天把"大马棒"羁押了的话，他或许就不会死在广白渠边。

"铛铛便利店的老板找到没？"

"没有，我审完高某之后就马上去找'大马棒'。人倒是找到了，但他把所有事情都推到便利店老板身上，说自己什么都不知道。我再回头去找便利店老板，却发现便利店已经关门大吉，老板也早已不知去向。"

"那个便利店的老板叫什么？"古川一边问一边拿出了警务通。

"牟家海。"

古川把姓名输进警务通，很快，身份信息跳了出来。牟家海，南安市人，四十三岁，家住世纪小区，底子相当干净，没有任何违法犯罪记录。

"我在世纪小区打听过这家伙,都说他很老实平和一人,一直没结婚,一个人住在世纪小区的一套三居室里。便利店开了十多年,平时小区居民去他店里买东西,忘了带钱或者带的钱不够,他都很好说话。他平时也不嫖不赌,没有前科。

"对了,这人唯一有个特征,就是右手腕上有一大块暗红色的胎记,挺显眼的。你想想,对这个人有没有印象。"陈梦龙补充道。

古川完全没有印象,即便上次为了追查姬广华去铛铛便利店调监控时,也没注意过这个叫牟家海的老板手腕上有什么特征。

"陈师兄,我还有最后一个问题。"古川整理了一下手里的笔记。

"嗯,你说。"

"姬广华第一次为什么要离开南安,第二次为什么要在医院装昏迷再逃跑,第三次为什么要把你的配枪夺走后逃离?既然她已经选择与警方合作,假杜强也已经被抓了,姬广华完全没有做这些事的必要啊?"古川问陈梦龙。

陈梦龙看了古川半天,笑了笑,说:"前两件事是因为你。"

"因为我?"古川不解。

"对,她本来就是一个很警觉的人,你费尽心思地找她时,她完全不知道你的立场。当然,我和茂文也看不太清楚,毕竟你和谢金的关系……姬广华连我都不是很信任,更何况你……"陈梦龙的话点到为止。

"那夺枪这事呢?"古川追问。

陈梦龙叹了口气,说:"可能是绝望吧。"

"绝望什么?"

"那得看她和刘茂文到底在查什么。"陈梦龙顿了顿,说,"我有一次偶然听她说过,她和谢金有杀父之仇,后来再细问,她却不提了。"

4

原本看守所只给了古川半个小时的见面时间,但此时两人已经交谈了两个多小时,那碗面条已经坨成了一团。其间看守所领导来催过几次,都被古川打着哈哈推了回去。古川还想继续问下去,但身后又传来一阵急促的脚步声,紧接着那位看守所领导再次出现在门口。

"古川,刑侦支队来人提陈梦龙了,你看你要不要回避一下?"领导语气有些焦急。半夜三更来提审,八成是在他案子上发现了什么新问题。古川想了想,虽然还有很多谜团没得到答案,但最后还是说:"我走吧,毕竟没带手续进来,别给您这边惹麻烦。"

"那就赶紧,他们的人已经在前面交手续了。"领导有些催促的意思。

古川匆匆起身跟领导向外走去,出门前他回望陈梦龙一眼。

"那个……"陈梦龙似乎有话要说。

"怎么?"古川停住了脚步。

"注意安全,还有……"陈梦龙说,"你嫂子不知道我的事,别说漏嘴。"

"好的,你也保重。"古川点点头,离开了会客室。

看守所领导带古川快步朝外走,但两人动作还是慢了一步。刚到办案区走廊,他们便撞见了刑侦支队负责"大马棒"案子的民警，而走在前面的人又刚好认识古川。

"你们这是……"那位民警一脸惊讶。领导赶紧打圆场，说正巧古川手里有个案子需要临时提审，所以来了。那位民警上午便听说了古川被姬广华打晕的事情，连忙询问了几句身体方面的情况。见是熟人，古川心情放松下来，又有了新想法。

他想起刚刚没有和陈梦龙说完的话，于是对办案民警说自己手里的案子也跟陈梦龙有关，但这次过来没带他的手续，想申请一起提审。按照惯例，古川的要求也算正常，但那位民警的表情很为难。

"讲道理这样也可以，但眼下恐怕不太行，因为根据现在我们手上的证据，陈梦龙的案子恐怕与你有关，你需要回避。"民警说。

"和我有关系？"古川十分疑惑。

"是的。长话短说吧，陈梦龙的枪有问题。姬广华夺枪后开了一枪，子弹的检验结果出来了，与打死'大马棒'的子弹并不是同一把枪里射出的。"民警说。

古川没听明白——之前不是说打死'大马棒'的子弹是陈梦龙配枪发射的吗？局里有陈梦龙配枪的历史检验档案，难道档案错了？

"打死'大马棒'的枪是档案中陈梦龙的配枪，但实际上陈梦龙所持的配枪却不是打死'大马棒'的那把枪，这样说你明白吗？"民警努力解释。

"你的意思是说，陈梦龙手里有两把枪？"

民警点点头，说："也可以这么说。按照目前的情况，除非他的配枪被人换了，不然就是他手里有两把枪。"

"那把枪是谁的？这个跟我有什么关系？"古川追问道。

"他身上那把配枪的检验结果也出来了,虽然与'大马棒'的死无关,但对上了十三年前汽车运输公司仓库那起枪案的资料。这么说吧,按照资料记录,他手里的这把枪就是刘三青失踪时的那把一同丢失的配枪,因此现在我们怀疑之前你父亲古建国的牺牲可能与陈梦龙有关,所以你作为直系亲属不能参与我们的提审。"民警说。

这又是一个令古川始料未及的答案。

5

离开看守所后,古川车开得很慢。依旧是绕城快速路,古川开在最外侧,一边开车一边思考。

太多的人有太多的秘密。

胡一楠当年为什么离职?他最后想跟陈梦龙说的话是什么?刘三青的配枪为何会在陈梦龙手里?陈梦龙的配枪又为何会杀死"大马棒"?是枪被换了,还是他手里有两把枪?无论是哪种情况,古川感觉陈梦龙都说不清楚,因为那把本应与刘三青一同失踪的配枪也就意味着刘三青的下落。现在枪在陈梦龙手里,他如何解释?

秘密太多了,现实就显得格外荒唐!

谢金一直提醒古川注意陈梦龙,但现在他身上也疑点重重。谢金十三年前与父亲一同进入大仓库,他的口供为何与现实相比漏洞百出,而这些漏洞当年为何未被发现?姬广华又是如何知道这些漏洞的?她当年只是一个十多岁的孩子,一定有人告诉了她。谁告诉她的?为什么要告诉她这一切?姬广华的身份是什么?陈梦龙偶然听到的那个信息是真是假?

古川感觉应该是真的，而且宋局应该知情，不然不会在夺枪事件发生后让自己和徐晓华贴身保护谢金。

这个姬广华身上有太多疑点。古川是省里的拳击冠军，这些年来也在坚持打拳，身体素质没的说。他和姬广华两次交手，一胜一负。同事小刘大学在体院学散打，特警出身，却被姬广华一脚踹飞。这是一个怎样的女子，她有这一身功夫为何要在宇泰物流公司当个普通员工？她和刘三青一家是什么关系，和刘茂文合作又要查些什么？

其实在第一次见到姬广华时，古川就有种似曾相识的感觉，但又一时想不起来在哪里见过。当过兵？不对，女子特战队退伍兵人员稀少且宝贵，辖区派出所肯定掌握相关信息。特警？也不对，警方不会这么办案子。

刘茂文，这个救了自己性命的老领导，八面玲珑的外表下隐藏着许多秘密。他在查什么？还有那个"大马棒"和铛铛便利店老板牟家海，从刘茂文的车祸到假杜强的骗局都有这两人的影子，但他们现在一个死亡一个失踪。尤其是那个牟家海，一个没有犯罪前科的人，掺和这些事的目的是什么？

想着时，车子已经开到了宇泰物流门口，因为按照当初宋局的安排，古川现在的任务还是保护谢金。但开到门口古川方才想起，中午蔡所说过，谢金这边局里已经另外派了民警保护，古川不需要过来了。

"还需要保护他吗？"古川有些自嘲。如果姬广华夺枪的目标是谢金，那今天凌晨她完全可以直接进入宿舍楼攻击谢金，而不必费尽心思引自己到三层大仓库去。凭她的本事，还带着枪，自己和徐晓华不一定能保住谢金。他掉转车头打算回派出所，但又想到车子是借徐晓华的，今晚得还给他。

古川索性把车停在宇泰物流公司门口,熄了火,坐在车里点了一支烟。他还是有点儿累,凌晨被姬广华打中的位置仍旧隐隐作痛。

第二天清晨,古川被宇泰物流的门卫叫醒时,才发觉自己在车里睡了一夜。

这段时间宇泰物流公司上下风声鹤唳,古川睁眼时看到四个保安手持警械围在车旁,赶忙下车。保安们见是古警官,立即放松了警惕。

"古Sir,咋在车里睡呢?"一位保安问古川,说着给他打开了公司大院的栅栏门。古川没回答,也没开车进门。经历了昨天一系列事情,古川一方面不想见到谢金,另一方面自己还有急事要办。他把车钥匙递给保安,让他把车开进公司,再将钥匙转交给徐晓华。保安有些纳闷,但还是一边说"好"一边接过了钥匙。

第十八章

1

　　古川要查清姬广华的背景。

　　回到新城北路派出所，草草吃了点儿东西，古川便坐到了电脑前。他把姬广华的名字输进警综平台和公安情报平台反复滚动，希望能够找到一些有用的信息。内网上有关姬广华的信息很少，至于她的直系亲属，古川只查到姬广华父亲名叫姬昌德，母亲叫王月娥，但两人都已去世。

　　"年纪轻轻父母双亡，也是个苦命姑娘啊。"古川感慨道。他想起陈梦龙的话——"姬广华说父亲当年是被谢金害死的"——于是盯着姬昌德的名字，思考他与谢金的关系。

　　姬昌德的下拉菜单里没有任何信息，不像是某起刑事案件的受害人。

　　网上反反复复只有这些信息。古川不死心，不断从户籍网调到情报网，反复查询，但有一个刹那，他突然自嘲地笑了起来。

　　"这他妈要能有线索，人早抓住了……"

　　夺枪击伤宋局后，姬广华已经被公安机关网上追逃，内网上的信息肯定被同事们核实了不知多少遍，古川再重复这些工作已是无用功。但不做这些又能做什么呢？古川仰靠在座椅背上思考,昨晚车里一觉睡得他腰酸背痛。

想了一会儿,他给刑侦支队负责侦办姬广华案件的民警打了个电话,询问案子查到什么地步。对方说:"就那样呗,死活找不到人。"

"她的家庭背景你们摸清没?"

"基本摸清了,父母双亡,在南安也没啥亲戚。"

"她父亲的情况你们掌握多少?"古川追问。

"没多少,就是平台上那些信息……"对方显然与古川的关注点不同。古川想得到有关姬广华的背景资料,但对方更需要姬广华的现实动态。

挂掉电话,古川又在网上搜索有关"姬昌德"的资料——基本没有结果。是啊,一个去世多年的普通人,又怎么会在网上留下印记呢?

但网上的一则条目吸引了古川的注意:

"姬昌德、姬昌容、姬昌言、姬昌功……"

古川点开页面,上面写着"南安姬氏宗族网"。

这倒给古川提了个醒。姬姓是个比较特殊的姓氏,在南安市也是很罕见的姓氏。相传姬姓是上古八大姓之一,还是黄帝的姓氏,拥有这种罕见姓氏的人经常构建"亲友会""宗族会"之类的组织。或许自己可以在这方面想点儿办法,古川想。

古川从户籍平台上查到,全南安一千二百多万常住人口中,姓"姬"的大概只有二百多人。看到"德、容、言、功",古川想起了古代用来限制和评价女性的"三从四德"。"德、容、言、功"四字正好对应"四德",姬昌德出生年代的父母大多喜欢用这种方式给孩子起名,而眼下正好也有"容、言、功"三个名字。

古川查了"姬昌德",系统无显示。"还好,说明姬广华的父亲去世后,这个名字没人用过。"古川念叨着,又把"姬昌容""姬昌言""姬昌功"三个名字输进查询框,果然,三个名字都有对应人选。古川分别查看了三人的户籍所在地,均为南安市永昌区江口镇姬家庄五组,应该是一家人。

2

江口镇姬家庄是南安市东北边缘的一个小村庄,虽叫"姬家庄",但村里姬姓村民并不太多。古川赶到姬家庄后,通过驻村辅警联系了村干部,说明来意后,又在村干部的带领下找到了留在村里务农的姬昌容兄妹三人。

古川的推测没错,姬昌容、姬昌言、姬昌功的确和他要找的姬昌德是一家人。其中姬昌德年纪最大,七年前已经去世,正是姬广华的父亲、王月娥的丈夫。村干部在村委会找了一间办公室,古川和姬家三兄妹相对而坐。

"古警官是市里来的警官,想了解一些昌德当年的事情。你们都别紧张,有啥说啥就好。"村干部看到姬家三兄妹诚惶诚恐的样子后,首先安慰了几句。古川打量着三人,都是普通村民打扮,其中姬昌容在村里开小卖部,姬昌言在村委会工作,姬昌功务农。

"大哥当年在城里工作,也住城里,平时回来得少。从他去世到现在一晃也过去七八年了,警官你想知道啥问就行,但凡我们记得的,都告诉你。"在村委会工作的姬昌言说。

"我想知道当年姬昌德是因何去世的。"古川说。

姬昌言可能对这个问题感到费解,稍愣了一下才说:"胃癌去世的，在省肿瘤医院。"

"确定吗？"

"确定，从他得病到去世，我们三家轮番照顾，他临走时我们兄弟姐妹都在医院。"姬昌言说，姬昌容和姬昌功也都点头。

"他生前有没有得罪过什么人，或者有没有被什么人害过？"古川接着问。

"这倒没听说过，他就是个果品公司工人而已，后来下岗开出租车，苦哈哈一辈子。没听说过他得罪了谁，也没听说谁要害他。"姬昌言说。

"那他的女儿姬广华呢？你了解多少？"古川换了一个话题。

"不太了解，平时他们一家住城里，我们交往不多，过年时才见一面吧。这个不是他的亲生女儿，是他第二个老婆带过来的，两人结婚时这姑娘都十几岁了，跟我们不亲。"姬昌言说。

"第二个老婆？"

"对对，就是那个叫王、王月娥的女的。"姬昌言说。

"不是亲生的为什么随他姓姬？"古川问。

"这是我们这边的风俗，但当时王月娥的女儿已经十几岁了，改不改姓我们倒也无所谓，反而是王月娥那边主动提出来的，说让女儿跟大哥改姓姬。"

古川恍然大悟，看来这个姬昌德是姬广华的继父，也大概率并不是自己要找的那个人。

"那她改姓之前姓什么？"

姬昌言摇摇头，说自己不知道，但又看向身边的姐弟二人："你们记不记得？"

"好像……好像姓李吧……"姬昌容想了想说。

"李广华？"古川问。

"应该不是，她的名字肯定也改过。我们三个的孩子分别叫'广平''广安''广中'，反正她的姓都改了，索性把名字也改成了'广华'。"姬昌言接着说。

3

"那姬广华原名叫啥？"古川听说王月娥改嫁后女儿姬广华连名字都改了，心一下沉了下去。

"这个真不知道了。"姬昌言说。

"你知道姬广华的生父叫什么名字吗？"古川还不死心，姬昌言这次却被古川问笑了，说："这个我怎么可能知道？这都多少年前的事情了，现在连王月娥都去世几年了，谁还记得这些陈芝麻烂谷子？"

古川也有些尴尬：的确，自己这个问题问得傻乎乎的。

"王月娥那个女的克夫，克死了她第一个男人。大哥跟她结婚时我们都不同意，但大哥就是要娶她，结果呢？结婚五年，大哥不到五十岁就死了。你看我们家祖上都没得癌症的，怎么就他得了癌症？好在那个王月娥没过两年也死了。"姬昌容在一旁絮叨着，言语中听不出她对王月娥的任何好感，反而充满了怨恨。

"王月娥第一个男人怎么死的？"古川急忙追问。

"听说是犯了事被警察打死的。她第一个男人以前不是个好东西，她也不是啥好人。"姬昌容神秘兮兮地对古川说。

古川愣了一下，但随即意识到姬昌容可能知道一些事情。

"能仔细讲讲吗？"

"唉，我知道的也不多，但毕竟大哥就我一个妹妹，他俩婚后有些事王月娥也只方便找我，所以我和她打过一些交道……"

姬昌容说，"最初认识王月娥的时候，我没觉得有什么，毕竟大哥和王月娥都是二婚，搭伙过日子而已。但后来的接触中我逐渐觉得，王月娥这人很复杂，我们大哥是个老实巴交的工人，根本不该和王月娥在一起。"

"举两个例子吧。第一，那时王月娥在小商品批发城附近做生意，经常有些文龙画虎、不三不四的男人去找她，你说好人会认识他们吗？第二，王月娥很有钱，光在城中村就有好多房子收租，但我哥得病时她愣说没钱，活活看着我哥疼死……"姬昌容说。

这两则消息一方面让古川理解了姬家三兄妹对王月娥的敌意，另一方面也引起了他的兴趣。"你说的是哪个小商品批发城？"

姬昌容说："南安还能有哪个小商品批发城？当然是江景路那个啊。"

"你怎么知道王月娥在那边的城中村里有很多房子出租？"

"大哥刚结婚时，我和嫂子的关系不错，想着老家种地赚得少便想去她那里打份工。但是嫂子没让我去她店里，而是介绍了一家做服装批发的商户。我在那里干了两三年，有关王月娥的那些事情，也是那时知道的。"

"王月娥当时在小商品城做的什么生意？"古川问姬昌容。

"她开了个旅馆，平时啥也不用干，就坐在那儿收房费。"姬昌容另外透露，王月娥在小商品城附近的城中村里至少有四套房子，每月租金就很可观。

"你怎么知道她有四套房子？你都一一去看了？"姬昌容的回答引起了古川的警惕。往远处说，姬广华此前便在江景路的城中村有住处；往近处说，现在警方一直抓不到姬广华，她会不会就藏在以前王月娥的房子里。

"看了！我早就听说过这事，后来我大哥得了癌症，王月娥不出钱，我气不过，就到城中村打听，找到了那四套房。"说起过去的事情，姬昌容依旧满脸愠色。

"这事儿王月娥怎么说？"

"还能咋说？她不承认那些房子是她的，那些房子也确实写的不是她的名字，周围人说房子是她以前的男人用'黑钱'给她置办下的，不写她的名字是为了防止被警察收走，但房子就是她的！"姬昌容恨恨地说。

对于王月娥与姬家的纠葛，古川并不感兴趣。但当听姬昌容说到王月娥在城中村里有多套不在其名下的房产时，古川在意起来，问姬昌容还记不记得那几套房子的具体位置。姬昌容说："眼下记不得了，但当年我为了帮大哥向王月娥要钱，做过一些功课，其中就有那四套房子的具体地址，大概还在家里放着，我可以回去找找。"

姬昌容走后，古川又跟姬昌言和姬昌功聊了一会儿，但对于前大嫂王月娥和干侄女姬广华，两人也确实没有太多印象。有一句没一句地聊了十几分钟，姬昌容回来了，手里拿着一张纸递给古川。古川看了一眼，上面的确写了四个地址。

"就是这四个？"古川问姬昌容。她点点头，说别的还有没有她就不知道了，反正这四套房子是她打听来的。古川连连致谢。

4

离开姬家庄村委会，古川马上给南安市公安局户政中心打去电话。

"我想查一个名叫王月娥的女人的原始婚姻登记资料，头婚的。"古川说。对方问了几句王月娥的身份信息资料后告诉古川，查不了。

"王月娥去世时间超过五年，她的相关档案已经被销毁了。"

"王月娥改嫁后，她的女儿也随继父改了姓名，能查到她的原名吗？"古川又问。对方要了姬广华的身份信息，过了一会儿告诉古川，这个也没有记录，因为姬广华改名时公安局户政还没有普及网上办公，后来补录信息时可能一时疏忽，没有录入她的原名。不过对方也告诉古川，要查的话可以去档案中心调看姬广华的原始户籍档案卡片，但工作量会很大。

古川很失望。他倒不怕工作量大，但问题是即便查出了姬广华的原名，也不一定能查到其亲生父亲的信息。挂断电话，古川想了半天，开车向江景路的城中村驶去。既然档案里查不到有用的信息，那就直接去现场吧。

古川要去核实姬昌容交给他的那四套房子的房主信息。如果真像姬昌容说的那样，他有理由怀疑姬广华隐匿在那四套房子的某一套中。找到姬广华，自然也就知道她的亲生父亲到底姓甚名谁。

从姬家庄到江景路城中村，路程大概有七十多公里。古川联系了城中村辖区的派出所，把基本情况讲了，希望对方晚上能派人带自己过去。对方分管治安的副所长姓马，听古川说完，他很为难，说晚上所里有专项行动，所以建议古川先把资料发来，他本人明天一早再过来，所里派人接待他。

古川想坚持当晚过去。眼看时间已经过了下午四点，古川算了算，即将晚高峰了，这会儿去城中村，估计赶到确实得晚上了。但他又担心夜长梦多，跟马副所长说了半天好话，但对方就是不答应。最后马副所长甚至带着脾气，说古川这本就是来找外单位帮忙，却又不顾及外单位情况。如果古川坚持今晚过来，那就得走正常程序申请。

新城北路派出所和城中村的辖区派出所不属于同一个分局管辖，如果走正常程序，得把报告打到市局去。古川很无奈，既然副所长把话说到这个地步，自己也不好再坚持，于是只能把资料发给马所，自己打道回府。

第二天一早，古川赶到城中村的管辖派出所，见到马所后，马所也没多说什么，直接把他领到了上次帮他找车的那位老片警的办公室。老片警见到古川的一刹那，脸上露出复杂的神情。

"哎呀，古警官，你无事不登三宝殿，今儿又是为啥呀？"

"叔，还得麻烦你件事。"古川说话很客气。

"知道了，昨晚马所已经把资料给我了。"老片警顿了顿接着问，"你要查户主信息和租户资料是吧？"

古川点点头。

"查户主不用去现场，我这儿就有记录。"老片警说着便去柜子里翻找，半晌，拿出了一本"两实管理"资料本（实有人口、实有房屋）递给古川看。

"上面的房东信息很详细，但至于租户究竟是谁，就得咱去跑了。正好我也很久没有检查租户信息了，你记好房东资料，等会儿咱一块儿过去。"老片警说。

5

古川按照老片警的指示开始查找四套房产的主人。

第一套房位于"柳叶湖路一三二四三号"，房东名叫"马海"。古川愣了一下。马海？之前谢金给的五人名单里的马海？但他随后摇了摇头，这名字太普遍了，应该是重名吧。

第二套房位于"莲花村一组三号"，房东名叫"王占辉"。古川做记录的笔停在了半空。如果马海是重名，那王占辉不能也是重名吧？他赶紧翻找第三套房产的房东信息，第三套房位于"莲花村三组十二号"，房主名叫"高鹏"。古川把备注的身份证号输进警务通查询，就是之前自己和陈梦龙一起抓的那个高鹏！

"那第四个，不会是杜强或姬广华的名字吧……"古川心里想，迅速找到第四套房，地址是"清远街六号"，房东姓名是"李振南"。

"李振南？"

古川把备注的身份证号输入警务通，跳出的却是姬广华的信息。

"原来如此。"古川自言自语。李振南就是姬广华改名前的名字。

"古警官，走吧？"老片警已经带好单警装备准备出发。古川应了一声，也跟着收起了笔记本。

"先去哪个？"老片警问。

"清远街六号吧。"古川说。

清远街六号是一栋农村四合院改建的"青年旅社"，全院一共大大小小十二个月租房。古川粗略估算了一下，按照每间房四百至七百元不等的月租金，单是这一个小院每月就能给房东带来七八千元的收入。

进院后，老片警拿着两实管理资料逐屋敲门登记，有的房间有租客，有的房间没有。古川跟在老片警身后，精神高度紧张，右手一直揣在怀里，因为左侧腋下的枪套里插着他的配枪，整个身体也始终保持预备攻击的姿势。古川想，如果开门的人是姬广华，他得在第一时间推开老片警。

但把整个小院的租住人员盘查完毕，古川和老片警也没有发现可疑人员。然而老片警注意到了古川的状态，诧异地对古川说："不至于吧，查个两实人口用得着这样？"古川不好明说，只是尴尬地笑笑，说没事，习惯了。

查到最后一间屋时古川向租客问起房东。租客是个二十岁出头的小伙子，说房东很少来，平时房费都是打到一张银行卡上。古川记下卡号，和老片警前往下一套房。

两人去的第二套房是"柳叶湖路一三二四三号"。这是一套临街门面房，现在是家面馆，租户是两口子，东北人。老片警照例核实两人的身份信息，古川插空问老板娘，最后一次见到房东是什么时候。

老板娘想了想，说得是两三个月前了。古川问房东长什么样子？老板娘说是个小姑娘，短发，年纪和古川差不多大。古川心中有数，又问老板娘平时如何支付租金，老板娘同样说是打银行卡里，每月一千八百元。古川要卡号，老板娘给了他，与刚才小伙子给的那组卡号一样。

第三套房是莲花村三组十二号，一切照旧，老片警核实租户信息，古川询问房东情况，拿到的收款银行卡号也依旧是之前那组数字。古川意识到，之前姬昌容的判断没有错，这四套房虽然分属四个不同的人，但恐怕事实上都是王月娥一人的财产。但古川又想不明白王月娥为何要这样做，难道真的只是为了让这些财产变成她的"婚前财产"，不用分给二婚丈夫姬昌德吗？

更加诡异的是，这四套房名义上的房东就是之前谢金给古川的那张五人名单中的四人。这怎么想都不可能是巧合，但为什么会发生这种事情？马海、王占辉、高鹏三人又跟王月娥是什么关系呢？

6

想着，古川和老片警来到了莲花村一组三号门前。这套房与第三套房距离很近，差不多位于江景路城中村的边缘，也是一套小院，但这里似乎更小也更安静一些。小院大门紧锁，老片警在门外喊了几声无人开门。

"估计没租出去吧。"古川看了看老片警手里的两实资料，上面没写租户信息。

"既然没租出去，也就没有看的必要了。走吧，不早了，回家吃午饭！"老片警语带愉悦，说着便招呼古川离开。古川有些失望，但也没辙。就在转身的瞬间，他似乎看到二楼窗口有张人脸一闪而过。

对，是人脸。一张女人的脸。一张短发女人的脸。

姬广华？

"屋里有人！"古川大喊一声。他看了一眼门上的锁头，直接翻上了院墙。老片警被他吓了一跳，连忙问他哪里有人，但古川已经跳进了小院。

院子不大，院里只有一栋二层小楼，古川跳下院墙后腋下的枪已经攥在了手上。院门外的老片警也在爬院墙，但可能年纪大了，手脚不是那么灵便，他刚爬上院墙，古川已经进入楼内。

进楼后，古川迅速环视室内环境。这栋房子只有正门一个出口，从室内的物品看，应该是有人长期居住生活的样子。但屋里异常杂乱，仿佛刚被抄过家一样，喝水的杯子摔在地上，抽屉和柜子都打开着，衣服被扔了一地。古川顺手捡起几件查看，判断住在这里的应该是个女性。他没有犹豫，直接冲上二楼。

二楼有三个房间，古川一边喊话一边用警戒姿势逐一推门。前两个门都推开了，屋里空无一人。只剩第三间房，正是古川刚才看到人脸的那间。古川右手持枪，深吸一口气，用左手拧门把手，拧不动，大概是从里面锁上了。

"怎么了，哪里有人？"老片警喘着粗气的声音从身后传来，看来他顺着古川的声音找了过来。古川指了指面前的房门，老片警看古川的架势，也从单警装备中掏出了手枪，两人一前一后找好攻击位置。

一切准备妥当，古川深吸一口气，飞起一脚踹在了门边上。

"哐"的一声，门被踹开了，出现在古川眼前的却是一个黑黢黢的物体。

"坏了……"古川心想，但身体突然被一股侧向的力推了出去，接着是一声清脆的物品碎裂的声音。

"王芸！你干什么？！"老片警一声暴喝。

"王芸？"倒在地上的古川像触电一般，竟然打了个激灵。

第十九章

1

古川无论如何也想不到，住在这上锁小院里的人，竟然是刘三青的遗孀王芸。

"你他妈的疯了？知不知道你在干什么？袭警！妨碍执行公务！"老片警刚才手疾腿快，一脚把古川踹到了一旁。古川反应过来才发现，在他破门而入的刹那，屋里的人冲他抛来一个大号花瓶。

"日你个仙人板板！敲门为什么不开？你是躲在这里继续'开工'了吗？刚才要不是老子反应快，一枪打死你个婊子养的了……"老片警显然很早就认识王芸，从他的言语来看，他似乎也知道王芸以前从事过某些不光彩的行当。古川一边听老片警教训王芸，一边看着身旁破碎的花瓶。他心里有些唏嘘，感叹刚才自己也差点儿开了枪。

老片警还在屋里喋喋不休地骂着王芸，古川坐在地上揉着右侧的大腿，心想老片警别看年纪大，力道却不小，一脚把自己踹出一米远，大腿外侧从皮肉疼到骨头。缓了好一会儿，古川才从地上爬起来，整了整衣服来到王芸面前。

"你是刘三青的妻子王芸？"古川还是有些难以置信。

王芸看看老片警，又看看古川，点了点头，但眼神中还带着惊恐和慌乱。

"你一直没有离开南安？"古川追问。王芸又看看他，犹犹豫豫地点了点头。

"我是古川，古建国的儿子，新城北路派出所民警。"古川收起了配枪。王芸依旧盯着他，眼神中也依旧带有些许惊恐。

"你们认识？"一旁的老片警诧异地看着古川和王芸。

古川摇摇头，后又点点头。

这是古川当警察之后第一次见到王芸本人。王芸的年纪比古川母亲小十多岁，今年应该也就四十岁出头，但眼前的女人头发已经斑白，瘦削的脸上爬满了皱纹，一眼看去似乎比古川的母亲还要年长一些。

既然两人认识，老片警便没再多说什么。古川已经拿到了四套房产的信息，他今天的工作也算完成了。古川送走老片警后，搬了一张凳子坐在王芸对面。见到王芸前，古川心里有很多问题，但当两人真的相向而坐时，古川突然不知该先问什么。

"刚才没砸到你吧……对不起，这些年，你和妈妈还好吗？"竟然是王芸先开口打破了两人之间的沉默，只是这句"对不起"瞬间颠倒了古川心中两人的位置关系。似乎这一刻他不是个警察，而变成一个单纯的被害人亲属，在接受嫌疑人亲属的问候和致歉。

"嗯，没事。还好。"古川点点头，但他说不出心里是什么滋味。在过去很长一段时间里，他仇视一切与杀父仇人刘三青有关的人，甚至包括当年古建国的徒弟陈梦龙。但真的见到刘三青的妻子王芸，尤其是得知王芸与儿子刘超的遭遇之后，古川又无法恨他们，心里反而多了一丝同情。

他们又何尝不是受害者呢？如果刘三青当年没有制造车祸盗走那一车毒品，就不会有"长顺"，也不会有后来的"一二·八枪案"，古川的父亲不会死，王芸的儿子刘超或许也不会死，王芸不用蜷曲在肮脏混乱的城中村出租屋里靠出卖苦力和肉体为生。那么，今天自己与王芸的相遇或许就是另外一幅场景。

假如自己没当警察，应该会成为一个青年画家吧，留着长长的头发，背着画板，现在要喊警嫂王芸一声"王阿姨"。即便自己当了警察，也应该是政治部宣传处宣教科民警，每天穿着板正的常服上班，喊前辈刘三青警官的妻子王芸一声"嫂子"。

但这一切只是如果，现实不承认如果。

"聊聊吧？"古川问王芸。

王芸点点头。

2

古川此前的判断没错，王芸居住的这个小院同样属于姬广华。古川到来之前，她已经在此处居住了将近四年。

"你费尽周折找到这里，是想知道些什么？"王芸问古川。

"你费尽周折躲在这里，是为了逃避什么？"古川反问王芸。

王芸愣了一下。

"逃避？我没有逃避，自始至终都没有逃避……我什么都没了，老公和儿子都死了，我也烂透了，死都不怕了，还有什么可逃避的？"

古川想想，王芸这话说得没错。她现在孑然一身，似乎真的没有什么需要逃避的。但他意识到一个问题。

"你为什么认为刘三青死了？"古川问王芸。按照经验，绝大多数失踪者的亲属会在潜意识里认为亲人还活着，何况刘三青已经被认定为"畏罪潜逃"的，不知道王芸为何会说他"死了"。

"他肯定不在人世了。他不会舍得这么久不来看我和儿子的……"王芸的眼眶红了。

"他不就是为了你和孩子，才……"古川明显不认同王芸的观点，但此情景下，他也只把话说了一半。

"那件事绝对不是三青做的！他不是坏人，不可能去贩毒，更不可能对你父亲下手。他一定是被人陷害了！"王芸的眼泪开始打转。

"为什么这么想？就因为他是你丈夫吗？"古川有些恼火。刘三青贩毒并枪杀古建国，这已是板上钉钉的事情，王芸此刻的说辞，在古川看来充满狡辩的味道。

"没有为什么。是的，他是我丈夫，我俩十六岁就认识，他读警校时我在隔壁的财政学校上学。我们做了五年恋人，七年夫妻，我知道他是什么样的人。他是一个充满幻想的没长大的孩子，喜欢看漫画书，喜欢玩儿子的玩具，喜欢像个尾巴一样跟在我身后去逛街、买菜，喜欢骑自行车带着我在马路上狂奔。他从小的理想就是长大以后去南方，找一个靠近海边、种满香蕉树、有巧克力色屋顶的地方生活。你说，这样的人怎么会去贩毒？又怎么会去杀人？如果你费尽心思找我是为了他，对不起，我什么也帮不了你。"说到这里，王芸的眼泪落了下来。

无论如何，古川有些怅惘。看来这段对话也没法继续推进了，于是他换了另外一个话题。

"那说说姬广华吧，你和她是什么关系？又为什么会住在这里？"古川问。

"姬广华原名李振南，是李明权的女儿，就是二〇〇一年在桥北汽车运输公司被警方击毙的那个黑老大李明权。"

王芸平复了心情后说，她的回答也终于给出了这个古川一直想要探寻的答案。

原来如此。

古川记得李明权，此前他听谢金说过这人，但没想到姬广华竟会是他的女儿。

"四年前她找到我，说是为了她父亲当年的案子……"王芸接着说。之后从她的叙述中，古川逐渐了解了事情的整个经过。

李明权在二〇〇一年南安"六·一一毒品案"中被警方击毙时，姬广华还叫李振南，当时只有九岁。被击毙后李明权被认定为毒贩，两年后李振南随母亲改嫁给出租车司机姬昌德，改名姬广华。

姬广华对当年父亲李明权被击毙的那起涉毒案件并无太多印象，但二〇一〇年母亲王月娥去世前告诉了她一个秘密，一个有关李明权的秘密。

王月娥说，当年李明权与被警方缴获的那二十公斤毒品海洛因并无关系。案发当天李明权之所以出现在现场，是为了配合当时山城分局禁毒大队民警刘三青工作。说白了，当时李明权是警方的线人。

"李明权是警方的线人？"古川看过那起案子的卷宗，但里面写得清清楚楚，李明权是那批毒品的买主，是毒贩。卷宗里从没提过他是警方的线人这点。而且李明权是被警方击毙的，警察会把自己的线人当场打死吗？

古川表示自己并不相信这一说法。

"这件事情我可以做证，三青说过，汽车运输公司两名司机运毒的线索是李明权给他的。他和谢金一直不和，李明权也盯着谢金。"王芸说。

这话出乎古川意料。黑老大跟国企保卫处处长关系不好没什么奇怪的，但混黑的盯着贩毒的，这让古川感觉不可思议。

"李明权和谢金以前是公安局同事，这事你知道吗？"王芸问。

古川说听说过，后来李明权被开除了。

"你知道李明权为什么被公安局开除吗？"

"谢金说是他殴打领导。"古川答。

王芸笑了笑。

"他说的对也不对，他没告诉你李明权打了哪位领导吗？"

古川摇摇头。

3

关于李明权和谢金的交恶，大概是一九九五年的事情。那时他们都是南安市公安局禁毒支队民警，谢金的父亲谢广学在市里工作，而谢广学的弟弟谢广志，也就是谢金的小叔，时任南安市公安局政治部主任。被李明权打的就是这位谢广志。

谢金当时是典型的南安"太子党"，一九九五年三月，李明权和谢金在办理一起毒品案件时产生矛盾。两人先是在公安局办公室拔枪相向，之后李明权更是在政治部与谢广志大打出手。这件事南安市公安局当时没有声张，事后开除了李明权，而不久谢金也被调去了南安市汽车运输公司保卫处工作。

刘三青一九九二年警校毕业参加工作后一直跟着李明权，他告诉王芸，李明权与谢金两人的矛盾在于一九九五年三月的那起毒品案件。李明权发现谢金与毒贩的关系密切，甚至帮助毒贩销毁证据，于是举报了谢金。但事情不知为何七转八转转到了谢金的小叔谢广志手里,在他的庇护下,此事不了了之。李明权去找谢广志理论,两人一言不合动了手,之后李明权被公安局开除。

开除公职后,李明权去桥北做起了蔬菜运输生意,后来混了黑道。但他一直没放过谢金,继续利用自己涉足黑道的便利搜集有关谢金涉毒的证据。其间李明权一直跟刘三青有交往,两家人也经常走动。

"李明权在城中村里买了这四套房子,除一套落在女儿名下外,其余的三个马仔一人一套。虽然不知道他当初为什么这么做,但现在看来也幸亏他有这几套房子,不然可苦了王月娥母女。"王芸说。

古川若有所思地点点头,或许李明权早就意识到自己有天可能会出事,所以提前备下了这几套房子。同时他也恍然大悟,意识到之前自己被谢金利用了。谢金给古川提供的名单里的五个人,并不一定都贩毒,但一定是谢金一直想找而找不到的。

"听三青说,他和李明权曾拿到了一些有关谢金参与毒品交易的线索,他多次提出对谢金采取强制措施,但李明权总说再等等……"王芸接着说。

至于"等什么"和"为什么等",刘三青说谢金在南安市公安局的关系错综复杂,稍有不慎不但搞不定谢金,反而又被他倒打一耙。李明权之前吃过亏,因此他在谢金那边安排了眼线,一定要拿到强有力的证据,一举搞定谢金。这样看来,李明权当时应该是刘三青的特情,但警方建立特情侦查有一整套规则和程序,或许二〇〇一年时这套规则和程序并不是那么完善,但也不可能只有民警刘三青一人知道李明权的身份。两人都做过警察,明白这种事情如果不在上级备案,不仅特情的安全无以保障,而且一旦民警出了意外，特情那边更是有口难辩。

事情已经过去了这么多年，李明权和刘三青都已不在人世，现在再说这些也没有意义了。但古川还是忍不住问了王芸一句："刘三青当年与李明权的合作，除你之外真的没有第四个人知道吗？"

"有，也没有。"王芸的回答很古怪。

"什么意思？"

"三青出事前可能发现了一些征兆，跟我说过万一他出了事，让我去找两个人。一个是当时市公安局的刘安东副局长，三青直接向他汇报此事；二是你父亲，他当时是刑侦支队副支队长，三青说你父亲是个好警察、好领导。但后来三青真的出事了，我去找了这两人，结果……"说到这里，王芸停下了，似乎有些犹豫。

"结果怎样？"古川追问。

"刘副局长说没有这件事。你父亲倒是来找过我几次，还劝我放宽心，保证会还刘三青一个清白，但最后竟然……"

王芸没有继续说下去，但古川知道她想说什么。后来古建国牺牲，而官方的调查结果是刘三青杀了他。

"既然你认定刘三青已经不在人世了，为什么还掺和这些事情？"古川问王芸。他印象中刘三青出事时，王芸还不到三十岁，儿子刘超病逝后，她也不过三十四五的年纪，完全可以有新的生活。

"我什么也不为，就为了一个结果。"

"什么结果？"

"活要见人，死要见尸。"王芸轻声说。

之后的时间里，王芸又断断续续地向古川讲述了一些她和刘三青过往生活的细节。古川一直在听，却没再接话。他对刘三青的所有印象都来源于母亲的叙述和案卷中的笔录。在那里，刘三青是恶警、毒贩、叛徒，是一个十恶不赦的人，也是古川的仇人。中学时代别人课桌上刻的都是"早"字，唯有古川桌面上刻着刘三青的名字。

"如果最后的真相是，那些事情的确是刘三青所为，你能接受吗？"最后，古川问王芸。

王芸看着古川，定定地看了很久。

最后她也没有回答这个问题，只是背过了身去。

4

王芸对刘三青的回忆令古川心中五味杂陈，他一时难以判断她的说法是真是假，只好先把此事放下，因为还有另一件事一直萦绕在他心头。父亲当年为何如此信任谢金？他不可能不知道一九九五年谢金和李明权之间的冲突，也不可能对谢金过往的所作所为没有耳闻，但他为什么依然相信谢金，以至于抓捕"长顺"时带上的偏偏也是谢金。

斯人已逝，留下了太多问题。有那么一个瞬间古川甚至怀疑，是不是父亲当年也与谢金之间有些不能说的秘密。但他立刻打消了这个念头，古建国不是这样的人，至少在古川眼中不该是。在那个派出所所长动动嘴皮子就能开上桑塔纳2000的年代，父亲作为全市刑侦系统的三号人物，一家人住的是母亲单位八十平方米的职工宿舍，代步工具是一辆嘉陵摩托，而父亲牺牲时，家里的存款尚不足以支付古川一学期的绘画兴趣班学费。

"王月娥既然知道这些事情，为什么二〇〇一年案发之后不立刻向警方申诉呢？"古川整理了一下心情，继续问道。

"王月娥是二〇〇八年才知道的，把这件事告诉她的人，叫杜强。"王芸也平复了一下心情，说。

"杜强？"古川吃了一惊，"这俩人是怎么认识的？"

"大概是因为李明权吧，毕竟他当年是混桥北黑道的，三教九流的人结识了不少，杜强认识他家人也不奇怪。"

"杜强跟王月娥说了什么？"

"杜强告诉王月娥，二〇〇一年的那起'六·一一毒品案'里，谢金才是毒品幕后的主人，而杜强自己也在其中有一份。二〇〇一年六月十日，谢金收到消息称，李明权知道了他从境外运毒进来的事情并通知了警察，一旦两名司机被抓，大家都要完蛋。谢金知道杜强手里有一把防身用的土枪，所以给了他三万块钱，让他第二天趁李明权来汽车运输公司时开枪把他打死。杜强虽然吸毒，但脑子不傻，没答应，谢金便让他把那支枪给了另外一个人。"王芸说。

"另外一个人？谁？那人做了什么？"古川有些急迫地问。

"交枪时那人蒙着脸，杜强没认出来，只记得那家伙手腕上有一块很大的暗红色胎记。第二天发生了警方在汽车运输公司围捕两名司机的事情，双方都开了枪，李明权和两名毒贩被打死。当天晚上那人把枪还给杜强时，杜强发现枪里少了一颗子弹。"

古川听得目瞪口呆，他想起了看守所中陈梦龙的话，当年警员胡一楠同样查出了这件事，但不知为什么，父亲没有让他再查下去。

"杜强为啥要把这事告诉王月娥？"古川接着问王芸。

"好像是因为后来杜强不知为何得罪了谢金，谢金要杀他灭口，所以他把这些事告诉王月娥，拉她跟自己一起去公安局。"

"他们去公安局了吗?"

"去了,但警察不相信,还以涉嫌吸食毒品把杜强抓了起来。警察说,杜强是因为吸毒吸坏了脑子说胡话。那次之后王月娥就再没见过杜强,杜强留的电话也打不通。再之后,王月娥也生了病,就把这事放下了。"王芸说,"王月娥这一病就再没好起来,临终前她把女儿叫到跟前,让她找到杜强,问清到底是怎么回事。"

姬广华在寻找杜强,这就是为什么当假杜强出现在世纪小区时,姬广华会坚持去现场做辨认。想到这里,古川又觉得不太对劲。

"姬广华认识杜强吗?"他问王芸。

"不知道。杜强和姬广华年纪相差近二十岁,杜强在桥北混的时候姬广华才是个七八岁的小姑娘,即便那时认识,现在也早就没什么印象了吧。"王芸说。

古川越想越感觉不对,如果姬广华不认识杜强,那刘茂文找她去辨认假杜强岂不是个笑话?她又怎么知道杜强"左撇子、高低肩、外八字、走路晃膀子"这些特征?

古川突然想到了那个手腕上有暗红色胎记的家伙。他记得之前陈梦龙说过,铛铛便利店老板牟家海手腕上便有这么一块胎记,难道姬广华前往世纪小区门口并不是为了辨认杜强,真正目标其实是这个牟家海?

王芸接下来的话证实了古川的推测。

"姬广华说,母亲王月娥临终时嘱咐她,一定要找到杜强和那个手腕上有暗红色胎记的男人,哪怕只是二者中的一个。因为他俩身上有李明权之死的秘密,以及他们一家人的清白。"

"她找到这两个人了吗?"

"她没有找到杜强,但找到了那个有胎记的男人,就是那个铛铛便利店的老板。"王芸顿了顿,"我也见过那个男人。"

5

"你见过?什么时候?"

"三青出事前两天,那人给家里送来了十万块钱。"王芸说。当时他们夫妻二人正为儿子刘超的手术费发愁,刘三青一边上班一边四处筹钱。那天正好王芸在家照顾孩子,一个陌生男人来到家里,撂下一个帆布包就走了,临走前说是刘三青的朋友,过来给他送钱。

那个陌生男人长相普通,唯一给王芸留下印象的,就是他右手腕上的暗红色胎记。

"后来呢?他为什么给你送钱?"这是古川第一次听说这件事。

"我当时也没有多想,以为三青借到钱但抽不开身回家,于是托朋友送过来,所以再三表示了感谢。那个男人走后,我打开帆布包一看就傻眼了,包里密密麻麻码着一大摞现金,粗略算了下,大概有十万块的样子……"王芸接着说。她当时很震惊,那时十万块钱是一个相当大的数额,她和刘三青都是普通工人家庭出身,身边的亲戚朋友也没有很富裕的,她想不出来丈夫从何处借来的这十万块钱。但由于儿子刘超急等着手术,王芸拿上钱就去医院补缴了之前欠下的三万多块,又预缴了两万多块下一期手术的费用,一共用掉了五万多块。

晚上刘三青回家后,王芸说起了这事,刘三青却大发雷霆,让她连夜借钱把那五万多块钱补上。王芸自然十分委屈,而且之前为给儿子治病，已经借遍了亲戚朋友，一时半会儿根本凑不出这五万块钱来。

"第二天，三青从陈梦龙那里借了一万块，我又去娘家借了八千，这已经是那时候我们能筹到的所有钱了，但离五万块还差很多。那天下午我从娘家回来，实在借不到钱了，就劝三青说既然人家已经把钱送来了，我们先给儿子把手术做了，之后慢慢还。但三青一下就恼了，说这钱不能要。我问他到底怎么回事，他也不说。当天晚上他拿着剩下的六万八千块钱出去了，说是去还钱……"

"之后呢？"

"那天夜里三青快凌晨才回来，我已经睡了。第二天一早，他就去上班了，没再提钱的事。但当天下午就传来三青出事的消息……后来我在家里整理三青的东西，在客厅鞋柜里又看到了那个帆布包，六万八千块钱都放在里面……"说到这里，王芸哭了起来。

"钱的事情当时你有没有向公安局说过？"

王芸沉默许久后摇了摇头："没有，当时儿子手术需要很多钱，但家里再也拿不出一分了。我担心一旦把钱的事说出去，不管跟刘三青的案子有没有关系，肯定都要当作证物上缴，这样儿子的手术费更没了着落。"

"你傻啊……"古川心里想着，却说不出口。因为想到刘三青一家当时的境遇，王芸做出这样的选择也可以理解。

"三青出事后，我一直觉得就是这笔钱害的，也找过那个有胎记的男人……"王芸接着说，"后来还真的被我找到了。"

"二〇〇九年，我在小商品城做'扁担'。有一次，有个老板要了一批货，需要我从仓库区给他挑出去。结账时我一眼认出了那个男人和他手腕上的胎记，但他没认出我。当时我记下了他开的货车车牌号，打车跟了他一路，发现他去了谢金的物流公司。我找门卫问过，他们说车是他们公司的。"说到这里，王芸擦了擦眼泪，止住啜泣。

第二十章

1

如果牟家海是宇泰物流的员工,或者说他是谢金的人,那之前的很多事情便能解释通了。

但问题是,在一些事情能解释通的同时,又有一些事情解释不通了。

"姬广华现在在哪里,我需要见她一面。我相信有些事情我能帮到她,而我也有一些事情需要她的帮助。"古川说完,却发现王芸用奇怪的眼神看着自己。

"怎么?话说到这个份儿上了,还是不能见面吗?"古川有些诧异。

"昨天夜里,她被几个警察带走了,你不知道吗?"王芸说。

古川难以置信,因为上午他打电话联系刑侦支队侦办姬广华案件的民警打听情况,对方还说人没抓到,怎么王芸却说昨天夜里已经被警察抓走了?这事刑侦的同事没理由瞒着自己啊?

"既然姬广华被抓了,你怎么还在这里?"

"他们不认得我,问我是谁,我说是租客,他们就没再管我。"

"不认得你?"古川心中浮现一股违和感,"来抓姬广华的是几个人?长什么样子?有没有听他们说是哪个部门的?"

"四个人,带队的是一位东北口音的警官,看起来四十多岁,说是省公安厅的。"

"省厅的?"古川更加疑惑,怎么姬广华的事情已经惊动了省厅?

百思不得其解,古川掏出了电话。他先打给刑侦支队,听到姬广华被省厅带走的消息,刑侦支队专班虽然十分震惊,但随后告诉古川,消息很可能是真的。

"昨天中午省厅督察总队打电话过来询问宋庆来副局长受伤的事情,还要求将陈梦龙的案子移交厅刑侦总队办理。本来宋局和陈梦龙的事情局里并没有上报,今天上午领导们开会还在讨论是谁把此事捅上去的……"

看来真是厅里出手了。古川叹了口气,看来事件已经脱离南安市公安局的管辖范围。但他还是有些想不明白,南安作为副省级城市,省厅很少干涉南安警方所辖的案件,以往即便插手也只是以派遣"督导员"的方式进行,这次为何直接拿走了案子?

古川想到了一种可能性——南安警方高层有人涉案,需要省厅干涉。这种可能性以往只是在理论层面上听到过,而且事情发展至此,唯一涉及的警队高层只有宋庆来副局长,但他是受害者。

"除了带走姬广华,省厅的警员还做了什么?"怀着疑惑,古川继续问王芸。

"也没做什么,其中两人带走了姬广华,剩下一人在屋里搜查了一番,但也没找到什么东西就走了,还有一个人一直在院门口,没有上来。"

古川想起刚刚进屋时看到一楼一片狼藉的样子,估计是做了现场搜查。但他又感觉不对劲，一来警察做现场搜查不是抄家，不会把现场搞成这样；二来现场搜查必须在当事人在场的情况下进行，哪能像王芸说的"一人带走姬广华，剩下一人在现场搜查"？

"他们又来了！"一直坐在窗口的王芸突然望着楼下对古川说。

"谁又来了？"古川一下没搞懂她的意思，一边拿着电话一边问。

"昨天晚上那四个警察，来了三个。"

古川快步跑到窗口处，看到三个身材魁梧的男子刚打开小院门锁，其中两人走进院子，一人留在门口点了根烟。

"他们怎么有钥匙？"古川问。王芸说院门就是他们昨夜走时上的锁，说今天还要过来搜查，让她"保护好现场"。

2

古川满心疑惑地等待两个警察上楼。

走在前面的警察戴眼镜，拿手包；后面的警察穿长袖衬衣，斜背挎包。两人一前一后走上楼来，见到古川后，三人都一愣。

"我们是省公安厅刑侦总队三支队的，过来办案子，你是？"古川没穿警服，戴眼镜的警察见到他后迅速警惕起来，说话间，右手已经伸进手包里。古川知道，包里有枪。

"我是南安市公安局山城分局新城北路派出所民警古川。"古川赶紧自我介绍，同时从自己口袋里掏出了警官证。听说古川是警察，两人似乎放松下来，也各自拿出警官证在古川面前晃了晃。

"姬广华的案子已经移交省厅了。这位是王芸吧？昨天我们过来时没认出来，今天还得麻烦你跟我们走一趟，配合一些工作。"戴眼镜的警察说。

王芸有些不解，问自己要去配合什么工作。斜背挎包的警察说去了就知道了。王芸还想多问，戴眼镜的警察似乎有些不耐烦了，让她有问题留着到了厅里再问，这里不是说话的地方。古川也想问几句话，尤其是对方是如何找到这里的，但同样被顶了回来。

"我说过了，案子已经移交省厅办理。警察杀人、嫌疑人夺枪、副局长受伤，这么大的事情你们南安市局竟然隐瞒不报，现在想起来问情况，早干啥去了？"戴眼镜的警察语气很强硬。

事已至此，看来省厅全盘了然，除了配合工作，古川确实不好再说什么。王芸简单收拾了一下个人物品，便跟着两名警察下楼。王芸一走，古川在这里待着也没有意义，只好跟随三人一起下楼离开。

一辆黑色大众轿车停在院外，王芸在戴眼镜的警察指引下坐进了车子后排。古川突然想跟王芸交代点儿什么，向前急赶了两步，不料跟人撞个满怀。古川定睛一看，发现是刚才那位没有上楼、一直站在门口抽烟警戒的民警。

那位民警被古川撞了个趔趄，差点儿摔倒。古川急忙伸手把他扶住，说："不好意思。"那位民警也随口说了句"不碍事"，匆匆走向轿车。

古川突然觉得此人的背影有些眼熟，但一时想不起在哪里见过。

"古警官，我们先回去，保持联络，下次来省厅办事时记得找我。"戴眼镜的警察向古川告别。

"好的，您客气了，路上注意安全。"古川微笑着，一边说话一边伸出右手，示意要跟对方握手告别。

　　古川跟戴眼镜的警察和斜背挎包的警察分别握了手。被古川撞到的警察已经坐进了轿车副驾驶，古川还是隔着车门向他伸出了手。对方似乎犹豫了一下，但还是伸出了右手。不料古川用右手握住他的右手时，左手却突然撸起了对方右臂的衣袖。

　　"妈的！"古川骂道，因为他分明在对方裸露的手腕处看到了一大块暗红色的胎记。

　　"牟家海！老子差点儿上了你的当！"古川一声断喝，此时牟家海想抽回右手，但古川左手一计重拳击在了他的脸上，紧接着一把将他的半个身子从副驾驶打开的车窗里拽了出来，卡在了车门上。

3

　　戴眼镜的"警察"和斜背挎包的"警察"见此事态，知道身份已经曝光，迅速从包里掏出了枪，但他们的速度还是慢了一步。

　　"呼""呼"两声枪响，古川率先开枪击倒了斜背挎包的男人，同时戴眼镜男人的枪也响了。古川一个侧滚顺势躲在路边一辆面包车后面，而那个男人还在喊着："省厅办案，你要干什么！"

　　"去你妈的省厅！"古川骂道。因为他从那声枪响中听出，对方所持的是一支格洛克手枪，而省厅民警根本不会配备这种枪支。

　　被卡在车门上的牟家海挣扎着抽出自己身子，打开车门想跑，古川手疾眼快，一枪打在他屁股上，牟家海惨叫着扑倒。"呼、呼、呼、呼"，又是四声枪响，戴眼镜男人开枪朝古川位置射击。格洛克手枪的弹容量大，穿透力也强，有两发子弹竟然贯穿了面包车车身。

古川的六四式手枪里只有五发子弹，刚才打了一发，还剩四发。他知道单靠火力根本无法跟对方抗衡，由着对方射击面包车车身，自己迟早会被击中。他伏在地上，从面包车底盘与地面的空隙处看了一眼对方位置。那人也躲在大众轿车尾部，双方距离大概五六米远。

古川深吸一口气，决定搏一把。

他先朝大众轿车的后备厢位置开了一枪，男人忙缩回脑袋，古川一个跃扑从面包车后冲出，然后就地前滚翻。男人看古川离开了面包车，探出身体准备补枪。但就在古川向前翻滚的同时，他右手的枪也响了。

古川连开两枪，一枪击中肩膀，一枪击中腹部。戴眼镜的男人应声倒地，大声呻吟，而他手中的枪也飞了出去。

古川上前看了一眼躲在车里的王芸，她哪里经历过这样的阵仗，伏在后座上面无血色。古川安慰了她几句，让她帮忙打一一〇和一二〇报警，然后转到车后，找到还在地上趴着的牟家海。

"四处找你，你倒自己送上门来了。说，来干什么？为什么冒充警察？"古川用枪顶住牟家海的脑袋。

牟家海不说话，只是趴在地上哭爹喊娘。

看他这幅架势，古川也没有客气，用膝盖顶住他中枪的屁股。"我说、我说！"牟家海架不住疼痛，连连用手拍打地面。

"是谢、谢金让我们、让我们来抓、抓人……"牟家海断断续续地说。

"为什么抓她们？"古川追问。

"姬广华偷了谢金、谢金的东西，谢金让我、让我拿回来……"疼痛和恐惧让牟家海说不出一句完整的话。

"什么东西？"

"一本花名册，里面的人……都是、都是谢老板的朋友……"

"什么朋友？"古川虽然提出了问题，但不用想也知道，用这种方式来找的花名册，上面记录的肯定不是正常的朋友。

"还有，你们怎么找到这里的？"古川很纳闷，自己作为警察尚且费了九牛二虎之力才找到姬广华的住处，这几个人为何比自己还快一步。

"是这边派出所的马副所长给的信息，他和谢老板是、是铁哥们儿……"牟家海说。

"此话当真？"

"千、千真万确。"

"他妈的！"怪不得昨天晚上那个马副所长不让古川过来，原来他得到消息后先通知了谢金。也幸亏昨晚他们没有当场认出王芸，不然两人一并被抓走，今天古川可就抓瞎了。

"你们关姬广华的具体位置在哪儿？"古川接着问，但牟家海这次死活不肯开口。古川没想到这关口他嘴巴竟然还这么硬，索性用枪口顶住他受伤的屁股，稍一发力，牟家海受不住痛，开始惨叫起来。但叫归叫，他还是一个字都不说。

"妈的，开四枪和开五枪我都只需要写一份报告，而且你们手里有枪，打伤和打死对我来说区别不大。识相的话，就赶快老实交代，不然下一枪可指不定打哪儿。"古川伏在牟家海耳边对他说，"你跟'大马棒'搞了那场车祸，欠了刘茂文一条命，要不要现在还给他？"说着，古川把枪从牟家海的屁股挪到了

202

后脑勺。"

这是一句赤裸裸的威胁,在眼下的场合,对付牟家海非常管用。

"别、别,我说!在怀阳路……铛铛便利店……有个地下室……"牟家海惊惧地说。

"为什么昨天来了四个人,今天只有你们三个,还有一个呢?"

"他负责在那里看着、看着姬广华……"

警笛声传来,古川望向远处,红蓝闪烁中,几辆警车由远及近。古川还有很多问题,比如刘茂文的车祸,又比如世纪小区里的假杜强,他再提问时牟家海却不再作答。古川低头查看,发现牟家海已经晕了过去。

4

难道那本花名册才是促使姬广华与刘茂文合作,乃至谢金指使自己寻找"斑斑"等人的根本原因?花名册里记录了什么东西?他们为何如此重视?古川想搞明白其中的端倪。

眼前的三个假警察至少两个重伤——牟家海晕了,斜背挎包的家伙倚在墙边呻吟,戴眼镜的家伙痛得在地上打滚。

按照出警时间,来的应该是城中村辖区派出所的民警。古川很忐忑,如果没记错的话,今天就是那个姓马的副所长带班,不知他看到这一幕会是什么反应。

想到这里,古川赶紧打电话给徐晓华,他应该还在宇泰物流公司"贴身保护"谢金,那里距离关押姬广华的铛铛便利店最近,只能通知他先去救人。徐晓华得到消息后也很震惊,告诉古川他马上带人去铛铛便利店。

果然，增援民警到达现场后都被眼前的景象震惊了，而带班出警的马副所长倒是语气平和，问古川有没有受伤。古川说没有。马副所长让古川先把枪交了。这个要求并不过分，古川把枪递给了他。

"可能他还不知道自己的身份已经曝光了吧。"古川心想。这样也好，先不要惊动他，这件事肯定超出了城中村辖区派出所的管辖权限，等分局刑侦大队或市局支队接手后再做计较。

"你先跟我回派出所吧。"说着，马副所长便拉着古川上了身旁一辆警车，副驾驶上坐着一名辅警，大概四十多岁，古川只好坐在后排。

"刑侦技术队做现场勘查不需要我在现场吗？"古川有些诧异，因为马副所长的做法违反了常例。但马副所长说："你先跟我回去就行，技术队勘查完现场肯定要去所里。"说着便发动了车子。

马副所长开车，副驾驶位置上的民警始终一言不发。路上马副所长一边开车一边打电话，听内容应该是在向领导汇报情况。古川坐在后排，却有些异样的感觉。

令他感觉不对劲的是副驾驶位置的那名辅警。古川坐在侧后方，看不见他的正脸，但总觉得这人很奇怪。一来，马副所长好歹是个领导，到现场后他都下车了，这个辅警为何一直气定神闲地坐在车上？二来，古川隐约看到辅警的衣领与颈部贴合处似乎露出了一些黑色花纹，这家伙有文身？即便是辅警也不该有文身。

另外，车子的行驶路线也有些古怪，七拐八拐离开城中村后，行驶方向与古川印象中的辖区派出所位置不太一致。古川试着问了一句:"马所,咱这走错了吧?"虽然马副所长说没走错,但车子实际已经开上了江景路的出城方向。

古川开始警惕起来,偷偷打开了手机录像模式。

"老赵,你到后面去坐。"车子开到乘风桥附近时,马副所长突然停车,对坐在副驾驶的辅警说。叫"老赵"的辅警应了一声后准备换去后排,但就在他拉开后排车门的瞬间,古川突然飞起一脚踹在他的胸口上。

"啊"的一声,老赵被踹出几米远。古川一把关死车门,随即左手从驾驶座后方勒住马副所长脖子,右手拽出了他的配枪。

"古川,你干什么!"马副所长大喊。

"我干什么?你他妈干了什么?"古川反问,"滚下车去,不然一枪打死你!"

"车里有录音录像设备,你知道你在做什么吗?"

"没有同步录音录像我还不敢做这事呢!"古川冷笑道,左手加了一些力道。马副所长受不住了,摆摆手表示同意古川的要求。

5

古川掉转车头往回跑。这次他抢了警车,但感到有些庆幸,幸亏刚才多看了一眼,不然不知道自己会是怎样的结果。

让古川确定有问题的就是那个"辅警老赵"。不仅是他脖颈处的文身,还有刚才"老赵"开门时,古川看到了他胸前的警号——010227。那是一个铁制警号牌,应该挂在改款前的九九式铁灰色警服上,如今却不合时宜地出现在浅蓝色辅警制服上。而且从数字位数来看,这不是辅警警号,是民警警号。古川不会记错,这个警号原本是刘三青的,现在粘在局机关一位张姓民警胸前,断不是这个"老赵"的警号,而这个"老赵"也绝不是辅警。

既然不是辅警,那穿着辅警制服坐在警车里做什么?马副所长让"老赵"坐到自己身边,应该不是什么好事。

路上,古川打给刑侦支队同事,得知三个受伤的假警察已经送去省立医院抢救,王芸也被带回了支队。但刑侦支队同事告诉古川,马副所长已经把他夺枪抢车的事情报给了局里,局领导让古川马上把车开回公安局,等待处理。

听到这个消息古川松了口气,他抢走马副所长的车和配枪本就是无奈之举,现在王芸安全了,他只需到局里跟领导把事情的来龙去脉说清楚就行。想着,古川又打给了徐晓华,想问问他姬广华那边的情况如何,如果人已经救出来的话,一起带到市局来。

但电话拨通后,徐晓华给了古川两个选项。

"现在有两个消息,你想先听哪个?"

古川最佩服徐晓华的就是他无论什么时候都能开起玩笑来。现在听他这么说,古川的心也就放下了。

"怎么,玩这套?一个好消息和一个坏消息?我想先听好消息。"古川确实需要听一些好消息了,从刘茂文到陈梦龙,他听到的一直都是坏消息。

"错了,是一个坏消息和一个更坏的消息……"徐晓华说。

"去你妹的!"古川忍不住骂出口来。

"坏消息是,我已经带人赶到铛铛便利店了,大门是开的,地下室也找到了,但没看到姬广华。现场只有一个男的受伤倒在地上,被打得像猪头一样,肋骨也断了三根。他说姬广华跑掉了。"

古川不知自己应该高兴还是愤怒。姬广华逃了,说明那伙人的阴谋没有得逞,但自己之前的努力也付之东流了。

"这算是半个好消息吧,毕竟人没事就好……"古川追问,"那更坏的消息呢?"

"你先别急,姬广华跑了,但我们在地下室发现了一样东西。"

"什么东西?"古川对这种话说一半的做法感到恼火。

"毒品。"

古川愣了一下。

"多少?"他问。

"一公斤海洛因,两公斤冰毒,四千颗麻古。"徐晓华说。

古川目瞪口呆,没想到解救人质的同时还有这种收获。古川意识到牟家海可能活不成了,五十克海洛因能判死刑,他这数量得死多少次?但同时,古川也明白了牟家海为何宁可吃痛也绝不说把姬广华藏在哪儿。

"谁说没好消息?这不就是个好消息?"古川说,"你那个更坏的消息呢?"

"更坏的消息是,谢金不见了!"

"什么时候?"古川又是一惊。

"我也是刚刚接到留守宇泰物流公司民警的电话,二十分钟前谢金接了一个电话,然后便去了办公室旁边的厕所,之后一直没有出来。'贴身保护'他的民警打开厕所门,发现里面没人。这家伙的卫生间里竟然有暗门,直通地下停车场。"徐晓华说。

"卫生间里装暗门?"古川难以置信。

"是啊,谁他妈的能想到他在卫生间里装暗门呢!"徐晓华的声音中也带着愤怒。

古川想起马副所长刚才在车上的那通电话,他"汇报"的对象,恐怕不都是局领导。

6

"监控调了没？谢金坐什么车走的？能不能找交警截停？"古川一连三个问题,电话那端的徐晓华叹了口气,说地下停车场同样有暗门,不通过宇泰物流公司大门便可以直接离开。他得到消息后已经协调同事去寻找与暗门联通的那条路上的视频监控,但等找出来,估计黄花菜都凉了。

"这家伙背后估计有大事,不然谁会在卫生间里装暗门联通车库,再从车库里装暗门,不走正门直接通向院外？车库的暗门出来是一大片农田,四五公里内没有任何监控,即便查到他开什么车离开的物流公司,他也只需要在没有监控的那几公里路上把车一换,我们就根本查不到他去哪儿了……他这明显是早就预备好了,就等这天到来!"徐晓华越说越气。

古川把中午发生的事情跟徐晓华简单讲了,徐晓华那边有些恼,埋怨古川不早告诉他,不然他肯定先把谢金控制了再去找姬广华。这下好了,姬广华没找到不说,还跑了谢金。古川也没心情解释当时的情况有多危急,如果时间来得及,他又何尝不想提前跟徐晓华打个招呼。

"现在他妈的怎么办？"徐晓华那边乱了方寸,古川这边也没有办法。

"还能怎么办,让查视频的同事动作快些,另外再找一组人去查铛铛便利店那边的监控,看姬广华逃脱控制之后去了哪里。

刚才我抢了城中村派出所那个马副所长的车和枪,现在在去市局机关的路上……"

挂断电话,古川却一脚刹车停在路边,又把手机甩到一旁。他双手猛捶方向盘,心情沮丧到了极点。

谢金这只老狐狸,千防万防,还是让他跑了。

手机又响了,接起来,是督察支队政委,问古川到哪儿了,怎么还不来局里。古川说在路上,便挂断了电话。然后蔡所的电话又打了进来,问他中午到现在到底是怎么回事。古川只好又解释了一遍,蔡所听完沉默许久,却让古川先去省立医院。古川不明就里,问这关口去医院干什么?蔡所说:"宋庆来副局长醒了,你先去找他把情况说明一下。"

"宋局醒了?"古川一下激动起来。宋庆来副局长醒了,很多事情便有了着落。古川赶紧发动车子,掉头就往省立医院方向驶去。但刚刚走了百来米,又有电话打了进来。

这次是一个陌生号码。

古川接了起来。

"古警官吗?"一个女声传来。

"我是,你是哪位?"古川有些疑惑。

"姬广华。"三个字震得古川打了个冷战。

"姬广华?"古川忍不住重复了一遍。

"江城大道往南广高速方向,我跟上谢金了。"说完,对方挂断了电话。

第二十一章

1

一切来得太突然。

跑掉的姬广华跟上了跑掉的谢金？姬广华从铛铛便利店逃跑之后去了宇泰物流公司？她怎么知道谢金要跑？她又是怎么跟上的谢金？

古川想不明白，但这会儿也容不得他想明白，江城大道是南安市的一条景观路，沿途连接着两条国道、六条省道和南广高速、南渝高速等多条高速公路，四通八达。谢金一旦转向任何一个岔口，后果都不堪设想。

先去见宋局还是先去追谢金，古川选择了后者。宋局躺在医院不会走，谢金逃脱却是分分钟的事情。古川狠了狠心，再次掉转车头，直奔江城大道而去。他一边开车一边打给徐晓华，让他也赶快带人赶过去。得到消息后徐晓华先是震惊，之后立刻驱车赶往江城大道。

古川快了一步，江城大道的车流量不大，他的车速很快。他又打给姬广华，问谢金跑到哪儿了。

"丁家湾附近，一辆红色奥迪由北向南行驶，车速不快。"姬广华说。古川看了眼手机导航，自己距离丁家湾只有三四公里左右的样子，他深踩一脚油门赶了上去。

很快，那辆红色奥迪车出现在古川视野里。车辆行驶速度的确不快，但古川有些怀疑，因为奥迪车上贴着彩色拉花，一眼看去应该是时髦年轻人或是女孩子的座驾，怎么也想不出年近六旬的谢金会开这样一辆车。

"你确定他在这辆车上？"古川问姬广华。姬广华说确定，让古川赶紧联系交警，找合适位置把这辆车截停。谢金的车库古川去过很多次，印象中并没有这辆涂抹得花里胡哨的奥迪车。他一脚油门跟上了红色奥迪，一方面要确认车牌通报给交警，另一方面想近距离确认车上成员。

"你不要靠那么近！"姬广华喊。古川说没事，随即拉响了警笛并用车载喊话器朝红色奥迪喊话，要求其停车。

但很快古川便后悔了，因为那辆奥迪车非但没有停车，反而一脚油门，瞬间加速蹿了出去。古川心里暗叫不好，因为从奥迪车加速时发出的巨大轰鸣声中他意识到，这可能是一辆改装车。

古川也加速试图跟上奥迪车，却发现警车根本追不上。按说这辆从马副所长手里抢来的警车成色很新，但古川油门踩到底，还是眼睁睁地看着红色奥迪车越跑越远。

一台黑色摩托车突然从身边呼啸而过，车辆和骑手的装扮古川都很熟悉。

是姬广华和那辆川崎H2。

姬广华在前方不远处挥舞左手示意古川停车，古川立刻靠边把车停下。

"那是一辆奥迪RS4，马力是你这辆的三倍多，你追不上的，谢金早就预备好了，快上我的车！"姬广华说着递给古川一个头盔，态度不容置疑。古川确实也来不及多说什么，戴上头盔，坐到了姬广华身后。

"扶住油箱。"姬广华话音未落,摩托车已经蹿了出去。

2

古川的精神有些恍惚。

他并不是第一次坐在摩托车后座上,小时候父亲经常这样骑车带着他出去兜风。古川手扶在父亲腰上,父亲开快了,他便用手扯住父亲的腰带。

但眼前的一幕却近乎滑稽。一天前,他还在殚精竭虑地追踪姬广华,而现在竟然坐在她的身后,由她骑车带着追捕古川曾经几乎认作"干爸"的谢金。姬广华车速极快,古川越过她的肩膀,看到码表上的速度竟然超过了每小时一百六十公里。

古川有些害怕,整个身体贴在姬广华后背上,双手原本扶着油箱,但表面光滑的油箱给不了古川任何安全感。他知道这速度下自己稍有不慎便会被甩下车去,而那样断无生还的可能,因此下意识地把手从油箱上移开,从背后搂住了姬广华的腰。

姬广华没有反对,只是稍微歪头从后视镜里看了古川一眼。古川发现姬广华在看自己,有些不好意思,但不料姬广华又一次加速,这回车速直接突破了二百公里每小时。古川紧紧抱住姬广华不敢松手,心里越发后悔坐上她的摩托车后座。

高速追逐下,古川终于又看到了那辆红色奥迪车。谢金可能以为已经甩开了古川,车速降了下来。姬广华也把车速降低,跟在奥迪车后。古川总算松了一口气,稍稍松开了抱住姬广华的手。

古川想跟谢金讲话,示意姬广华开到奥迪车驾驶员一侧与他并排，姬广华照办。但摩托车刚刚行驶到奥迪车左侧，谢金竟突然向左猛打方向，试图撞翻姬广华和古川二人。

姬广华急忙刹车躲避，摩托车后轮翘起，几乎掀翻。一击不成，奥迪车又一次加速逃离，而姬广华的摩托车也迅速追了上去，时速又突破了每小时二百公里。伴随着巨大的发动机轰鸣声，古川又体验了一次大排量摩托车恐怖的加速感。他紧紧抱着姬广华的腰，忍不住隔着头盔大声叫喊以排解心中的恐惧。

"别喊了，吵死了！"耳机中突然传来姬广华的声音，古川这才意识到自己一直戴着蓝牙耳机，电话还是接通状态。他非常尴尬，但又顾不上尴尬，因为此时红色奥迪车眼看自己甩不掉姬广华和古川，开始频繁加减速变道，试图撞翻他们。

好在姬广华骑车技术却也娴熟，谢金甩不掉也撞不到她，奥迪车几次猛打方向却差点儿自己翻车。几次路过岔口谢金试图转向，都被姬广华干扰掉，只是每次操作都让古川心惊肉跳。

"放心，他惜命，不敢撞过来。就这车速撞在一起，不管是铁包肉还是肉包铁，基本就是同归于尽。"姬广华反而在耳机里安慰古川。

3

在双方的反复纠缠中，江城大道走到了尽头，前方便是南广高速的收费站。古川隐约看到收费站前警灯闪烁，应该是得到消息的同事们已经设好路障，准备在此截停谢金。

谢金明显也看到了前方的路障，摆在他面前的只剩两条路——要么冲撞路障，要么束手就擒。冲撞路障成功的可能性极小，而谢金应该明白束手就擒将会面临什么。

古川感觉谢金可能也在犹豫,因为奥迪车减速了。

眼看路障越来越近,姬广华也跟着减速,两车速度下降到每小时一百公里,之后是八十公里、六十公里、四十公里。古川心情逐渐放松,因为他看到前方已经有警灯闪烁的警车朝自己驶来。

"终于等来援兵了……"古川心里念叨着。谢金车速越来越慢,已经降到走路也能跟上的地步。古川跳下摩托车后座,一边拍打奥迪车窗一边朝谢金喊话让他停车。车里的谢金似乎听到了古川的声音,扭过头看了古川一眼,但眼神冰冷至极,没有任何情感。

谢金熟悉的面孔就在眼前,古川却觉得十分陌生。他心里说不出是什么滋味,仍旧拍打着车窗玻璃,一遍又一遍地喊谢金停车。姬广华骑在摩托车上,以相同的速度尾随着奥迪车和古川。

"古川,离车远点儿,小心他耍花招!"耳机里突然传来姬广华的声音。古川愣了一下,回头看了一眼姬广华,让她放心。

突然,即将停下的奥迪车却又一次突然加速朝左前方驶去。古川被晃了一个趔趄,一屁股坐倒在地上。等他爬起来时才注意到,道路的左前方有一个分岔路口,虽然有民警设卡,但只有两台警用摩托车和几个橡胶路障。谢金的奥迪车正奔那边而去。

奥迪RS4的加速过程极快,巨大的排气声伴随着烧胎发出的淡蓝色烟雾,车速瞬间又提了起来。

"坏了,他要闯卡!"古川心里想着,但已经来不及了。

电光火石间,又是一阵发动机的轰鸣声,一直缓慢跟随的川崎摩托车也跟着冲了出去,速度之快让摩托车翘起了头。

"你做什么?小心!"古川大喊,耳机里却没有姬广华的回话。

川崎 H2 的提速明显更快，短短百来米距离已经冲到了奥迪车前面。古川不知道姬广华要做什么，但谢金的目的却很明显——他这次是奔着守卡民警去的。

就在奥迪车距离卡口还有十几米时，姬广华的摩托车超了过去。她本在奥迪车右侧，但超越的瞬间左打方向，猛地穿到了奥迪车左侧。事发突然，谢金可能被吓了一跳，也可能没料到姬广华会用这种方式干扰自己的线路。他本能地左打方向躲避，"哐"的一声巨响，奥迪车避开守卡民警，一头扎进了岔路口边的农田里，惯性让整个车子倒扣过来。

而姬广华那边，也因为车速过快、转向角度过大失去了平衡，在地上打了几个滚之后连人带车同样翻进了路边农田。

古川没想到姬广华会用这种近乎自杀的方式堵截谢金，他脑袋里"嗡"地响了一声，像疯了一样撒腿跑向事故现场。岔路口设卡的民警因为距离近，已经下到了农田里，而不远处收费站前的设卡警员也纷纷奔向同一方向。

就在古川即将跑到农田边的时候，远处突然传来喊话声。

"谢金，你不要冲动！"

古川暗叫不好，加快了脚步。

4

农田里，满脸是血的谢金左手控制着姬广华，右手拿着一把水果刀抵在她的颈部，一步一步后退。他的右腿本就残疾，又在车祸中受了伤，每一步都走得很艰难，几乎是在拖着步子。几名先赶到的警员持枪围成个半圆形。被谢金挟持的姬广华也伤得不轻，衣服撕开了几道口子，左臂低垂着，大概断了，腿也受了伤。每被谢金拖行一步，她的脸上都露出痛苦的神情。

"怎么回事？"古川轻声问之前冲进农田的同事。他们告诉古川，谢金从奥迪车里爬出来便直奔同样摔在一旁的姬广华，姬广华可能伤得太重，几乎没有反抗便被谢金挟持了。

"谢总这是整哪出？过年我去局里参加'警民联谊'活动，他还是'治安积极分子'呢，怎么现在闹到这个地步？"同事十分不解，也十分感慨。

古川叹了口气，却不知该说什么。事到如今，他依然无法完全明白谢金到底做了什么，以及藏有多少秘密。

"这女的是谁？咱们的人吗？女骑警？以前没见过啊。"同事继续小声追问。古川摇摇头，说她就是姬广华，那个夺枪打伤宋庆来副局长的嫌疑犯。同事的嘴巴顿时张得老大："啊？一个嫌疑人挟持了另一个嫌疑人……这、这、这是咋回事？"

"我哪儿知道，先做事吧，注意安全。"古川无暇多解释，只能这样应付过去。

现场不断有民警劝告谢金，不要冲动，事情可以谈，先放了人质。也有认识谢金的民警试图跟他讲人情："唉，老谢，有啥想不开的走到这地步？老兄弟们都在这儿，有事你说话不就行了，放了人家姑娘撒。"

"跟踪我！盯着我！追我！就要这样对我赶尽杀绝吗？！"谢金没理会劝说的警察，把刀狠狠按在姬广华的脖子上，这话似乎也是说给姬广华听的。水果刀很锋利，古川看到姬广华颈部与水果刀相抵的地方已经在流血。

姬广华被卡着脖子说不出话来，嘴角却掠过一丝冷笑。

"谢金，你不要伤害人质，事情已经到了这个地步，你要为自己负责！"依旧有民警在劝谢金，但在古川听来，这话相当于没说。古川已经做好击毙谢金的准备了，作为全局二十五米靶速射冠军，他有信心在此距离一枪击中谢金头部。他几次找好了射击角度，扣动扳机前却又犹豫了。

倒不是不忍心，追车时谢金试图撞死他和姬广华的行为已经断绝了过往的情意，只是谢金的身上有太多秘密——父亲的死、李明权的死、刘茂文的死、刘三青的失踪，甚至陈梦龙、"大马棒"、杜强、"六·一一毒品案"、"一二·八枪案"等所有与谢金有关的人和事情。古川不想一枪过后，谢金和那些秘密全部归于尘土。

谢金还在后退，架在姬广华脖子上的水果刀抵得更深了。

"不能再等狙击手了，找准角度开枪，务必一枪命中额头。"带队设卡的交警领导开始小声嘱咐身边民警，民警点点头。

5

远处传来警笛声，古川看到南安特警的黑色警车呼啸着停靠在路边，手持盾牌和自动步枪的特警从车上鱼贯而出。

此时谢金已经挟持着姬广华退到了农田深处，再往后便是田埂。

"谢叔，特警来了，投降吧，你知道，跑不掉的。"终于，古川鼓起勇气说出了这句话。这或许也是他最后一次喊出"谢叔"这个称呼了。

谢金看了古川一眼，没有答话，但眼神中全是绝望。

大群警察正在向这边狂奔，远远地，古川看到狙击手已经架起了狙击步枪。

"放下武器！"特警已经举着突击步枪和盾牌顶了上来。见此情景，谢金或许知道自己再做任何抵抗都是徒劳，只是站在田埂边犹豫着，没有继续后退。

"你们为什么要对我赶尽杀绝！"谢金情绪崩溃，又一次歇斯底里地吼道。

古川的手枪准星套住了谢金额头。真的不能再等了，谢金丧失理智，随时可能危及人质姬广华的生命安全。古川深吸了一口气，在心里默默倒数三声，三声过后他会开枪，不再顾及什么案子和什么秘密。

"三、二……"

"一"还没数出来，谢金竟然推开姬广华，一屁股坐在田埂上，水果刀也被他一把插在了地上。

威胁解除，谢金身边的特警立刻一拥而上，把他按在了地上。

古川长出一口气，缓缓放下了手中的枪，呆呆地站在原地。

另外一队特警上前控制了姬广华。她虽是人质，但同属在逃人员。由于她本已受伤，又在追捕谢金过程中立功，特警对待她的动作和力度都温柔得多。

与此同时，还有一队特警朝古川而来。

"古川，你涉嫌滥用职权和故意伤害，现依法对你进行强制传唤，请你配合我们的工作，交出配枪。"带队的特警队长郑重其事地对古川说。

古川点点头，把手中原本属于那位马副所长的六四式手枪递给特警队长。

"用上手铐吗？"他笑着问特警队长。对方也笑了，从腰带上解下手铐，说："原本不用，但既然古警官提出来了，那就公事公办？"

古川知道他也是开玩笑，还想再说句什么，突然人群中发生了一阵骚动。

"你干什么！放下枪！"古川听到一声暴喝，随后是"呼"的一声枪响，是六四式手枪的声音。

"呼、呼"又是两声枪响，这次是九二式手枪。

古川看到，姬广华倒了下去。

"你们是怎么做事的！脑袋瓜子都被驴踢了吗？！"人群中有人斥责。

"她、她明明是人质，但突然从怀里掏出手枪来，一枪打在谢金腿上。动作太快了，我们根本没法预判，而且、而且谁想得到她身上会有枪呢？她有枪怎么还会被拿刀的人劫持？"有人在辩解。

古川半天才回过神来，他看见姬广华趴在地上，眼睛直直地看着自己，脸上却带着笑容。

第二十二章

1

谢金和姬广华随即被就近送往南安市人民医院救治,同样在那里接受抢救的还有谢金派去绑架王芸的三名马仔,不知谢金与他们在医院相遇后,会是怎样的心情。

牟家海受伤最轻,手术取出弹头后便被转移到普通病房,刑侦支队派人在那里对他进行了初步问话。按说事已至此,再做抵抗已是无谓,但牟家海面对警方的问讯始终一言不发。

古川听说牟家海醒了,便拉上徐晓华去了医院。他要求牟家海回答三个问题:一是二○○一年"六·一一毒品案"之前,他为什么给刘三青的妻子王芸送钱;二是"六·一一毒品案"前夜,谢金为什么让杜强转交给他一支枪,而他用那支枪做了什么;三是铛铛便利店地下室的那批毒品怎么解释。但等待古川的依旧是牟家海的沉默。

"这样吧,我给你点儿时间自己想想。但我劝你别再抱有什么幻想了,单是你便利店地下室里的那批毒品就足以把你送上刑场。五十克判死刑,你那儿有多少自己心里有数吧?"说话间,古川看着牟家海,他眼神扑朔,似乎有很多心事。

"你想活,我给你路走;你想死,就一句话都别说。"古川最后撂下这句话，转身走出了病房。

"这家伙且得'盘'呢，他身上的事情有多大自己心里肯定清楚，之后慢慢审吧。"徐晓华也跟出了病房，对古川说。

古川笑了笑，说："这家伙挺不了多久，等等吧，到时候从这批毒品入手盘他就行。"

谢金也结束了手术，被安排在距离牟家海不远的病房里。徐晓华问古川要不要去看看谢金，古川说好。两人走到病房门口时，古川却停下了脚步。徐晓华诧异地看着古川，古川犹豫片刻，说还是决定不去了，确实不知道见面后该跟这位曾经的"谢叔"说些什么。

"会有见面的时候，讯问时再说吧。"他对徐晓华说。

"他的文书下来没？"古川想起了这茬儿，问徐晓华。徐晓华说下来了，谢金手术一结束便接到了警方强制传唤的法律文书，只是他拒绝认罪，也不签字。

"其实现在文书上也只有两个案由，一是危险驾驶，二是绑架，而且后者还没有坐实，但就这两个他也不认。他说那天之所以要跑，是因为姬广华追他，而姬广华以前就跟踪过他，手里还有枪，他担心自己有危险所以才把车开那么快。"徐晓华说。

古川冷笑，谢金这明显是在胡搅蛮缠，没想到一直如此体面的"谢叔"如今也到了这种地步。古川没再说什么，只是点点头，表示自己知道了。

徐晓华又叹了口气，问古川马副所长那边的事情搞定了吗。古川摇摇头，说自己也是一头脓包。

2

　　抓住谢金后,古川归还了城中村辖区派出所的警车和马副所长的配枪,这件事归属市局警务督察支队办理。对于事件的起因,古川与马副所长各执一词,古川举报马副所长为谢金派出的杀手提供情报,而马副所长坚决否认。

　　警车中的确安装有同步录音录像设备,但当天车上设备的储存卡不见了。马副所长借口称那天内存卡已满,所以取卡转存录像,但负责此事的民警后来在马副所长办公室抽屉里找到了那张内存卡,里面并没有存储多少内容。

　　按规定,马副所长当天带班出警应该佩戴执法记录仪,但他说记录仪电不足,没有开机。对于他向那三个杀手通报姬广华住处信息一事,马副所长承认是自己把从古川那里得到的信息告诉了谢金派来的三个人。他承认错误,却并不认罪,说自己只是和谢金关系很好,听说那个女的跟踪过谢金,可能对他不利,所以只是"给朋友帮忙",不知道那三个来打听消息的人是杀手。

　　古川对当天马副所长开车带自己出城的行为和坐在副驾驶上的辅警身份提出质疑。马副所长解释称,开车路线是古川多虑了,他走的那条路也可以到派出所。虽然确实绕远,但都是大路,比较畅通。至于那个可疑的"辅警老赵",马副所长拒绝解释,理由是此人当时只是坐在车上,与整个事件无关。

　　马副所长的话虽然可疑,古川却找不到质疑他的理由。他把自己当时的猜测讲给督察支队民警,对方想了想,说:"那个人确实可疑,但毕竟没有对你做过什么,反而是你踹了人家一脚。而且从目前的情况看,马副所长的理由也说得通,那个人的确跟整个事件没有什么关联。"

"我们已经调查过这个人，确定他并不是南安市公安局任何单位的辅警，身份很可疑，但问题是即便现在把他找出来，连个'冒充警察'的罪名都定不了，怎么办？"督察支队刘政委问古川。古川说他身上戴着刘三青当年的警号，单凭这事就可以盘他一轮。刘政委想了想，说："那这事你先别管了，我来想办法。"

既然刘政委这么说了，古川便没再多想，不料马副所长那边却抓住古川抢夺配枪和警车一事不放。督察支队原本打算先把古川的事情放一放，毕竟症结在谢金身上，只要把谢金的案子搞清楚，两人孰是孰非自然明了。但马副所长不同意，听说督察支队要暂时搁置两人的事情时，直接放话出来，说如果不处置古川，他肯定会一层一层告上去。

两天后，古川接到宋庆来副局长电话，要他到局机关开会。到机关后，古川先找了刘政委，说起马副所长的事情，刘政委也很恼火。

"这他妈有点儿把水搅浑的意思啊！这样，你先写份《情况说明》应付一下吧，他那边我来对付，翻不了天。宋局找你，先处理他的事情去。"刘政委对古川说。

3

二〇一六年五月十一日，伤愈出院的宋庆来副局长组织召开了第一次案件会议，把蔡所、徐晓华和古川等人叫到了办公室。

虽然已经出院，但宋庆来的脸色依旧不太好，倚靠在办公室的沙发上。古川先把近段时间追踪姬广华和接触王芸的详细经过讲了一遍。他说了很久，宋局一直听着，没有说话，只是偶尔换个坐姿，应该是伤口还没完全愈合。

"从目前的情况来看，谢金身上有大问题，但从我们手里的现有证据来看，他的问题似乎很小，即便上法庭，刑期也超不过三年。"宋局顿了顿，"而且，从我出院至今，已经接到不下十个给谢金求情的电话，都是省市两级的'有力人士'。"

宋局虽然没有明说那些"有力人士"具体是谁，但古川明白，凭借谢金的财力和社会地位，他能动用的社会关系远非自己所能想象。

"谢金目前的伤情如何？"宋局问负责在医院看管谢金的民警。

"医生说没有生命危险。姬广华的子弹打在了他的腿上，也挺巧的，和他十几年前被陈梦龙误击的那一枪位置差不多。"

"弹头取出来了吗？"古川想起姬广华最后跟自己说的话，问那位同事。

"取出来了，不但姬广华打的那颗子弹取出来了，而且因为两颗子弹的位置很近，医生连之前陈梦龙打他的那颗子弹也取出来了。"

"技术那边化验过吗？"古川追问。那位同事却一愣："这个需要化验吗？现场所有人都看到是姬广华开的枪。"

"不费事的话，还是验一下吧，两颗都验一下。"古川说。同事有点儿懵，先看了看古川，接着又看向宋局，这种事需要领导来拍板。

"为什么？"宋局也有些不解，问古川。

"'大马棒'的案子上，刑侦不是怀疑陈梦龙的枪有问题吗？他打谢金那枪是在二〇〇一年，那时候他的枪应该是没问题的。如果那颗子弹是陈梦龙现在的配枪打出来的，说明从二〇〇一年至今他用的是同一支枪；如果那颗子弹不是他现在的配枪打出来的，则说明从二〇〇一年至今，他的枪被换过。如果是他自己换的，那他从哪儿搞到刘三青的枪？如果是别人换的，是谁？怎么换的？又为什么换他的枪？"古川说。

在场的人听完恍然大悟，向古川投去赞许的目光。

"好小子，能想到这一步，不愧是老古的儿子。"宋局感慨道。

4

"姬广华目前的情况怎么样？"宋局问古川。

古川叹了口气，说："不太好，目前还在医院昏迷不醒。"

姬广华在抓捕谢金的现场被警方连开两枪击中，好在开枪特警手下有分寸，如此仓促的两枪也避开了要害部位，不会危及姬广华生命。但毕竟她在此前的车祸中已经受伤，因此入院后一直昏迷不醒，始终没有离开南安市人民医院的危重病房。

"她这次应该是真的昏迷吧。"一旁的蔡所问古川。

古川说："是真的，这时候了她没必要再作假。"

古川把自己和姬广华在宇泰物流公司大仓库里的事情讲了一遍，也说出了一直以来心里的疑惑——姬广华如何知道谢金与古建国进入宇泰物流大仓库后的细节？

宋局说："我和姬广华这个姑娘接触不多，但确实发现她似乎知道一些过去的事情，而那些事情明显是超越她的年龄和阅历的。之前我也考虑过可能是刘茂文或陈梦龙告诉她的，但有些事情连这两人都不该知道。所以我推测，她的背后可能还有一个知情人。刘茂文应该了解这个知情人的情况，但他牺牲了，现在一切只能等姬广华醒过来了。"

"这姑娘身上有很多秘密，她也知道很多关于谢金的秘密，尤其是她从谢金那里偷走的那本花名册……"宋局又看向古川，"我们找遍了她的住处也没有找到，等她醒了，务必问出来。"

古川点点头。

"宋局，我想问个有些冒昧的问题。"一直没有说话的徐晓华开了口。宋局示意他提问就好，案情会上不存在冒不冒昧的问题。

"那天在您办公室，姬广华抢了陈梦龙的配枪后，跳弹误伤了您，您在去医院之前，有没有交代过政治部陈主任，让我和古川前往宇泰物流公司'贴身保护'谢金？"徐晓华问。

"没有。"宋局说。

会场上的人面面相觑。

"老陈……"宋局似乎有话要说，却没有说出口。

"对了，你和那个马副所长是怎么回事？"宋局岔开话题，问起古川抢车的事。古川详细讲了事情经过，当听说古川用手机录下了那个"辅警老赵"的视频时，宋局要过了古川的手机，反复看了很多遍。

"刘政委吗？我是宋庆来。"看完视频，宋局直接拨通了督察支队刘政委的电话，"马上控制那个姓马的副所长，务必让他把这个辅警的情况交代清楚，这个辅警有问题。"

宋庆来显然认得这名"辅警"。此人绰号"大眼"，二十世纪九十年代中期南安毒品猖獗时曾是毒枭"老木"的徒弟。和他一起的师兄弟分别叫"小何"和"王拐子"，在一九九六年严打时被枪毙，只有"大眼"不知去向。

古川记得之前谢金给自己讲述"南安毒品史"时曾提到过"老木"和他的三个徒弟，但当时他说的明明是"大眼"跟"小何"被枪毙,而"王拐子"跑了。

"他说了谎。那起案子我知道,当时谢金和姬广华的亲生父亲李明权就是因为这个'大眼'闹翻的,两人在办公室差点儿开枪。李明权后来还把谢金的小叔谢广志打了,谢广志当时是局政治部主任。之后不久李明权被开除,谢金也调离了公安机关。"宋局说。

众人又一次惊愕。

5

"大眼"姓严,全名严运和,年轻时因为眼睛大被人称作"大眼"。一九七六年出生,南安市人,二十年前便因涉嫌制贩毒成为警方追捕的对象,其后销声匿迹,而今却再次出现在南安市。

马副所长与潜逃多年的毒贩同在一辆车上,毒贩还穿着辅警制服,这在任何一个正常人眼中都有问题,也难怪宋局要求督察支队刘政委马上控制马副所长,寻找这位冒牌的"辅警老赵"。

马副所长被督察支队带到了南安市公安局刑侦支队办案中心,由督察支队刘政委亲自讯问。

"大眼"的真实身份已经被宋庆来点破,马副所长再演下去也没了意义。他是个识时务的人,面对督察支队的问讯立刻坦白了自己与谢金以及"大眼"的关系,也说出了"大眼"的具体藏身位置。根据马副所长的供述,当天他在谢金的授意下带上"大眼",准备将古川带至城郊无人处灭口,然后伪造车祸掩人耳目。只要古川一死,三个杀手的事情便不会泄露。

只是马副所长没有想到,古川已经从牟家海口中得知了他和谢金的关系，因此有所防备，他们的阴谋没能得逞。

"他放着好好的副所长不做，给谢金帮这种忙，收了什么好处？"刘政委结束讯问后跟宋庆来汇报，宋庆来一边看笔录一边问刘政委。马副所长只有三十五六岁，宋庆来印象中这人的工作能力不差，去年年终还评了优秀。

"他前年在南安买房管谢金借了四十多万，谢金许诺他这件事办完后，那笔钱就不用还了。"刘政委说。

"四十万换一个副所长的前程和一个警察的清白，他这样算账？如果我没记错的话，那个姓马的副所长一年收入也有十五六万吧？"宋庆来语气冰冷。

"当然，还有一些情况。这个姓马的副所长说，平时谢金经常给他提供一些涉案线索，既帮他完成任务，又给他提供立功受奖的机会，所以他也很感谢谢金。还有……"说到这里，刘政委有些犹豫。

"还有什么？有话快说！"

"他手里还拿着宇泰物流公司的干股……据他说局里像他一样的民警有不少，其中还有一些是支大队主官……"刘政委说得小心翼翼。

"啪"的一声，宋庆来一巴掌拍在办公桌上。

"荒唐！无耻！下贱！"宋庆来怒目圆睁，脸上青筋暴起。

"去，让他说，知道哪个说哪个，说完你一个个去核实。不论领导干部还是普通民警，核实出一个抓一个！"

刘政委连连点头。

古川在一旁听着，却突然想到了自己。谢金当年也给了母亲宇泰物流公司的干股，平时也给自己提供一些"涉案线索"，原以为像他说的那样是为了"报答古建国当年的救命之恩"，但其实这只是谢金收买人心的方式之一。古川很庆幸自己之前没有着了谢金的道，也第一次从内心深处对谢金感到恶心。

"宋局，我……"古川觉得此事还是自己主动说为好，至于如何处置，全看宋庆来。但宋庆来似乎知道古川想说什么，打断了他。

"你的事情我知道，今天不谈这个。"宋庆来说。

母亲持有干股的事情宋局知道？古川有些蒙。

"你接着说吧，这个姓马的还说了什么？"宋庆来继续问刘政委。

"他还说了一个很重要的情况。他听严运和无意中说过，之所以谢金找他做这件事，是因为他有经验，十几年前做过类似的事情。"

"十几年前？"宋局和古川都很疑惑。

"是的，在南山水库上的南湾大桥，伪造车祸现场，当年死的那个也是警察……"

"刘三青？"宋庆来和古川几乎异口同声，因为十几年来死于南湾大桥车祸的警察，只有刘三青。

"嗯，我听到这事后的第一反应也是刘三青。"刘政委说。

"把那个叫严运和的家伙抓回来，不惜一切代价！"

根据马副所长提供的严运和居住地址，市局刑侦支队立刻派人赶了过去，但他们赶到时，严运和早已不知去向。

第二十三章

1

严运和落网于四天后的午夜,地点是南安市人民医院,确切地说,是在牟家海的病房里。落网时,严运和随身带着一支六四式手枪和一把尖刀。

那天的午夜与往常没有什么不同,两位病房看管民警排了前半夜和后半夜的班。凌晨三点左右,值后夜班的民警去开水房给茶杯加水,屋里只剩牟家海和另外一位民警,两人都睡得很沉。

严运和悄无声息地溜进病房,掏出尖刀就要往床上刺。但刚把刀举起来,他便被身后的人拦腰抱住,房间里的灯瞬间打开。严运和反应过来时,至少有五个黑漆漆的枪口正对着他。

"你他妈的还真来了!"有人骂了严运和一句,他这才发现,从身后抱住他的人是古川。

同时,趴在床上的牟家海也直勾勾地看着严运和,眼神中充满了愤怒和绝望。

原来,四天前得知严运和潜逃后,古川建议提高对牟家海的保护级别。宋局问原因,古川说起了"大马棒"的事情,怀疑"大马棒"之死是遭人灭口。现在牟家海是所有案件的关键人物,同样是唯一知道谢金罪行的人,如果遭遇"大马棒"同样的结局，警方就彻底抓瞎了。"

"如果我是谢金，无论如何也会想办法做掉牟家海，他知道的事情太多了。"古川说。宋局接受了古川的建议，秘密增派警力埋伏在牟家海的病房中，只等杀手出现。

只是大家都没料到，古川的建议起到了一石二鸟的效果，前来灭口的人竟然是严运和。

南安市公安局刑侦支队办案中心讯问室里，严运和被牢牢地锁在讯问椅上，随身携带的手枪和尖刀已经被技术部门拿走检验，确认是否涉嫌其他案件。

虽然被现场抓获，但严运和似乎还抱有一丝侥幸心理。面对古川的问讯，他竟摆出一副死猪不怕开水烫的架势，坐在那里一言不发。

"怎么着，还想扛一下？"古川笑着问严运和。

严运和不作声。

"说你什么好呢？就这智商当年还制贩毒，你能躲这么多年，也是个奇迹。"古川说。

听到此话的严运和抬头看了古川一眼："我不知道你在说啥。"

古川笑了笑，把严运和在警方这里的"履历"给他复述了一遍。

"现在你知道我在说啥了吗？"古川问。但严运和依旧不作声。

"你真的不明白谢金让你去干这事的目的是什么？"古川弯腰伏在严运和面前，故作认真地问道。他当然没有证据证明严运和是谢金派来的，但这时他决定赌一把。

严运和没有说话，只是抬头看了古川一眼。就这一眼，让古川觉得自己的猜测八九不离十。

"医院那么多警察，他让你去杀牟家海，你当警察的枪是摆设？当然，他最希望的结果就是你杀了牟家海，警察再把你打死，这样他就彻底安全了。想明白了吗？"古川接着说。

严运和虽然依旧沉默，但古川从他的眼神里看到了动摇。

"别傻了，牟家海跟了他那么多年，为他做了那么多事，生了锈的铁杆，他也说杀就杀。你信不信前脚你把牟家海做了，即便警察没把你当场打死，后脚谢金便会再找人来杀你。"古川把话点破了。

这段话起了作用。

"我说，是谢金老婆让我干的。"严运和说。

2

古川马上派人传唤了谢金的妻子，也是自己曾经的"干妈"。但两人在办案中心讯问室见面时，古川脸上没了过往的敬意，这位"干妈"也不见往日的慈爱。

宋庆来知道古川一家和谢金夫妇的关系，建议他不要亲自参与讯问，避免一些尴尬。但古川拒绝了，他说这一天迟早会来，他要谢金亲口告诉自己父亲之死的真相，现在就当是情感准备了。

谢金妻子明显没有丈夫的心理素质，进入办案中心之后，很快交代了自己指使严运和去医院谋杀牟家海的犯罪经过。

谢金一早就交代过妻子，如果有朝一日自己入狱，有两个人必须除掉，一是牟家海，二是严运和，因为这两人知道的事情太多，一旦落入警方手中，后果不堪设想。

而且与古川的推测基本一致,派严运和杀牟家海,目的就是不仅借严运和除掉牟家海,最好再借警方之手打死严运和。哪怕只除掉一人,另外一个也不会知道这是谢金的阴谋,而会继续帮他隐瞒事实。而且一个人"孤证难明",即便倒戈指控谢金,证据成链也有很大难度。

古川立即向宋庆来副局长汇报,宋庆来指示徐晓华带上谢金妻子的笔录前往南安市人民医院,将笔录内容展示给还在床上趴着的牟家海。

徐晓华照办。

医院里,深夜经历暗杀的牟家海还没从恐惧中缓过劲来。看到追随多年的"老板"竟然早已对自己动了杀心,他随即放弃抵抗,同意配合警方工作。

闻此,古川松了一口气。牟家海开口,案子便完成了一半。

这边,古川对严运和的讯问也拉开帷幕。谢金的被捕、马副所长的检举和谢金妻子的笔录彻底攻破了严运和的心理防线,他将所有事情一股脑说了出来。

"我和谢金是在一九九四年认识的,是通过我表哥……"严运和说,他的姨夫在南安市政府工作,表哥和谢金关系不错,他通过表哥进了谢金的圈子。刚知道谢金是警察时蛮怕他,因为那时自己正跟着师父"老木"搞毒品,而谢金刚好在禁毒支队工作。

但接触次数多了严运和才发现,谢金这个禁毒警察并不靠谱。虽然谢金自己不碰毒品,但身边的圈子里玩毒品的人很多。他明知道这些情况却不管,有时狐朋狗友们因为吸毒被警察抓了,谢金还帮忙去"捞人"。而表哥把严运和带进圈子,其实是为了给圈子里的"道友"们行个方便。

二十世纪九十年代初,南安市毒品刚刚兴起,以海洛因为主。当时一般老百姓接触不到这些东西,能玩得起且买得到海洛因的基本都是在当地有些资源和身价的人。而谢金一伙的圈子便符合这些条件。

"都是一帮有钱人家的孩子,或者父母在南安有些背景。"严运和接着说。

3

因为同处一个圈子,严运和很快跟谢金搭上了话。谢金的确不排斥他,而且不时从他那里拿些南安涉毒人员的线索,用来应付上级工作要求。一来二去两人就熟了,严运和也逐渐感受到谢金在这个圈子的话语权——大家都喊他"金哥"。一是因为谢金年龄比其他人都大些;二是因为谢金父亲和小叔的职位高,尤其是他小叔谢广志,是公安局的三把手;三是因为谢金本身是警察,可以摆平一些事。

"但这毕竟是违法的事,家里再厉害也不可能一直安然无恙,况且他们的爹妈不可能允许他们碰毒品,所以他们多数时候并不害怕被警察抓,只是害怕被抓住后通知家里。"严运和说。遇到这种时候就得靠谢金了,要么他提前爆个料让大家躲开警察,要么被抓后帮忙打点一下,别通知家里。

就这样,这个以谢金为核心的南安"太子党"圈子一直在地下悄无声息地存在着,不断有人离开,也不断有新人加入。圈子里的人凭借着父辈的权力与金钱为所欲为,南安警察虽然知道这个圈子的存在,也开展过一系列的打击行动,但终因种种原因,没能从根本上瓦解掉这个群体。

但总有人看不过去,比如李明权。

一九九五年三月，禁毒支队民警李明权在办理一起毒品案件时摸进了这个圈子，也发现了谢金的秘密。

"李明权早就怀疑谢金了，谢金也一直防着他。那次李明权在豪情大酒店抓了我和表哥，当时我身上带着两包白粉，如果那事坐实了，我估计至少是个无期，我表哥也得七八年……""大眼"说，谢金得知消息后偷偷毁掉了那两包海洛因，这样一来，案子便黄了。之后李明权去举报过，但被谢金小叔摆平，他自己反而因为殴打领导被开除了。

4

"说说二〇〇一年六月那件事吧。"问完严运和与谢金的关系背景，古川把问话拉到主题上来。

"那事还得从一九九六年说起。"严运和说。

一九九六年严打时，严运和的师父"老木"和两个师兄弟先后被捕，只有他逃脱，不是他运气好或者手段高，而是因为得到了谢金的帮助。

李明权的事情后，谢金也调离公安机关去了汽车运输公司保卫处。虽然人走了，但以前的朋友同事还有来往，其中一些人甚至主动巴结谢金，因为谢广志依旧是南安市公安局的领导，他们指望通过谢金搭上谢广志这条大船。

因此在警方即将对"老木"一伙采取行动时，谢金把消息告诉了严运和并安排他躲了起来，最终没有被警察抓到。

"那时他为什么帮你？"古川问。

严运和说，最初他也搞不懂，但当时情势危急也容不得多想，所以谢金让他做什么他就做了。他大概在外面躲了一年多，等风声过去了谢金找到他，他才明白谢金为何帮他躲过警方的追捕。

"他想要以前我师父'老木'那条毒品线……"严运和说。"老木"和师兄弟都被抓了，只有严运和知道这条从边境运输毒品来南安的线路。谢金一直眼红，所以才冒险保下严运和，想跟他一起做这条毒品线路的生意。严运和别无选择，只好同意谢金的建议。

从一九九七年至二〇〇一年的四年间，谢金在严运和的帮助下逐渐摸顺了这条从云南边境至南安的毒品运输路线。其间借助在汽车运输公司担任保卫处处长的便利条件，谢金还收买了几个司机，以便从云南运输货物时夹带毒品。

由于是公家车辆，开具运输手续的也多是南安市各级政府和企事业单位，因此汽车运输公司的车辆很少被查，谢金贩运毒品的事情也一直隐瞒得很好。

"最初谢金比较谨慎，每次运毒品都只是顺路捎带一点儿，最多几十克，主要转给他圈子里的那些人。那些人买了也是自己吸，之所以找谢金，只是因为觉得云南那边过来的货好，不怎么掺假而已。但二〇〇〇年之后情况就不太一样了，谢金开始往圈子外面卖……"严运和接着说。

"老木"团伙被打掉后，南安一部分海洛因供应成了空白，价格也随之上升，谢金看到了其中的"商机"。加上当时汽车运输公司已经半死不活，效益很差，缺钱的谢金便开始向自己圈子外的"道友"们贩卖毒品。运毒方法还是老样子，只是数量不再是几十克。

"这样搞了一年多，二〇〇一年五月底，出事了。"

二〇〇一年五月，谢金让严运和帮他在边境那边"找条大路",他想"多走点儿货"。严运和问走多少,谢金说二十公斤。

这个数字吓了严运和一跳。他虽然跟师父"老木"贩卖毒品,但从入行至今卖出去的数量也到不了二十公斤。他觉得谢金疯了,谢金说反正这东西超过五十克就得"吃花生米",五百克和五千克冒的风险是一样的。这次是谢金和几个朋友合伙,这一单赚够了钱,他以后再也不碰这东西了。

这个理由说服了严运和,他联系了之前和"老木"有"生意"往来的境外毒枭,对方同意提供这些数量的海洛因。谢金便安排了两个自己的铁杆马仔,都是汽车运输公司的司机,他许给每人五千块钱酬劳,借着拉水果的机会跑一趟云南。

5

为了保证这事万无一失,谢金做足了准备,但结果还是出事了。二〇〇一年六月十日晚上,谢金找到严运和,说这单买卖被人举报了,南安警方已经做好准备,只等司机把毒品运回南安,警方在交货时抓人。

"谢金是怎么知道警方的动向的?"古川问。严运和说,把消息告诉谢金的是他一个叫刘阔的朋友,此人既是谢金圈子里的好友,又是这单买卖的"股东"之一。那时严运和才知道,这批毒品的买家并非谢金一人,除了那个刘阔外,还有李国华、杜强两人。

"杜强?哪个杜强?"古川问严运和。他回答说是跟谢金一个单位的,也是这几个人里唯一吸毒的。

李国华、杜强和刘阔三人在当时并不出名,出名的是他们的父辈。李国华的父亲是汇华商贸公司老板,杜强的叔叔是南安钢铁厂的厂长,而那个刘阔,其父刘安东时任南安市公安局常务副局长,也就是宋庆来现在的位置。

刘安东,古川是第二次听到这个名字,上次是从王芸口中,她告诉古川,刘三青当年的汇报领导也是刘安东副局长。恐怕当年刘三青和李明权都没有料到,刘安东副局长的儿子刘阔竟然同是那起案件的参与者和嫌疑人。

古川没有作声,听严运和继续陈述。

"刘阔他爸在家吃饭时说漏了嘴。说者无心,听者有意,刘安东副局长怎么也想不到这起案子还有他儿子的份儿。他说得轻描淡写,刘阔却听得直冒冷汗,转头便把消息给了谢金……"严运和说,"幸亏有刘阔的消息,不然南安市公安局不但会击碎我们的发财梦,而且等待我们的基本只有死刑。我问谢金怎么办,他让我不要着急,说他自有办法,只让我六月十一日上午去找刘阔和李国华,其他的事情不用管。"

第二天上午,严运和按谢金的指示找到刘阔和李国华,三人开车去了南湾大桥附近。因为谢金告诉他们汽车运输公司的事情他和杜强来搞定,事后警方会派人押送毒品回市局,而从运输公司到南安市公安局必走南湾大桥。如果谢金和杜强能在运输公司把事情搞定,这三人便当什么事都没有发生过;如果搞不定,那他们就在大桥上制造车祸,把警车撞下大桥,毁了物证。

"谢金和杜强要在运输公司'搞定'什么?"古川追问。

严运和摇摇头,说:"这个谢金没说,只让我们等他电话。"

"后来呢?"

"后来……"严运和接着说,"后来事情又一次发生了变故。"

严运和与另外两人一直在南湾大桥上忐忑不安地等着,大概上午十一点多,接到谢金的电话,说事情已经搞定了,让他们赶紧离开。三人随即开车往回走，不久，车上的三人却因为一件事情产生了分歧。

李国华在车上又给谢金打了一个电话，得知警方只派了一名民警开车押送毒品证物返回市局后，他有了新的打算。这次买毒品的本钱绝大部分是李国华从他父亲公司的账上偷的，毒品全部被警方收缴，他补不上账，也不知如何跟父亲交代。因此，当得知警方只有一人一车押送毒品时，他便想把那批毒品抢回来。

"我们几个都有类似的想法，尤其是听谢金说他那边已经'搞定'之后，大家都没了性命之忧，就开始心疼起那批毒品来了……谢金肯定也是这样想的，虽然他没明说，但如果他不想，为什么告诉李国华警察只派了一个人和一辆车押送毒品呢？"严运和说。

第二十四章

1

南湾大桥本就偏僻,那个年代私家车很少,夏天的中午桥上也没有行人。三人等在桥头,终于等到了刘三青驾驶的那辆牌号为南 AA6807 的警车。

"刘阔认识那个警察,那个警察也认得刘阔,毕竟是大领导的公子。刘阔在路边拦停了那辆警车,说是自己的车坏在路上了,让那个警察帮忙看一下。但那个警察还挺机警的,没有下车。刘阔又说自己搭个便车回去找人来修,那个警察便同意了……"严运和说。

"然后呢?上车之后呢?"古川追问。

"上车后刘阔便跟那个警察纠缠起来,我们两个看这情况也赶紧上车帮忙。三对一,那个警察很快就被我们摁住了。我们下了他的枪,车钥匙也夺了过来,我们要的东西应该就放在后备厢里……"严运和说。

只是三人没想到的是,这辆警车的后备厢是单独上锁的。

"刘三青身上有一把后备厢专用钥匙。刘阔知道刘三青儿子患病的事情,提出给他二十万酬金,让他把钥匙交出来,但刘三青没有同意。他不但不同意,还……"说到这里,严运和停了下来。

"还什么？接着说！"古川敲了敲桌面示意。

"还……还趁我们不备，把钥匙掏出来……吞了……"

古川愣了一下："吞了？"

"嗯，吞了。"

刘三青的做法彻底激怒了三人，他们把刘三青拖出车外，刘阔跟严运和把刘三青抵在桥栏杆上，李国华则抽出随身携带的短刀捅他。

"这警察也真是硬，李国华足足捅了他十六刀……他一句求饶的话都没有，就这么死死盯着我们几个，直到断气……"严运和说。

古川打字记录的手有些颤抖。

就这样，刘三青被三人杀害。之后，这三个人还是砸开了那辆警车的后备厢，在里面见到了那包朝思暮想的海洛因。

"车辆、尸体和毒品怎么处理的？"古川问。严运和说，毒品被李国华带了回去，后来给了谢金，因为只有他有路子能卖出去；刘阔拿走了刘三青的配枪，后来也交给了谢金；严运和按照谢金的要求，在桥上伪造了车祸现场，之后三人合力把警车推下了南湾大桥；至于刘三青的尸体，被他们塞到自己车子的后备厢里，拉到城外埋了。

"埋尸体时我们把那个警察的制服脱了，本想回去一把火烧了，但谢金让我留着这身衣服，说以后可能用得上，所以警服就一直放在我那儿。但那件衣服上全是血，我怎么洗都洗不干净，还是烧掉了。唯独那个警号牌是铁的，能洗干净，我就留了下来。那天跟马副所长去办事，因为边上有很多他们单位的人，他不敢用自己单位的警号，我就把那个警察的警号牌戴上了，没想到……"严运和说。

是的,就是这个不合时宜的铁质警号牌,让古川对严运和的身份产生了怀疑。

"有没有听说过'长顺'这个绰号?"古川换了一个话题。既然刘三青早已被他们杀害,那么"长顺"也就另有其人。

"知道。"严运和回答道,"'长顺'并不是某个人,而是为出那批货起的化名……"

这起案子的影响太大,谢金原本决定让四人销声匿迹一段时间,劫来的二十公斤海洛因也暂时不要出手,等风声过去再说。四人原本都答应了,但五个月后,李国华撑不住了。因为大部分毒资是他从父亲公司账上偷来的,眼看年底将至,公司即将查账,如果不赶紧把窟窿堵上,他没法跟父亲交代。

李国华要出货,谢金不同意,两人发生了几次激烈的争吵,李国华甚至开始怀疑谢金一直按着货不出是有其他打算。几次争吵过后,谢金无奈同意出货套现,但他不想在南安卖货,就找了相邻武平市的几条路子,准备把货卖去那边。

即便卖去武平市,谢金还是觉得这批货太扎眼,稳妥起见想了一个"长顺"的化名,假称是陕西人。就这样,谢金等人出了几批货,套回了一些钱。

不料,"长顺"这个名字很快引起了武平警方的怀疑,几批货被武平警方收缴后,谢金无论如何也不再继续出货。李国华起初不同意,但刘阔打听到武平警方已经从缴获的海洛因毒品追查到南安"六·一一毒品案",李国华慌了,同意"缓一缓"。

"缓到什么时候?"古川问。

"大概有一年多吧,到二○○二年底,李国华又来跟谢金吵了几次后,谢金才继续出货的。"

2

"李国华、杜强和刘阔三人现在在哪里?"

"刘阔前几年出国了,李国华和杜强失踪了。"

"失踪了?"古川不信,"一起失踪的?"

严运和摇摇头,说李国华先失踪的,杜强的失踪则在几年后。

"我最后一次见到李国华是二〇〇三年十二月,那天李国华过生日,大家一起吃饭。酒席上说起钱的事情,李国华说联系了一个大买家,过两天去出批货,货出去了就有钱了。"严运和说。

但李国华就栽在了这次出货上。严运和说,酒局结束几天后李国华去汽车运输公司和买家交易,不料风声走漏,引来了警察。双方在追逐过程中开了枪,后来警察和那个买家都死了,李国华也不见了踪影。事后刘阔和谢金翻脸,然后去了国外。

"行动我没参与,也不清楚详细情况,后来谢金一直说当时多么危险,如果不是他反应快,我们都完蛋了。"严运和说。

"反应快是什么意思?"

"就是……干掉了那个警察……"

古川的心被猛地揪了一下。

严运和说的无疑就是父亲古建国被害的那件事。

"他说那个警察差一点儿就抓住李国华了……"严运和说。

古川沉默了,虽然听说刘三青的枪被抢走后交给谢金时他便想到过这点,但严运和说出这句话时古川还是愣了半天。那个曾经多次提出认自己当"干儿子"的男人,真的是自己的杀父仇人。

"古警官,你要不要休息一下,换个人来审?"身旁与古川一起讯问严运和的协办民警知道古川的身世,善意地提醒道。古川摆摆手，平复了半晌情绪，示意不用换人，讯问可以继续。

"杀警察的经过谢金有没有说过？"古川问。严运和摇摇头。

"那刘阔为什么和谢金翻脸？"古川接着问。

"因为刘阔怀疑那天有人给警察报信，这个人不是杜强就是谢金……"

刘阔之所以怀疑谢金或者杜强告密，是因为之前谢金每次交易毒品都在汽车运输公司，从没出过事。李国华第一次去交易就被警察遇到，还只去了三个警察，一看就是临时得到的消息。知道交易消息的人就这几个，肯定有鬼。而且李国华以前提醒过刘阔，让他防着谢金。

谢金、李国华、杜强、刘阔和严运和团伙中也分为两派，其中严运和与杜强算是谢金的马仔，平时唯谢金马首是瞻；刘阔与李国华走得近，因为两人的父辈间关系就很好。两派人合作之初便相互提防，二〇〇一年"六·一一毒品案"时谢金让严运和去找刘阔和李国华埋伏刘三青，其实还有一层用意就是让严运和盯着他俩，防止两人耍花招。

十二月八日那件事之后，李国华再没出现。谢金说当时货全给了李国华，李国华被警察追进大仓库后，自己为了掩护他逃走跟警察交了火，打死了警察，也被警察打伤，腿落下了残疾。而李国华逃走后便没了踪影，那批货也被他带走"吃了独食"。

"刘阔当然不信，因为之前谢金出货每次都是几十克的量，哪有一次卖十几公斤的道理，海洛因又不是面粉，去哪儿找这么大的买家？但刘阔手里没证据，只好认栽。"严运和说，那次之后刘阔便退出了这个团伙，没多久就出国了，再也没回来。

3

"杜强失踪又是怎么回事？"古川接着问。严运和说，杜强的失踪的确有些蹊跷。

"杜强以前是谢金的铁杆，什么事都听谢金的。"严运和说，"李国华失踪后谢金也没再提过那二十公斤海洛因的事情，我一直在谢金的庇护下生活，也不敢多问。有时我见到杜强，说起那些毒品的事情，杜强总是梗着脖子跟我说：'老谢说被李国华搞走了就肯定是被李国华搞走了，他还能骗你不成？'"

二〇〇六年之后，严运和能见到杜强的机会越来越少，偶尔见面也就是打个招呼而已。那时杜强的毒瘾已经很大了，整天不人不鬼，严运和觉得没法跟他打交道。

直到二〇〇八年夏天，杜强突然找到严运和，说之前那批货就是被谢金吞了，李国华也被谢金弄死了，这些事他都知道。现在谢金过河拆桥要杀他灭口，杜强让严运和跟他一起去公安局自首。严运和觉得杜强可能吸毒吸坏了脑子，没搭理他。后来严运和跟谢金提起此事，谢金也说杜强吸毒吸出了幻觉。

但严运和此后的确再没见过杜强。

"其实这件事我后来想明白了……"最后，严运和总结道。

"想明白了什么？"

"现在想想，杜强和刘阔说的事八成都是真的。谢金这家伙太阴险了，我们都着了他的道……"严运和顿了顿，"那次参与的这四个人里，我提供的货源，杜强能找到买家，刘阔在警察那里打探消息，李国华是金主出了大部分本金。谢金相当于空手攒了这么一个局，然后再把局里人一个个踢出去，最后他自己成了最大的赢家。"

古川笑了笑。是的，这也是他的感觉。

4

严运和这边的讯问暂时告一段落，古川伸了伸懒腰走出讯问室，才发现天已经大亮。严运和被送往看守所羁押，古川打电话给宋局汇报了讯问情况，宋局听完让古川回去睡一觉休息一下。挂了宋局电话，古川又打给徐晓华，问他那边情况如何。徐晓华说挺顺利，牟家海"全撂了"，只是现在笔录还没做完，估计还得有段时间。

"跟你先前猜测的差不多，那批毒品把他压垮了。他招了，毒品是谢金放在他那儿的，他愿意指证谢金以求宽大处理。到时我把笔录发到FTP上，你自己看就行……"徐晓华向古川感慨。古川心里有数，说了声好，也放下心来。连续几天的高强度工作确实令他有些吃不消了，目送同事把严运和押上前往看守所的警车后，古川跑到刑侦支队备勤室，衣服都没来得及脱便睡了过去。

一觉醒来时已是傍晚，古川拍拍脑袋，没想到自己又睡了这么久。他赶紧打开刑侦支队FTP，果然看到了牟家海的笔录材料。

笔录很长，足足有三十五页。牟家海详细供述了自己从认识谢金到被捕的详细经过，可见徐晓华那边也费了不少功夫。笔录的前几页都是牟家海指证谢金贩毒的证词，古川大致浏览了一遍，大概就是牟家海供述称谢金这几年一直在南安秘密贩毒，为了摆脱嫌疑就把毒品放在铛铛便利店的地下室里。之后牟家海还供出了几个谢金毒品方面的"生意伙伴"，有些古川听说过，有些没听说过。

大概从第五页开始,牟家海开始供述他和谢金的往事。

牟家海,时年四十四岁。与严运和类似,牟家海也曾是谢金当警察时的"工作对象",但后来两人沆瀣一气了。谢金看中了牟家海做事胆大心细,而在牟家海眼中,高干子弟出身的谢金可以帮他摆平所有事情,无疑是一个完美的靠山。

因此,谢金调离公安机关后,牟家海也追随他去汽车运输公司保卫处当了一名临时工。但牟家海平时并不去上班,只是在谢金需要时出现,帮他做一些不法之事。后来运输公司转制成为"宇泰物流",牟家海又挂职成为宇泰物流的员工。如果说严运和是谢金的"左膀",牟家海就是谢金的"右臂"。

二〇〇一年六月,谢金与刘阔、杜强、严运和、李国华四人合伙,从云南边境购买了一批海洛因至南安售卖,不料事件被谢金的宿敌——桥北"黑老大"李明权得知。李明权将此事告知山城公安分局禁毒民警刘三青,两人准备合作搞掉谢金。

谢金通过同伙刘阔从公安局内部得知此事后,先于六月九日派牟家海给民警刘三青送去十万元现金试探,但刘三青不为所动。六月十日,谢金让另一名同伙杜强把一支土制手枪交给牟家海,让他第二天趁李明权来汽车运输公司时将其射杀。谢金许诺事后确保牟家海安全,并给他二十万元酬金。

六月十一日,牟家海按照谢金要求,混进了汽车运输公司大院,隐藏在停车场西南角。李明权进入停车场与两名毒贩交谈时,他便朝李明权开枪,虽未击中李明权,但枪声引发两名毒贩怀疑,也导致警方被迫改变布控抓捕计划而提前抓捕。警方与两名毒贩交火,李明权在混乱中被打死,牟家海从锅炉房旁边的小门溜走。

事后，谢金兑现了此前的承诺，付给牟家海二十万元酬金，并出钱在世纪小区门口给他开了一间"铛铛便利店"。此后，牟家海名义上在世纪小区门口开店，实际依旧暗中为谢金解决一些见不得光的事情，和一些令他头疼的人。

5

第一个直接死于谢金之手的人是李国华。

李国华死于二〇〇二年，被谢金本人枪杀于与南安相邻的武平市元山自然风景区内。之所以杀死李国华，一是谢金早想独吞四人合伙购买的那批毒品海洛因，出资最多的李国华注定是其达成目的的最大障碍；二是那段时间李国华因缺钱，不断催促谢金出货，使谢金陷入被警方发现的危险之中。

综合上述两个原因，谢金以"出货"为由，和牟家海一起驾驶运输公司车辆将李国华骗至武平市元山自然风景区。谢金开枪杀死李国华后离开，牟家海负责掩埋尸体。

李国华之后便是杜强。

二〇〇八年，杜强已经对毒品产生严重依赖，却早已没有收入，只能通过谢金获取毒品。此时的杜强对谢金来说已经毫无用处，且他稍有不满便以向警方举报来威胁谢金。谢金既不堪其扰，又担心杜强真的把当年的事情曝光，因此动了除掉杜强的心思。

二〇〇九年一月的一天，牟家海一大早被谢金叫去了宇泰物流公司办公室，进门后他看到了疲惫不堪的谢金和躺在地上早已没了气息的杜强。谢金说，他本来把杜强约来打算谈判，不料杜强非但开出了一个他无法接受的价码，而且威胁说已经把"犯罪证据"交给了一个"可靠的人",让谢金不要耍花招,不然大家都不好过。谢金一怒之下杀了杜强,叫牟家海过来帮他把尸体处理掉。

两人将杜强的尸体用车拉到南山水库附近掩埋,之后牟家海就再没有杜强相关的消息了。毕竟这种毒品严重成瘾的老毒幺子很容易横死街头,最后被某地警方当作无名尸处理掉。至于杜强口中的"可靠的人",谢金觉得杜强只是在诈他,老毒幺子哪会认识什么"可靠的人"。

之后谢金的生活平静了大概有一年多的时间,但从二〇一〇年开始,谢金便经常遭遇各种怪事。有时是车玻璃被砸,有时是半夜接到匿名电话,对方却一言不发。他还收到过几次快递,包裹里放着骨灰盒和草纸等殡仪用品。谢金让牟家海调查,牟家海也查不出是谁。

最离奇的一件事发生在二〇一一年冬天。一场大雪后,谢金发现自己停在宇泰物流公司大院里的宝马轿车发动机挡板上盖了一层雪,雪面上赫然写着两个字——杜强。谢金大惊,急忙叫来牟家海,牟家海也是一脸蒙,同样搞不懂是怎么回事。

"那次之后,谢金意识到恐怕之前杜强不是'诈他',可能真有人拿到了杜强手里的'证据'。他思来想去也想不出那人会是谁,但被吓得不轻,甚至怀疑杜强到底死了没有。有几次谢金非要带我去埋杜强的地方把尸体挖出来看,要不是我拦着,估计他就真去了。"牟家海的笔录中写道。

6

"假杜强事件"的起因是二〇一五年三月,谢金被人跟踪。

杀死杜强后,谢金没过上几天舒心日子。过去的怪事依旧会发生,他既查不出来,又不敢报警。有时事情大了也难免会闹到警察那里,他只能借口说是因为自己举报违法犯罪线索被人报复。

因为暗中贩卖毒品,谢金平时行事十分谨慎。他既要防着警察的明枪,又要小心"同行"的暗箭,况且还有一个时隐时现的偷袭者。因此谢金将自身安全看得很重,有时甚至到了疑神疑鬼的地步。

二〇一五年三月,谢金交给牟家海几张照片,说自己感觉最近被照片上的人跟踪,让他查一下。拿到照片后牟家海悄悄调查了一段时间,确实发现这台黑色摩托车经常尾随谢金。

牟家海跟踪了这名跟踪者,发现他住在江景路的城中村里。但此人似乎在城中村有很多住所,经常出入于不同的位置,查不出他具体住哪儿。牟家海找租客打听,但城中村里的人员流动性很大,平时邻里间也没什么交流,所以没人认得他。

牟家海把这些情况告诉谢金,谢金又拜托自己的"小兄弟"——城中村辖区派出所的马副所长查了那几所房子的房东信息,得知这些房子的房东并非同一人,也跟杜强没有任何关联。但在马副所长给出的房东名单中,谢金发现了两个熟悉的名字——王占辉和高鹏。

谢金记得当年李明权手下有个很厉害的打手也叫王占辉,绰号"战辉",不知是不是这个房东。高鹏谢金认得,以前是李明权的手下,后来染上了毒品。这两个名字让谢金隐隐不安,于是想到了古川。正赶上古川找他问涉毒线索,谢金索性把这四个房东的姓名加上杜强的名字告诉了他,让他查这些人的情况。

虽然之前已经发现了那份名单的端倪,但看到此处时古川依旧气得牙疼。谢金这只老狐狸，还不知另有多少事情是在利用自己。

古川继续往下看笔录。

徐晓华在笔录里问牟家海，既然被人跟踪发生在二〇一五年三月，为什么"假杜强"的事情却拖到一年之后的二〇一六年四月才做。牟家海说，因为二〇一六年初谢金丢了一本账簿。

二〇〇一年"六·一一毒品案"后谢金分销那批海洛因，为了与同伙"分账"方便，他将所有出货情况记录在一个笔记本上。二〇〇二年杀害李国华后，谢金将所有货据为己有。虽然不需要再跟同伙分钱，但此后他依旧保持着记账的习惯，每笔售卖都详细记录了时间和交易方。这个秘密笔记本一直藏在谢金办公室里。

二〇一六年春节假期刚过，谢金发现自己的办公室被撬，损失了几万块的财物。原以为只是普通的盗窃，但在盘点损失时谢金意外发现那个记账的笔记本也不见了。他一时无比惊惧，断定窃贼的目的是那个笔记本，而财物只是幌子，因为与笔记本锁在同格抽屉的两块价值连城的手表还好好地躺在那里。

谢金感觉这件事是杜强或者杜强的人干的，因为普通的窃贼不会放着贵重的手表不偷而拿走一个旧本子，而且杜强也是当年为数不多知道他有这么一本账簿的人。但是谢金不敢报警，只能自己想办法查。

当然，这事谢金还是交给了牟家海。但牟家海也没有办法，查了个把月，什么也没查出来。

最后，谢金决定搞一出"假杜强"的戏码。

第二十五章

1

"大马棒"在武平劳教时认识了长相酷似杜强的山东人高某，他把此事告诉谢金后，谢金觉得此人可以利用，指示"大马棒"一直与高某保持联系。二〇一六年三月，谢金让"大马棒"找到高某，指示高某假扮杜强入住世纪小区。然后他又让牟家海购买了一张电话黑卡，向省公安厅禁毒总队进行了电话举报。

谢金认定那个一直在暗中算计他的人一定与杜强有关，很可能因为杜强的消失怀疑到自己，进而进行报复。他反复确认牟家海没有把杜强已死的事情泄露出去之后，决定冒一次险。

谢金说，此人偷走了账簿但自己没有被抓，说明对方肯定不是警方的人。牟家海问谢金，假如警方收到假杜强的消息后直接上门抓高某核实身份怎么办？那不就成了偷鸡不成蚀把米吗？谢金说不可能，一是他放出的消息是"杜强与'长顺'见面"，警方更重视"长顺"，肯定会布控而非抓捕；二是即便警方不循常理直接抓了高某，那就除掉"大马棒"，只要他一死，就没人知道是怎么回事了。

看到这里，古川意识到谢金内心的阴暗，恐怕还有一点他没告诉牟家海——警察抓了假杜强，被除掉的恐怕不只是"大马棒"，还有他牟家海。两个人都死了，所有的事情便彻底与谢金断绝了关系。

而谢金后来也的确是这样做的。他派"右臂"严运和去杀"左膀"牟家海，"断臂"以自保。

果不其然，四月十一日，前去辨认"杜强"的姬广华被守株待兔的牟家海认出，不明真相的古川怀疑姬广华给"杜强"通风报信，一路追踪到江景路的城中村里发现了姬广华的秘密，也查出了她的身份，却把信息告诉了谢金。

牟家海承认古川车子上的GPS定位器是"大马棒"装的，时间是四月十三日。他把古川来便利店调取监控并追踪摩托车的消息告诉谢金后，谢金马上意识到可以利用古川。但对于古川抓到那个跟踪者之后要怎么办，牟家海说谢金有些犹豫。

按照原本的计划，谢金是要除掉那个跟踪者的。但是否连带古川一起，谢金下不了决心。

四月十九日，古川找到了跟踪者姬广华。谢金很高兴，但随即得知高某被抓并供出"大马棒"，之后陈梦龙找到"大马棒"，"大马棒"又供出了牟家海。一切来得极其突然，眼看自己要被一窝端，根本没有时间让谢金继续考虑。

于是他向牟家海下达了撞车的通知，牟家海转告司机何某，何某执行。只是他们都没料到，最后时刻刘茂文驾车赶到，在千钧一发之际选择了为古川挡住撞击。结果何某不但没能撞死古川车上的姬广华，反让整个事件由此曝光。

"最初收买那个司机也是为了制造车祸，但目标原本是那台摩托车，谢金不可能让那个跟踪他的人活着……"

2

至于"大马棒"之死,牟家海交代称,二〇一六年四月十九日晚,他被谢金叫到宇泰物流公司办公室。谢金告诉他车祸失败了,何某不但没能撞死姬广华,反而撞死了警察,事情闹大了,姬广华也落在了警察手里。谢金让牟家海联系"大马棒",两人出去躲一阵子。

牟家海赶紧打给"大马棒",但电话接通后他才知道,车祸发生的同时警察抓了高某并顺线找到了"大马棒","假杜强"的事情露馅了。"大马棒"也想出去躲躲,但需要钱,让牟家海找他的"老板"拿几万块救急。

听到"假杜强"事件曝光后,谢金改变了主意。他跟牟家海交代了两点,一是千万不要再回铛铛便利店,近段时间先躲在宇泰物流;二是与其让"大马棒""躲一阵子",不如直接干掉他,只要他一死,大家都安全了。

听说要杀人,牟家海很犹豫。谢金说不用牟家海动手,他来安排人手,但需要牟家海把"大马棒"找出来,因为自始至终一直由牟家海联系"大马棒",谢金与他没有直接接触。

四月二十日一早,牟家海接到谢金电话,让他约"大马棒"出来,就说给跑路的钱。牟家海答应了,但不知为何以往随叫随到的"大马棒"这次却仿佛预感到了什么,牟家海找了几天也没有他的踪迹。直到四月二十四日下午,牟家海才在建设路附近的一个日租房里找到"大马棒"。

之后牟家海在谢金电话指挥下把"大马棒"领到了广白渠附近,"大马棒"没有见到给他送钱的人,却见到了取他性命的严运和。

"'大马棒'死后，我一度以为自己安全了，谢金也承诺说风声过去之后会给我一笔钱，安排我远走高飞。其实当时我该想到的，'大马棒'死了，我就是唯一知道内情的人，他肯定会干掉我，这样他才彻底安全。"牟家海在笔录里说。

　　读到这里，古川深深叹了口气。他想起之前严运和的供词，十五年前，谢金组建了贩毒团伙，空手套白狼搞到了二十公斤海洛因后再把团伙中的其他人一一踢出局。十五年后他用"左膀"断"右臂"，还妄图利用警察毁灭最后的人证。谢金下了一盘好大的棋，所有人在他眼中都是棋子，当然其中也包括古川自己。

　　到这里笔录已接近尾声，最后部分是牟家海供述的前往城中村绑架王芸和姬广华的过程。那些内容古川是亲历者，知道具体细节因而没再细看。

　　看完笔录，古川瘫坐在电脑前，说不出心里是什么感觉。

3

　　就在古川和徐晓华分别讯问严运和与牟家海的同时，南安市公安局刑侦支队技术中心完成了对谢金体内两颗弹头，以及姬广华、严运和随身所带枪支的检验，检验结果令人匪夷所思。

　　姬广华从宋庆来办公室抢走的那把陈梦龙的配枪，经过比对枪弹痕迹档案，确定应是当年刘三青的配枪。而从严运和手中缴获的手枪，档案中却记载是陈梦龙原本的配枪。射入谢金体内的两颗弹头并非同一把枪发射，早年那颗是陈梦龙档案中的配枪射出的，打死"大马棒"的那颗子弹同样来自这把枪。古建国体内的子弹属于档案中刘三青的配枪，也就是现在陈梦龙手里那把枪发射的。

"陈梦龙真正的配枪开过两枪，第一枪于二〇〇三年击伤了谢金，第二枪于二〇一六年打死了'大马棒'；刘三青的配枪二〇〇三年打死了你父亲古建国，二〇一六年再次击伤谢金。陈梦龙现在手里是刘三青的枪，而他自己的枪则在严运和手里。"技术队同事对古川说。

绕口令一样的叙述乍一听让古川觉得头晕，但他心里很清楚，造成如此曲折结果的可能只有两个：一是两支枪在同一个人手里，那人用两支枪分别做了不同的事，但事实已经证明这种假设不成立。那么还剩一种可能——这两支枪在某个时间互换过。

警察的配枪怎么会交换呢？

但这个结果至少证明"大马棒"的死与陈梦龙无关。结合牟家海的笔录材料，杀死"大马棒"的真凶是严运和。古川一边通知同事去看守所给严运和做补充材料，一边向刑侦支队同事打听陈梦龙的情况。

"如果没问题的话先把陈梦龙放出来吧，这家伙在'一看'的'休息'时间也不短了，该来上班了。"古川对刑侦支队技术队民警说，对方回答说宋局对此事有过指示，一切听他的安排。

挂了电话，古川还是有些困惑。

令他不解的正是陈梦龙的那把配枪。一直以来，公安局流传着陈梦龙因为"误伤谢金"导致心理阴影不敢开枪甚至听不得枪响，为此市局政治部还给他开了免轮训的口子的传闻。但现在看来，他不敢开枪的原因恐怕并非"心理阴影"这么简单——陈梦龙很有可能早就知道自己的枪不对劲，所以才不开枪。但问题是，如果他早已发现自己的枪有问题，为什么不向上级汇报，而采用这种"装鸵鸟"的方式？

如果陈梦龙早把配枪被偷换的事情报上去，上级肯定会进行调查，那样或许整个事情在若干年前就会曝光了。作为一个二十多年警龄的老警察，陈梦龙怎么会想不到这一点？

难道他遭到了某些方面的威胁？抑或是他本就与某些人结成了利益共同体？

古川还是感觉不对。如果有威胁，威胁肯定来自谢金一伙；如果有"利益共同体"，那利益也肯定来自谢金等人。但古川分明记得，谢金曾不止一次暗示自己"去查一下陈梦龙的枪，看这家伙的枪是不是有问题"。

这又如何解释呢？

4

"很好解释，第二把枪出现前没人会信陈梦龙。你会信吗？他说枪被人换了，被谁换了？什么时间被换的？又是怎么被换的？而换到他手里的为什么偏偏是一把十五年前失踪、十三年前又打死了警察的枪？即便陈梦龙如实上报，等待他的也无非是冗长的调查和反复的质询，而且很可能根本没有结果。所以不抓到严运和、找到第二把枪的话，无论陈梦龙如何申诉都不可能说清楚。"办公室里，宋庆来看完所有人的笔录材料后，回答了古川的问题。

"那他的枪到底是谁换的？谢金吗？他会有机会换陈梦龙的枪？而且局里每年都会验枪，每支枪的枪号对应枪证，一眼就能看出来，他怎么瞒得了这么多年？"古川非常不理解。

宋庆来说问题就出在这里。

"换枪的人很专业，他知道每把警枪的套筒、握把和枪管上都有编号，这些编号和枪证上的编号一致。之所以一直没被发现,因为他只是把刘三青和陈梦龙两人配枪的枪管互换了。平时验枪基本不会拆下套筒,枪管没有专用工具很难拆下,也没人会往这方面想。"宋庆来说。而每把警枪入库前都会建立一份枪弹痕迹学档案,其中绝大多数内容是针对枪管和枪弹的。所以互换枪管之后,检验中才会出现陈梦龙的枪打出的子弹与刘三青的枪档案资料一致的情况。

也是因为这件换枪管一事的专业性,决定了此事必然是公安局内部人员所为。刑侦支队很容易便查到了这件事的始作俑者——市局装财处的周某,就是之前刘茂文提过的那个在装财处干了十七年副主任科员的"钉子户"老周。

周某交代说,这事是他十三年前做的,当年指使他的人正是谢金。

"当时谢金虽然不在公安局工作了,但因为他的小叔谢广志依旧是公安局政治部主任,有些人为了攀附谢广志而结交谢金,这个周某就是其中之一。"宋庆来说。

当时周某负责全局警用枪械的检验和维修,谢金在公安局上班时两人的关系便很密切。二〇〇五年九月,谢金找到周某,交给他一把枪,说是刘三青以前的配枪,让他利用工作便利去枪库把陈梦龙的配枪和他手里的这把枪互换。周某大吃一惊,问谢金原因。谢金说,陈梦龙调回新城北路派出所了,还来桥北当了片警,可能奔着刘三青和古建国的案子来的,他得留个后手。

周某知道谢金的那些事情,也知道他这么做的目的——刘三青的枪打死了古建国,如果陈梦龙之后威胁到谢金,那谢金就用陈梦龙的枪去犯案,然后嫁祸给他。反正两把枪上都有人命,陈梦龙里外解释不清楚。到时谢金反咬一口,陈梦龙肯定吃不了兜着走。

但这只是理想化的状态，里面还有一个致命的漏洞——假如谢金和陈梦龙两人相安无事，那倒霉的可就是周某自己了。局里每年年底都要对所有枪支进行核验，如果发现陈梦龙的枪不对劲，陈梦龙有没有事不好说，但自己起码得背个渎职的黑锅。

另外，陈梦龙也不是傻瓜，万一发现枪不对劲跑去报案，装备科也得背黑锅，因为"一二·八枪案"之后陈梦龙的枪已经入过库。入库前没问题，入库后被换了，局里肯定一查到底，玩儿完的可就不只是周某自己了。

5

周某拒绝了谢金的要求，谢金也觉得周某说得没错，但问题是他非要在这两把枪上做些文章好能拿捏住陈梦龙。于是周某研究了很久，给他想了一个办法——换枪管但不换枪。

每把警枪不但枪身有编号对应枪证，而且入库都做过枪弹痕迹学检测。也就是说，单凭子弹的痕迹就能判断是哪一把枪发射的。枪号和枪弹痕迹学档案相当于警枪的两张身份证，制定之初是为了能够确保每一发警枪射出的子弹都有迹可循。但周某在长期工作中发现，这之中其实有一个漏洞可以利用。

周某在接收这批警枪时留意过一个问题，这批枪与其他枪不同，识别号分别刻在套筒、握把和弹夹上，枪管部位却没有刻字。周某仔细研究了枪管，知道如何拆下。

平时局里例行核验枪支时只会比对枪号和枪证，不会开枪射击检验，这样即便换掉了枪管也不会被人发现。然而一旦开枪射击，射出的子弹肯定要进行痕迹检验，这样便能成功嫁祸给陈梦龙。到那时，即便上级追查，装财处也可以说自己并不知情，因为单凭肉眼看不出枪管间的差别。

即便不开枪，只要谢金想栽赃给陈梦龙，也只需要一个举报电话。

周某把自己的想法告诉谢金，谢金大喜，让周某照办。周某借着检验和维护枪支的机会换掉了陈梦龙的配枪枪管，事后谢金也没亏待他，送给他一套南安城郊的房子，当时市值大概有二十几万。

之后在当年的干部提拔中，周某又从普通民警当上了科室领导。他明白这同样归功于谢金在他小叔谢广志那里的运作，因此之后对谢金更加死心塌地。

"陈梦龙得感谢姬广华，如果她不在谢金身上开第二枪，两颗子弹不做对比，这事陈梦龙永远说不清楚。"宋庆来说。

"宋局，还是那句话，我总觉得姬广华知道很多事情，而这些事情又明显不是她该知道的。上次您说她背后肯定还有人，我觉得应该把那人找出来。他是谁，做这些事出于什么目的，对我们很重要。"古川终于又一次提起这件事，但他心里也明白，如今姬广华还在医院昏迷着，想找她背后的人又何尝容易。

"你说得对，姬广华醒了，你要找的那个人这会儿应该和陈梦龙在医院。你过去跟他见一面吧，他应该也有话跟你说。"宋局说。

姬广华醒了？！

古川赶到市人民医院病房时，除了躺在病床上的姬广华外还有两人——重获自由的陈梦龙和另外一位和他年纪相仿、戴眼镜、文质彬彬的男子。

古川对他没有任何印象。

"这位是胡一楠。"见到古川后陈梦龙介绍道，"专门为谢金的案子赶回来的。"

胡一楠？当年那位被父亲挖来南安市局的刑事技术专家，后来又离职的那个胡一楠？

"当年是你爸把我招进了公安局，还带过我两年，我也算是你半个师兄吧。"胡一楠笑着伸出右手和古川握在一起。

"你就是那个一直在姬广华背后的人？"古川问胡一楠。

胡一楠点点头。

6

胡一楠的到来让很多事情真相大白。

"谢金被抓那天我回来的，有些事需要做个了断了。"胡一楠说。他与姬广华的合作开始于六年前，最初找到他的人却是刘茂文。

"有些事情冥冥之中自有天意……"胡一楠接着说。

二〇一〇年，古川入职南安市公安局的那年七月，发生了一件不大不小的事情——已经退居二线的前常务副局长刘安东正式退休。

退休命令下达那天，南安市局给刘安东开了一场欢送会，刘茂文也参加了。会后，刘茂文和另外几位同事去刘安东办公室拜访，大家一边与刘安东聊天，一边帮他收拾办公室物品。

其实刘安东的办公室已经规整过几轮，大部分有用的东西已被他处理完毕，剩下的只是一些杂物。刘安东挑了一些有用的东西和私人物品带回家，其他的丢掉。新任副局长即将走马上任，办公室要迎来新主人了。

但就在这一堆杂物中，刘茂文无意间发现了一样东西——

封举报信。

这封信看上去已经有些年头了,夹在刘安东书柜底层的一堆废文件中。刘茂文原本对这些东西并不在意,他知道公安局领导经常收到这样那样的举报,其中绝大多数是一些在案子里自我感觉吃亏的人写的。但那封举报信引起了刘茂文的兴趣,因为举报者的名字是胡一楠。

陈梦龙、胡一楠和刘茂文三人是古建国在南安市公安局山城分局刑警大队当大队长时带过的三个徒弟,虽然受教时间不同,但三人关系很好,彼此间一直以师兄弟相称。后来古建国牺牲,陈梦龙成了混日子的"坨坨",胡一楠离职,他们便再无联系。

"其实以前我跟陈梦龙关系好一些,和茂文走得并不近,因为你爸当年不太喜欢他……"胡一楠说。刘茂文是一九九六年"严打"时从企业招上来帮忙的职工,后来严打结束找关系留在了公安局,因为不懂公安业务所以交给古建国培养。

刘茂文平时对师父古建国毕恭毕敬,但古建国一是看不上刘茂文找关系入警这事,觉得他"走后门";二是感觉刘茂文平时太油滑,不实诚,有些"机关油子"的意思,所以对外不公开承认刘茂文是自己的徒弟。

"但那时谁也想不到,最后救了老古儿子,又把整个事情翻过来的,恰恰就是茂文这个不被你爸承认的徒弟。"说到这里,胡一楠叹了口气。

古川也才明白之前在车上刘茂文为何对自己发出了那句"你父亲当年对我也是……"的感慨。

此时发现的这一封署名胡一楠的举报信,刘茂文出于好奇便偷偷拿了回去。

回去后刘茂文看了那封举报信,才知道这封信写于七年前的二〇〇三年。胡一楠在信中举报的是谢金和时任法医中心检验科科长的谢文勇，而谢文勇的父亲正是局政治部主任谢广志，也就是谢金的小叔。说白了，谢金和谢文勇是堂兄弟。

而举报内容更令刘茂文触目惊心。胡一楠在信中提到，二〇〇三年十二月八日，他在现场看过带队抓捕"长顺"的原市公安局刑侦支队副支队长兼直属侦查大队大队长古建国的遗体，从中枪位置和伤口处衣服上的火药痕迹判断，古建国很可能在极近距离被射杀。而从现场方位距离判断，与古建国一同进入汽车运输公司在建仓库的保卫处处长谢金才有可能是杀害古建国的凶手。但事后古建国遗体进入市局法医中心检验科后，衣服上的火药痕迹被人抹去，胡一楠在现场勘查时做出的勘查记录也莫名消失。有机会做这两件事的人只有检验科科长谢文勇，而谢文勇与谢金又是亲属关系。

刘安东明显看过这封举报信，因为信封已经被撕开。但不知为何，刘安东并未追查过此事，而是顺手把举报材料丢在了废纸堆里。

第二十六章

1

"刘茂文发现的那封举报信的确是我写的,当时一共有两份,其中一份就给了刘安东。之所以给他,一是因为他当时是主管全局刑侦工作的副局长,赶上前任局长调走后新局长尚未到任,他也临时兼着局长的工作,权力很大;二是因为他是古建国的顶头上司,我觉得他肯定会重视这件事;三是因为刘安东以前也是出了名的'铁面刑警',为了案子什么都可以不管不顾,跟现在的宋庆来副局长一样。"胡一楠说。

但结果是令胡一楠失望的,因为刘安东没给他任何反馈,他反而不久后被谢广志叫去谈话。谢广志拿出另外一封举报信告诉胡一楠,局里接到了有关他在外面"乱搞男女关系"的举报,举报者是胡一楠家请来照顾孩子的保姆,甚至拿出了沾有胡一楠精液的内衣作为"证据"。

"很多年后我找到了这个女的,她承认当初被谢金买通,在垃圾桶里拿走了我和妻子用过的计生用品,伪造了那起举报……"胡一楠说。

但在当时,胡一楠虽然意识到自己被人构陷却毫无办法。谢广志给了他两个选择:一是主动离职,南安市局不再追究此事,因为婚外情有违警纪但并不犯国法；二是公安局公开调查此事，事后给予胡一楠纪律处分，结果应该也是调离公安机关。

"事情很明显，刘安东把举报材料给了谢广志，谢广志看到我把他儿子和侄子一锅端，于是想出了这个办法赶我走……"胡一楠说。

"那另一封举报信你给了谁？"古川问。

"陈建斌，时任局机关纪委书记，现在的政治部陈主任，也就是让你和徐晓华'贴身保护'谢金的那位。"胡一楠说。

陈建斌听过有关谢金的诸多传闻，对谢金的印象也一直很差。收到胡一楠的举报后他将信将疑，调查中发现所有证据都已被谢金和谢文勇二人销毁。胡一楠把自己被举报的事情告诉他后，陈建斌立刻断定这是一场阴谋报复，然而当时面对胡一楠的境遇，他也没有什么办法。

毕竟胡一楠对谢金、谢文勇的举报还没有证据，但举报胡一楠的保姆能拿出"铁证"。思来想去，陈建斌给出的建议是胡一楠暂时离职，但保持联系。谢金的事情陈建斌承诺会继续调查，如果有需要他会打电话召回胡一楠。

胡一楠无奈，只好选择了自行离职。

"陈建斌是位好领导，包括让你们'贴身保护'谢金这事，如果不是他拍了板，后果不堪设想。"陈梦龙在一旁把话题接了过去。

不堪设想的后果有两个。一是姬广华夺枪后找谢金报仇。谢金一死，所有案件的真相都将永远石沉大海，再无重见天日的可能。二是谢金畏罪潜逃。出入境部门已经核实，谢金早在八年前便持有加拿大绿卡和另一套国内身份证件，古川和姬广华追车当天，谢金购买了飞往境外的机票。若非那天被姬广华截停，现在谢金已经逃出生天。

"他早就准备好这一天了。"陈梦龙说。

2

当刘茂文联系上胡一楠时,胡一楠已经是广州一家生物公司的老板了。说起那封举报信和信中内容,胡一楠把当年的事情如实相告,其中也包括古建国突然中止调查二〇〇一年"六·一一毒品案"中开第一枪的人一事。

刘茂文也感觉那两起案子各有蹊跷,对谢广志叔侄三人也非常厌恶,听胡一楠道出其中原委之后,决定暗中重查此案。

"后来听刘茂文说过他讨厌谢广志的原因。一九九六年,刘茂文从市钢管厂调公安局工作,所有手续都办好了,只剩谢广志签字。谢广志为了让他送礼,就是压着不签。直到最后没办法,刘茂文家借了一笔钱送给谢广志,他这调动才算完成,但也传出了他'走后门'的说法。"胡一楠说。

"谢广志在南安市公安局当了十四年政治部主任,最后也是在这个位置上退休的。按照规定,他不该在关键位置上干这么久一把手,但可能是谢金亲爹插手的缘故,谢广志一直没有调岗……"陈梦龙说。而这一情况导致的结果就是谢广志把持南安市局人事任免工作时间过长,很多支大队主官都成了谢广志的"门生故吏",他也在南安市局越来越骄横跋扈。

"你父亲当年很可能受到了这方面的影响,不然……"胡一楠没把话说完,但古川明白他的意思。

"那姬广华呢?你们什么时候认识的?"古川问胡一楠。胡一楠说,刘茂文认识姬广华大概在二〇一〇年,当时他俩都在满世界找杜强,结果杜强没找到,刘茂文和姬广华却碰到了一起。那时刘茂文才得知,有问题的不仅是二〇〇三年的"一二·八枪案",连之前的"六·一一毒品案"里都有谢金的影子。

就这样,刘茂文、胡一楠和姬广华三人走到了一起。

"你呢龙哥?这些年你在做什么?"古川笑着问陈梦龙。

"我在做什么?"陈梦龙笑了笑。

"放着分局刑警队队长的位置不干,来桥北社区当片警;把桥北警务室当辅警的小舅子派去宇泰物流当保安;建设'平安南安'时把他的宇泰物流搞成重点治安单位,全作业区的所有摄像头都接到新城北路派出所监控室。你以为我搞这些干什么?"他说。

古川恍然大悟。

"还都他娘的骂我,说我给谢金'舔腚沟子',竟然还有人喊我'坨坨'!坨他妹坨,我是该表现得勤奋一点儿,那样多年前我就跟胡总一起南下发财去了。"陈梦龙说。当时连同在一个派出所的刘茂文都把他当成谢金的"狗腿子",凡事防着他。如果早点儿把姬广华的身份告诉陈梦龙,谢金恐怕早就东窗事发了。

"现在想想,这样也好,相当于我们三路人马查了三条不同的线,最后三线合一,让谢金输得心服口服。"陈梦龙说着,把一个绿色的笔记本交给古川。

"这就是谢金一伙找姬广华要的'账簿'。"

"真是你们搞的?你这可是非法取证了!"古川大惊,因为在谢金办公室与账簿同时被盗的还有巨额财物。

"去他娘的非法取证,这事压根儿不是我们干的。"陈梦龙说。

二〇一六年年初谢金办公室被盗是一个孤立事件,与任何在查的人和案件都没有关联,却成了掀开全部真相的起点。

陈梦龙得知消息的渠道是他派进宇泰物流公司当保安的妻弟。

"谢金这家伙也真是不给我面子哈，堂堂片警的小舅子，竟然连个保安队长都干不上。"陈梦龙语气有些戏谑地说。年初，妻弟告诉他谢金办公室被盗，损失了大概有好几万，但奇怪的是谢金不但没有报警，反而要求员工不能提及此事。陈梦龙深感奇怪，于是调查了这起盗窃案。因为宇泰物流公司的所有监控视频都被他接进了新城北路派出所，所以在没惊动谢金的情况下他便把案子破了。

实施盗窃的只是一名普通毛贼，之所以拿走账簿却放过了名表，是因为在他看来，那块天价的里查德米勒腕表花里胡哨，样式像极了路边的儿童手表，一看就不值什么钱。而他当时需要一些纸张擦去自己留在楼道地板上的泥脚印，所以顺手带走了那本账簿。得手后，盗贼把那本笔记本随手塞进了背包里，最终和被盗财物一起被陈梦龙缴获。

"我一直怀疑他在贩毒，这几年死盯着宇泰物流公司，但没想到他把货都放在那个铛铛便利店里。不过还好，最后还是有所收获。"陈梦龙说。

3

事实已经无可辩驳，刘三青、李国华和杜强的遗骸在严运和与牟家海的指认下被警方挖出。账簿中与谢金存在毒品交易的毒贩也先后被警方抓获，他们的供词表明谢金的确存在贩毒行径。纵使谢金心思缜密且异常狡猾，但面对众口一词的指证和警方近乎完美的证据链，他也再无狡辩的空间。

古川申请参与对谢金的讯问。这一天他等了很久，他想亲口问出当年父亲古建国的死因。

但宋庆来副局长拒绝了古川的请求。

"条例有规定,直系亲属涉案,符合回避原则,你不能参与对谢金的讯问。你放心,谢金我亲自来审。"宋庆来说。但他同意古川在办公室通过讯问室的视频监控系统旁听讯问过程。

"二〇〇三年十二月八日,李国华去汽车运输公司'出货',那天是我给古建国打电话报的信……"谢金说。

彼时谢金和李国华、刘阔为了出货回款的事情已经翻脸,他想独吞那批毒品,就要阻止李国华把毒品卖掉。

之所以通知警方,谢金其实做了双重打算。一方面可以消除古建国对自己的怀疑,因为二〇〇一年"六·一一毒品案"后他总感觉古建国已经开始怀疑自己。先是刘阔说古建国坚决不同意把毒贩"长顺"定为刘三青,还在案情会上要求继续调查汽车运输公司内部人员是否涉案。后来谢金又听锅炉房的老郭说,有警察在查那天从汽车运输公司西南角小门溜走的人是谁。谢金很紧张,想做点儿什么,比如给古建国送钱过去,但他又不敢。因为小叔谢广志跟他说过,古建国在公安局是出了名"又臭又硬",案子上的事情油盐不进,别说贩毒这种事情,就是打架斗殴的小案子同事朋友托他帮忙说句话,他都把人吼回去。

另一方面,按照过往经验,"长顺"这样的重大嫌疑人出现,警方必然会组织人手进行围捕。而警方一旦有动静,消息灵通的刘阔肯定会有所察觉,然后通知李国华放弃交易。这样一来,即便警方行动也会扑空,李国华不会被抓,自己之后还能继续以"已经被警察盯上,太危险"为由拒绝之后的出货。

谢金的算盘打得响,但没料到的是接电话时古建国正在新城北路派出所门口的胖嫂面馆过早,而接到电话后古建国没有通知任何人，只带了陈梦龙和胡一楠两个知根知底的徒弟便来到了现场。

"他应该已经意识到之前抓捕'长顺'总失败，应该是有人通风报信，所以那次只带了两个人过来。陈梦龙的脾气性格跟古建国一模一样，简直就是二十年前的古建国。胡一楠是个'知识分子'，把节操和原则看得比命还重，古建国不放心自己也不会不放心他……"谢金说。

古建国从挂断谢金电话到抵达汽车运输公司前后不过十几分钟。更要命的是，古建国竟然把谢金本人喊来"配合工作"。谢金的心脏都快跳出胸腔了。他当过警察，知道这种情况下一般不会让非警务人员参与行动，冥冥中他觉得这次自己搬起石头砸了脚，古建国叫上自己，恐怕不只是"配合工作"这么简单。

关键是古建国来得太快且没惊动公安局，刘阔也就不可能给李国华报信。谢金深感不妙，想把从刘三青手里抢来的那把枪带上以防万一，但又担心一旦枪被古建国发现，自己就彻底露了馅儿。犹豫再三，谢金跺了跺脚，还是把枪揣上了。

"其实当时我也知道，这把枪出现的时候，就是我和古建国你死我活的时候。"谢金说。

4

揣上枪，谢金去见了古建国，惴惴不安地跟他一同去了汽车运输公司停车场，见到了准备进行毒品交易的李国华。古建国亮明身份，之后就是兵分两路的警匪追逐。

谢金本指望李国华可以仗着年轻力壮且对汽车运输公司环境熟悉逃脱，但没想到，慌不择路的李国华竟然跑进了那座还在修建中的三层仓库。谢金心中叫苦，因为他知道那栋仓库只有大门一个出入口，一旦跑进去，除了被抓没有别的结果。

李国华的包里起码放着两公斤海洛因，这数量足以枪毙四十次。一旦李国华被抓，为了保命肯定会把之前的事情和盘托出，那样谢金也彻底完了。别说发财，连命都得搭进去。

就在万分忐忑中，谢金跟着古建国追进了大仓库。

李国华跑进大仓库的那一刻就注定了结果。古建国在一楼楼梯口鸣枪示警，李国华停下了脚步，也知道自己跑不了了。就在古建国准备控制李国华时，谢金拔出了外套口袋里那把刘三青的配枪，近身朝古建国腹部开了一枪。

"没办法了，李国华被抓我也完了。我想到了怀里的那把枪。杀了古建国，我们可能还有一线生机。"谢金说。

古建国没有料到身边的谢金会朝自己开枪，但一切都晚了，他就这样倒在了一楼楼梯口。"我永远忘不了古建国当时的眼神，他死死地看着我，好像想用目光把我杀了。这么多年过去了，我还会做噩梦梦见他，他还是用那个眼神看着我……"谢金说。

那一枪谢金击中了古建国的肝脏，剧烈的疼痛已经让古建国说不出话来。他先是一把抓住谢金，又慢慢地倒在地上，抓着谢金的手也渐渐松了。为了确保古建国死亡，谢金又在他头上补了一枪。

"李国华就是那种典型的'纨绔子弟'，平时牛逼轰轰的，觉得自己什么都行，但一到关键时候就成了孬蛋！"谢金说。杀死古建国后，他让李国华赶紧离开大仓库，但没想到那时的李国华竟然被吓瘫了。等谢金把李国华的情绪安抚好时，仓库外已经传来陈梦龙的叫喊声。

无奈，谢金只好捡起古建国的配枪，拉着李国华一起往二楼跑去。

之后在大仓库二楼的事情基本与之前古川的推测相同。谢金知道三楼的平台出口早被锁住，二楼已经成了死胡同，若想逃跑，除了跳楼别无选择。但李国华能跑，谢金却不能，因为他一旦跑了整个事情就穿帮了。为了掩护李国华逃脱，谢金索性决定一不做二不休，连陈梦龙一起打死。

可惜紧张之中的谢金手上失了准头，不但没能击中陈梦龙，反而被陈梦龙开枪打伤了右腿。好在回过神来的李国华从大仓库二楼成功跳楼逃脱，谢金也算是把心放回了肚子里。

谢金说到这里，一直盯着监控器屏幕的古川看到宋庆来副局长抬头看了一眼摄像头。他明白宋庆来的用意。是的，他用这种方式帮助自己了结了多年以来的心愿。

5

打死古建国后，谢金紧张了好一段时间。他不知道自己的谎言能不能骗过警察，只能拜托刘阔帮他在公安局打探消息。刘阔也很紧张，因为那批毒品也有他的份，一旦李国华或者谢金被抓，他肯定也逃不掉。于是那段时间刘阔十分主动，公安局那边但凡有点儿风吹草动就赶紧告诉谢金。

然而戏剧性的是，警方还没发现谢金的问题，刘安东却先发觉了儿子的不对劲。

"说起来，刘阔是个坑爹的家伙，刘安东就是生生被他儿子给坑了！"谢金说。刘安东年轻时也是南安警界的一员干将。刘阔出生时母亲难产，刘安东当时在外地办案，结果妻子送医晚了。刘阔出生，妻子却死了，所以他对这个儿子宠得不行。"六·一一毒品案"时刘安东得知儿子也参与后气得差点儿一枪打死他,但气归气,爱子心切的刘安东最终选择了给刘阔擦屁股。

原本得到儿子的保证,以后绝对不再跟谢金一伙有来往。但两年后,刘安东又一次发现儿子特别关注自己的工作,细问之下得知事情的真相,刘安东气得几乎心脏病发。但他第二次选择了徇私枉法。在刘安东的直接操作下,"一二·八枪案"在很多证据存疑的情况下迅速结案,而不久后儿子刘阔也被他送出国去。

古川总算明白,"六·一一毒品案"后王芸去找刘安东,刘安东为何不承认刘三青向他汇报过李明权的身份,以及"一二·八枪案"后,胡一楠的举报信为何石沉大海。

"李国华在外面躲了一段时间,确定安全了才回来的。但回来之后第一件事就是查谁出卖了他。因为那次交易的消息只有我们几个知道,那个同样被警察打死的买家是外地过来的,不可能泄密,所以他就怀疑到了我和杜强身上。加上他亲眼看到了我杀警察的过程,我觉得这人不能留了……"谢金说。于是之后不久便有了他和严运和将李国华骗到武平市元山自然保护区枪杀一事。

南安市公安局刑侦支队办案中心八号讯问室里,警方对谢金的讯问过程足足持续了三十个小时。并非像其他糜耗时间的嫌疑人拒不交代罪行,谢金的讯问时间长是由于他需要交代的违法犯罪经过从一九九五年开始,至二〇一六年结束。与谢金同岁的宋庆来也在讯问室里足足坐了三十个小时,或许这是他担任副局长以来参与的时间最长的一次审讯。多年来,他和部下遇到的诸多不合理事件,都需要谢金给出一个合理的解释。

虽然早已掌握了谢金所有违法犯罪经历，但古川还是从头至尾看完了整个讯问过程。谢金彻底放弃了抵抗，像口述回忆录般把所有事情娓娓道来。其中甚至包括那些在南安市公安局内部为他行过各种"方便"的人。以至于讯问过程最后阶段，市公安局督察支队的刘政委、市局政治部陈主任和市检察院领导也赶到了办案中心。

"谢金想和你见一面，你的意见呢？"讯问结束后，宋庆来打来电话。古川透过监控屏幕看向谢金，谢金也抬头看着监控器，仿佛能看到古川一般。

犹豫了许久。

"算了吧。"古川说。

尾声

1

二〇一六年十月十一日，南安市公安局正式恢复了原禁毒支队民警刘三青的生前荣誉，他的遗骸被移入南安市马头山烈士陵园。英烈追思会上，作为刘三青遗孀，王芸手里捧着从南安市公安局政治部优抚科科长手中接过的刘三青烈士文件、公安局补发的证书和奖杯。她怔怔地站在南安市公安局第一机关会议室里，望着墙上挂着的刘三青的照片。

照片依旧是十五年前刘三青牺牲时的警服照。"英魂永驻"的条幅下，刘三青面带微笑，他的生命与妻子的记忆共同凝固在二十八岁的青春年华里。王芸凝视着照片，仿佛想起两人共同走过的那段短暂的岁月时光。

所有人都默契地向王芸隐瞒了刘三青生命最后时刻的经历，只说刘三青在与歹徒搏斗过程中英勇牺牲。逝去的刘三青肯定不想知道自己走后妻儿经历了何种水火煎熬的生活，活着的王芸应该也不想在脑海中勾勒丈夫身中十六刀时的痛苦模样。

哀乐响起，众人或是敬礼，或是脱帽致意。陈梦龙破天荒地站在默哀队伍的最前面，手里捧着的，是姬广华出租房内那套刘三青生前的警服。

二〇一六年十二月十二日，经过为期七个月的审理，南安市中级人民法院依法对谢金一案做出了一审判决。

谢金，没有意外，涉嫌故意杀人罪、贩卖运输毒品罪、故意伤害致人死亡罪、行贿罪等九项罪名，数罪并罚被判处死刑，剥夺政治权利终身。

谢金没有上诉。

与谢金同案宣判的还有另外十六人，其中包括已经退休多年的谢金的小叔，原南安市公安局政治部主任谢广志。他被开除党籍、取消退休待遇，其后因涉嫌渎职罪、徇私枉法罪、受贿罪等六项罪名，被判处无期徒刑。

刘阔的父亲，前副局长刘安东早在退休次年便因病去世。刘阔被引渡回国后交代，刘安东早已预料到这起案子终将真相大白，曾几次想带刘阔去投案自首，但终究下不了决心。临终前，刘安东写下长达三十页的悔过书交给刘阔，嘱咐他如果有朝一日东窗事发，记得把这份悔过书上交组织。

古川读了那封迟到的"悔过书"，刘安东的确在内容中详细交代了自己在"六·一一毒品案"和"一二·八枪案"中包庇儿子的经过。古川看完，心中五味杂陈。最终刘阔因涉嫌故意杀人罪、贩卖运输毒品罪等，数罪并罚被判处死刑，剥夺政治权利终身。

宣判的名单很长。

　　严运和，死刑缓期两年执行。
　　牟家海，死刑缓期两年执行。
　　谢文勇，有期徒刑十二年。
　　原城中村辖区派出所马某，有期徒刑七年零六个月。

原装备处周某，有期徒刑五年十个月。
……

2

二〇一七年清明，南安难得的晴天。

古川来到南安市马头山烈士陵园，古建国长眠于此。

与往年扫墓不同的是，这一年来陵园时，古川第一回穿上了警服。

古川坐在父亲的墓碑前，从包里拿出一瓶白酒和两个酒杯。把酒倒满，一杯洒在父亲墓前，端起另一杯一饮而尽。

"爸，以前儿子年纪小，没能陪您喝顿酒，后来长大了，您却不在了。现在案子破了……"来陵园的路上古川有很多话想说，面对古建国的墓碑时，他却又一次哽住了。

最后古川只能站在墓前，举起右手，用一个警礼表达了自己所有的情绪。

为父亲扫完墓，古川又来到教导员刘茂文的墓前。

刘茂文墓前放着新鲜的祭品，他的妻子和儿子应该已经来过。

古川同样倒了两杯酒，一杯洒在刘茂文墓前，另一杯一饮而尽。然后他整理好着装，准备敬礼。

"古川！"

一个声音从背后传来，古川愣了一下，有些熟悉。

他回头看，一位长发披肩，身着淡蓝色连衣裙的姑娘站在身后。他明显认识这位姑娘，此刻却又有些不敢相认。

"姬广华？"半晌，古川才叫出这个名字。

姑娘点头微笑。

不知为何，古川突然有些莫名慌乱。他印象中姬广华一直留着齐耳短发，穿着打扮也是中性风格，乍一留起披肩长发，姬广华本就标志的面容更加迷人。

"你这是？"古川问。

"我来看看刘叔，他是为了救我才……"姬广华说着低下了头。

"你父亲的事怎么样？"

"嗯，刘安东在悔过书里证明了我父亲的特情身份，公安局已经给他正名……这事……还是得感谢你……"

两人边走边聊，向着同一个位置，那里长眠的是刘三青。

刘三青的墓前放着几捧鲜花，看来也有人来祭奠过。古川突然在鲜花丛中发现了一个相框，拨开花丛，那是一张全家福，刘三青、王芸和儿子刘超。

"后来你又见过王阿姨吗？"古川问姬广华。

"见过一次，送她去车站，和陈警官一起。"

"她要去哪里？"

"不知道，应该是很远的地方吧。她带走了三青叔叔和儿子刘超的骨灰，说是一起去南方。三青叔叔在世时，他们约定过退休后去南方，一个种满香蕉树的地方生活。"

古川想起第一次见到王芸时两人的对话。是的，种满香蕉树的地方，那里靠着大海，还有巧克力色的屋顶。

"那公墓里？"古川有些吃惊。

"嗯，是那套警服。"姬广华说。

3

中午，新城北路派出所旁的胖嫂面馆，两碗财鱼面加鸡蛋。

古川和姬广华对桌而坐。

"第一次见你时我就觉得你有些面熟，咱们之前是不是在哪儿见过？"话一出口，古川就有些后悔，因为这话太像男生搭讪时用的那些陈词滥调。他急忙想换个说法，对面的姬广华却莞尔一笑，说："古警官记性不差，咱以前确实见过。"

"在哪儿？"

"二〇〇五年省运会散打比赛，你是男子七十公斤级冠军，对不对？"姬广华笑着问古川，古川点点头。

"我是那场比赛女子六十公斤级冠军，咱俩一同上过报纸，你忘了吗？"

古川猛然想起此事，仔细打量着姬广华。没错，的确是她，怪不得身手这么厉害。

"你什么时候认出我的？"古川问。

"那天在机场停车场，你跟陈梦龙动手时，我认出了你的动作。"

"为什么那时不告诉我？"

"因为那时我不知你是人是鬼。"姬广华笑了笑。

"后来为什么在宇泰物流公司的大仓库里又信了我？"

"因为我想起报社记者采访你时你说的话。"

"我说了什么？"

"记者问你以后是不是要往专业运动员方向发展。你说不要，你要去当警察。"

"就因为这句话？"

"是的，从小立志做警察的人，长大也肯定不会变坏。"

图书在版编目（CIP）数据

逆光的子弹 / 深蓝著. —— 北京：新星出版社，2022.9
ISBN 978-7-5133-4953-6

Ⅰ.①逆… Ⅱ.①深… Ⅲ.①推理小说-中国-当代 Ⅳ.①I247.5

中国版本图书馆 CIP 数据核字（2022）第 087217 号

午夜文库
谢刚 主持

逆光的子弹

深蓝 著

责任编辑：曹晓雅
特约编辑：郭澄澄
责任校对：刘　义
责任印制：李珊珊
封面设计：人马艺术设计·储平

出版发行：新星出版社
出 版 人：马汝军
社　　址：北京市西城区车公庄大街丙3号楼　　100044
网　　址：www.newstarpress.com
电　　话：010-88310888
传　　真：010-65270449
法律顾问：北京市岳成律师事务所

读者服务：010-88310811　service@newstarpress.com
邮购地址：北京市西城区车公庄大街丙3号楼　　100044

印　　刷：北京天恒嘉业印刷有限公司
开　　本：910mm×1230mm　1/32
印　　张：9
字　　数：210千字
版　　次：2022年9月第一版 2022年9月第一次印刷
书　　号：ISBN 978-7-5133-4953-6
定　　价：48.00元

版权专有，侵权必究；如有质量问题，请与印刷厂联系调换。